Elías
de Buxton

Christopher Paul Curtis

Ganador de la Medalla Newbery

Punto de Encuentro

Dirección Editorial: Raquel López Varela
Coordinación Editorial: Ana María García Alonso
Maquetación: Cristina A. Rejas Manzanera
Diseño de cubierta: David de Ramón
Título original: *Elijah of Buxton*
Traducción: Alberto Jiménez Rioja

Copyright © 2007 by Christopher Paul Curtis.
Ilustración de cubierta © 2007 by Carlyn Beccia
Published by arrangement with Scholastic Inc.,
557 Broadway, New York, NY 10012, USA.
Este libro ha sido negociado a través de Ute Körner
Literary, S. L., Barcelona - www.uklitag.com
© EDITORIAL EVEREST, S. A.
Carretera León-La Coruña, km 5 - LEÓN
ISBN: 978-84-441-4101-5
Depósito legal: LE. 640-2008
Printed in Spain - Impreso en España

EDITORIAL EVERGRÁFICAS, S. L.
Carretera León-La Coruña, km 5
LEÓN (España)
Atención al cliente: 902 123 400
www.everest.es

Para los veintiún pobladores originales del Asentamiento de Elgin y de la Misión de Buxton de Raleigh, los ex esclavos: Eliza, Amelia, Mollie, Sarah, Isaiah Phares, Harriet, Solomon, Jacob King, Talbert King, Peter King, Fanny, Ben Phares, Robin Phares, Stephen Phares, Emeline Phares, e Isaac y Catherine Riley y sus cuatro hijos.

Y para el reverendo William King y su amor por la justicia.

Agradecimientos

Gracias especiales a Andrea Davis Pinkney y las personas de *Scholastic* que han colaborado haciendo que esto sea tan fácil. Gracias especialísimas a mi editora, Anamika Bhatnagar, que lo ha leído cuatro millones de veces y aún sigue riéndose donde corresponde.

Tengo la fortuna de disponer de un fantástico grupo de maravillosos lectores que me ayudan a pulir mis escritos. Gracias constantes a Joan y George (¡Sr. ganador de la Medalla de Oro del Congreso de EEUU!) Taylor, Mickial Wilson, Kaysandra Curtis, Harrison Chumley Patrick, Kay Benjamin, Lynn Guest, Eugene Miller, Teri Lesesne, Terry Fisher, Janet Brown, Lauren Pankin, Debbie Stratton, y en particular a los tres primeros: Pauletta Bracy, Richie Partintong y Steven Curtis.

Gracias también al Emplazamiento Histórico Nacional y Museo de Buxton, y a Shannon Prince y Spencer Alexander, por su ayuda en la investigación. Y, como siempre, infinitas gracias a mis padres, Herman y Leslie Curtis.

LAS SERPIENTES Y MA

Era domingo después de la iglesia y había acabado todas mis tareas. Estaba sentado en el porche de casa intentando decidir qué hacer. Era ese momento del día en que los pájaros se preparan para callarse y las ranas croan más fuerte, con ese sonido gorjeante que hacen casi toda la noche. Me preguntaba si valdría la pena ir de pesca durante la hora que faltaba para el anochecer cuando la respuesta me la dio Cúter, que se acercaba por el camino y me saludaba con la mano.

—Buenas, Eli.

—Buenas, Cúter. Estaba pensando en sacar a Old Flapjack para pescar un rato. ¿Te vienes?

—Uh, uh. Tengo cosas más interesantes que verte pescar: tengo un misterio.

¡Pues sí que empezábamos bien! No pretendo faltar a mi mejor amigo, pero hay montones de cosas que a Cúter le parecen un misterio y que la mayor parte de la gente entiende sin dificultad. De todos modos le pregunté:

—¿Qué misterio es ese?

—Al atajar por el huerto de mi Ma, he visto unas huellas que no había visto en la vida.

—¿Qué clase de huellas? ¿Eran grandes?

—Uh, uh, eran largas y onduladas. Las seguí, pero desaparecieron en la hierba.

Cúter era muy bueno rastreando, así que a lo mejor esto era un misterio después de todo.

—Vamos para allá.

Llegamos a su casa, abrimos la cancela y nos acercamos al huerto de su madre. ¡Cúter llevaba razón!

Allí, entre las hileras de remolachas y maíz y guisantes de su Ma, estaban las huellas más raras que yo había visto jamás.

Me acerqué para estudiarlas y que no se me escapara nada: había seis líneas en total, onduladas y finas, aunque dos de ellas eran bastante más gordas que el resto. Empezaban en uno de los lados del huerto, atravesaban las hortalizas y desaparecían en la hierba.

Me puse a cuatro patas para mirarlas bien miradas y le dije a Cúter:

—Me has *pillao*. Nunca había visto huellas así. Cuando mi Pa vuelva del campo le preguntamos.

Pero antes de poder preguntarle a Pa, el Predicador pasó por delante de la casa de Cúter. No es para nada como los predicadores de toda la vida que o tienen iglesia o no predican, pero le dice a todo el mundo que quiera escucharle que es el Virtuoso Reverendo Diácono Zephariah Connerly Tercero y el tipo más listo y más educado de por aquí. Como no queremos decir todos esos nombres, Cúter y yo le llamamos simplemente el Predicador.

Él se apoyó en la valla de Cúter y dijo:

—Buenas tardes, chavales.

—Buenas tardes, señor.

—Menudo calor que hace. ¿No es una buena tarde para nadar?

Cúter respondió:

—Estamos intentando resolver un misterio, señor.

—¿De veras? ¿Y de qué se trata?

Yo dije:

—De unas huellas de bicho que nunca hemos visto antes, señor.

—¿Dónde están?

El Predicador abrió la cancela, se metió en el huerto, se agachó y miró las huellas tan bien miradas como yo. Luego se sacó una navaja del bolsillo, recogió una paladita de tierra de una de ellas y se la acercó tanto a los ojos que bizqueó.

Dejé de respirar y se me heló la sangre en las venas cuando, de sopetón, gritó:

—¡Dios nos asista!

Después se levantó de un salto y miró para todas partes como si alguien gritara: "¡Que viene el lobo!".

Cúter y yo también miramos. ¿Y quién no? Entonces, como hablando consigo mismo, dijo:

—¡No! ¡No! ¡No! Si ya sabía yo que iba a pasar esto, pero había rezado para que no ocurriera tan pronto.

Cúter y yo chillamos a una:

—¡¿Qué?! ¡¿Qué iba a pasar?!

Parecía que al Predicador le acabaran de matar a su mejor amigo.

—¡Mira que les advertí que revisaran bien a los nuevos libres! Ahora resulta que alguno se ha traído sin querer una de esas espantosas criaturas hasta aquí.

Noté que, en vez de cerrar la navaja, la dejaba abierta. Y, lo que es peor, la agarraba como si pretendiera acuchillar algo.

Yo le pregunté:

—¿Qué es lo que han traído hasta aquí, señor?

—¡Víboras aro!

Su forma de susurrarlo entre dientes dejaba bien claro cómo eran las víboras esas, ¡cómo para toparse con una!

A Cúter se le iban los ojos a izquierda y a derecha.

—¿Qué? ¿Qué es una víbora aro, señor?

A mí me bastaba y me sobraba con que fuera una serpiente para ponerme nervioso, pero el Predicador lo empeoró al decir:

—Supongo que no tengo más remedio que contarlo, pero es imprescindible que quede entre nosotros.

Y se entretuvo en borrar con su bota la mayor parte de las huellas.

Yo dije:

—¡Por favor, señor, díganos qué quiere decir!

El Predicador empezó a explicarlo pero no me miró en ningún momento: estaba pendiente del camino y del bosque.

—Allá en casa hay un repugnante tipo de serpiente llamada víbora aro, y no solo es que sea más veloz que un caballo de carreras, ¡es que, con una sola mordedura, es capaz de matar a un oso adulto!

Yo miré a Cúter y esperé no tener la misma pinta de asustado que él.

El Predicador continuó:

—Parecen serpientes casi normales, excepto por una cosa.

—¿El qué?

—Acostumbran a meterse la cola en la boca para morderse a sí mismas.

Eso no tenía sentido, ¡no tenía sentido en absoluto! Si lo que decía el Predicador era verdad, las víboras esas debían de ser muy poco espabiladas.

Yo le pregunté:

—¿Pero cómo te van a morder si andan todo el día agarradas a su propia cola?

—Buena pregunta, Elías. Pero cuando te van a morder se la sueltan, ¡solo se la sujetan cuando van a por ti!

Cúter dijo:

—Pero...

El Predicador levantó la mano izquierda.

—¡Mis jóvenes amigos, más vale prestar atención! La vida puede depender de ello. Después de morderse la cola y formar un círculo, se ponen en vertical como una rueda o un aro de barril ¡y persiguen rodando todo lo que se les antoja matar!

Los pelos de la nuca se me pusieron tan tiesos como si me los rozara un mosquito.

El Predicador dijo:

—Una vez que te atrapan y te muerden... —cerró de golpe la mano izquierda imitando la boca de una víbora aro de esas— empieza el verdadero horror. ¡Estás perdido!

Cúter preguntó:

—¿Pero por qué?

—Pues porque su veneno penetra en la sangre de inmediato. Y te empiezas a hinchar y, en cuestión de horas, ¡la piel se te reblandece y se te pudre como un melocotón maduro bajo el sol del mediodía!

Cúter dijo:

—¿Cómo? ¿Te hinchas?

12

El Predicador contestó:

—Te hinchas tanto que, exactamente siete días y medio después, el enorme aumento de tu presión corporal ¡te hace explotar como una caldera de vapor recalentada! ¡En cuestión de segundos tu estómago y tus pulmones y tus demás vísceras salen despedidos de tu cuerpo y quedan desperdigados en kilómetros y kilómetros a la redonda!

¡Yo no me podía creer que los tipos que habían conseguido escaparse nos hicieran eso! ¡Ni aunque fuera por accidente!

Pero el Predicador no había acabado.

—Y lo que es peor, la hinchazón te afecta a todo menos la cabeza, ¡así que estás obligado a presenciar la tragedia que se desarrolla ante tus ojos!

Cúter se arrimó a mí y soltó:

—Bueno, señor, por lo menos te mueres rápido y no sufres mucho.

—No tienes esa suerte, Cúter —el Predicador levantó dos dedos—. ¡Dos semanas! Hasta catorce interminables días después de explotar no te mueres. Y tampoco la muerte es sosegada, porque mueres de hambre.

Cúter dijo:

—¿De hambre? ¿Es que no se puede comer, señor?

—No es por eso, Cúter, ¡es que, comas lo que comas, se te cae por el agujero que ocupaban tus órganos internos y acaba en el suelo delante de tus narices!

El Predicador miró atentamente hacia la hierba, donde se perdían las huellas.

—¡Esas huellas eran recientes, y parecían de un papá, una mamá y un montón de crías! ¡Lo que significa, Dios tenga piedad de nosotros, que ya es tarde: se están reproduciendo! ¡Y su rastro indica que están hambrientas y que han formado una partida de caza!

Luego lanzó la navaja al suelo, donde estaban las huellas que había borrado, y echó mano a la lujosa pistolera y a la misteriosa pistola que siempre llevaba encima.

—Muchachos —susurró—, necesito una promesa solemne. Quiero que, al menos uno de los dos, me jure por la vida de su madre que, si alguna vez me muerde una de esas bestias, ¡empuñará esta pistola y me meterá una bala en el cerebro! ¡Prefiero morir de un disparo que afrontar una muerte tan horrible y tan larga! ¡Con la mano levantada, quiero que uno de los dos me prometa que me volará la cabeza!

Cuando oí un golpe a mis espaldas, ¡me pegué un susto morrocotudo! Mientras yo miraba hacia atrás, Cúter entró zumbando en su casa y cerró la puerta a cal y canto. ¡No estaba para promesas!

Antes de darme cuenta, cruzaba yo la cancela de Cúter y corría como una centella hacia la mía. Tenía el suficiente seso como para no tomar atajos y seguir por el camino, así al menos vería acercarse la partida de caza de víboras aro. Ma debió de oírme gritar desde lejos, porque salía por la cancela cuando yo llegaba.

Dijo:

—¿Elías? Por Dios Bendito, ¿se puede saber qué te pasa ahora?

Crucé la cancela como un rayo, arrastré a Ma dentro de casa y cerré la puerta de un portazo. Como estaba muy cansado y muy asustado para hablar, ella empezó a mirarme de arriba abajo y a darme vueltas para saber qué me pasaba. Poco después dijo:

—¡Elías, cielo, me has dado un susto de muerte! ¿Qué ha pasado, cariño?

Cuando dejé de resollar le conté lo de que los fugitivos de Estados Unidos habían traído sin querer víboras aro hasta Buxton y lo de que rodaban como ruedas por los bosques para cargarse a alguien.

Ma me miró como si pensara que me había vuelto majareta. Luego meneó la cabeza y dijo:

—Elías, Elías, Elías. ¿Qué voy a hacer contigo? ¿Cuántas veces tengo que repetirte que un cobarde muere mil veces y un chico valiente solo una?

Yo no dije nada, pero no pude evitar preguntarme cómo podía servirte eso de consuelo. Creo yo que después de morirte una vez, las siguientes te deben importar más bien poco.

Dije:

—¡Pero, Ma, yo no quiero morirme ni una vez, y menos de una mordedura de víbora aro! ¡Es mejor que te vuelen la cabeza!

Ma se arrodilló junto a mí, me agarró por los hombros y me miró muy fijo a los ojos.

—Elías Freeman, escúchame y escúchame bien. No hay nada en el mundo por lo que valga la pena asustarse tanto, hijo. Nada.

Yo pregunté:

—¿Y los sapos qué? ¿Por qué te asustan tanto a ti? ¿Por qué es eso distinto?

Ma no puede ni oír la palabra "sapo" y, si se topa con uno, se pone a morir. Pero, de buenas a primeras, dio la conversación por terminada. Se levantó, me atizó un manotazo en la coronilla, abrió la puerta y dijo:

—Ellos son diferentes. Todo el mundo sabe que te pegan verrugas y toda clase de males asquerosos. Y no vuelvas a replicarme, Elías Freeman. A mí no me asustan tanto los sapos como para correr por la carretera gritando a voz en cuello como acabas de hacer tú.

Volvió a arrodillarse a mi lado.

—Ya eres mayorcito para comportarte así, Elías. A ver si aprendes a dominarte y dejas de ser tan frágil, hijo.

Parecía dudar entre mostrarse cariñosa y darme otro buen manotazo. Por fin, me acarició la mejilla y dijo muy amable:

—¡No sé qué voy hacer con el Zephariah ese! Te he dicho mil veces que no vayas con él. Debería darle vergüenza, ¡mira que meterles miedo a los chicos con cuentos chinos!

16

Seguía amistosa y tranquila cuando dijo:

—Y tú, pobrecito, a ver si empiezas a pensar con la cabeza, a ver si distingues entre lo que tiene sentido y lo que no lo tiene.

Entonces, de buenas a primeras, volvió a enfadarse conmigo, me pellizcó con saña en la mejilla y dijo:

—Pero eso no es excusa para que seas tan frá-gil, ni hablar.

Me estrujó los hombros para ajustarme las cuentas por ser tan frá-gil. Lo que más desea mi Ma en el mundo es que yo deje de ser tan malditamente frá-gil de una vez. Yo lo intento por mi cuenta, pero lo malo es que ella y yo lo intentamos de distinto modo. Y su modo es siempre al revés del mío. Mientras que yo intento no ser frá-gil tragándome lo que se me afloja y se me resbala por la nariz y no echándome a correr y a gritar a la menor tontería, Ma utiliza otro método. Casi siempre trata de dar ánimos hablando del tema hasta el cansancio. Y, maldita sea, así no hay forma de que te entren las cosas en la cabeza.

Pero lo peor es cuando se harta de hablar y maquina algo para darte una lección definitiva. La primera vez que intentó que dejara de ser frá-gil ni me enteré de lo que intentaba, pero el escarmiento se me quedó tan grabado que me parece que todo pasó ayer en vez de hace mil años.

Me había sacado a pasear por el jardín, cerca del huerto, y yo debía de ser muy pequeño porque tenía que estirar el brazo por encima de la cabeza para ir de su mano.

Recuerdo que me paré para mirar bien mirados unos bichos que correteaban por un montoncito de tierra. ¡No era capaz de entender cómo podían moverse por sí solas esas cositas tan pequeñas! Clavé los dedos de los pies en la tierra para que Ma se detuviera y poder echarles un buen vistazo. Pues fue uno de los mayores errores que he cometido en mi vida.

Me acuerdo de que bizqueé al mirar a Ma y de que ella se quitó el sombrero y se secó la frente antes de agacharse a mi lado y decirme:

—Elías, es tan solo un hormiguero, cariño.

Yo alargué la mano para agarrar una hormiga, aunque eso fue antes de saber que los bichos tienen muchas formas de evitar que los toques. Ma no me dejó, me sujetó la mano y dijo:

—No, no, Elías, son de las criaturas más trabajadoras del Señor, y el que tú seas más grande no te da derecho a molestarlas.

Entonces exclamó:

—¡Ooh, Elías, mira! ¡Mira qué cosa más bonita!

Me soltó la mano y rebuscó entre la hierba ¡y sacó el bicho más *horrorífico* que podía existir! ¡Un bicho que se meneaba y se retorcía de un modo nada de normal! ¡Y que no tenía brazos ni piernas por ninguna parte! Parecía salido de la peor de las pesadillas, pero lo más *horrorífico* de todo era que estaba en las manos de Ma, hasta entonces el mejor sitio al que ir corriendo si pasaba algo malo. Ma siempre dice que esa fue la primera vez que eché a correr y a gritar como un descosido, pero ¿y quién no? Casi todo lo que aprendí ese día y todos los días de después sobre las serpientes demuestra que gritar y salir disparado en cuanto las ves no es de frá-giles, es de sensatos.

No habían pasado ni dos semanas cuando Cúter y yo nos acercamos al río. Al poco rato, él gritó:

—¡Uy, va...! —y cazó un sapo del tamaño de una bandeja pastelera.

A mí seguía escociéndome que Ma me hubiera hecho sentir frá-gil, así que lo primero que pensé fue en lo frá-gil que se sentiría ella si viera un sapo tan grande y tan gordo como aquel.

Como casi todas las ideas realmente buenas, esta no se nos ocurrió de repente. Una cosa lleva a la otra, y al cabo de un rato dimos con un plan que incluía a los sapos y a Ma y a su costurero. En la escuela dominical, el profesor Travis siempre nos está diciendo que al Señor le gusta la risa, ¿y qué podía dar más risa que ver la cara de Ma cuando metiera la mano en su costurero y se encontrara una sorpresita?

Después de cenar envolví el sapo en el suéter que Ma estaba tejiendo y lo metí en el costurero y crucé corriendo el camino para esconderme con Cúter en la zanja de drenaje. Entonces, como de costumbre, Pa y Ma se sentaron en las mecedoras del porche para descansar un rato. Mientras se reían y charlaban, Ma se puso el costurero en el regazo.

Lo abrió y sacó sus gafas de coser, pero lo volvió a cerrar muy deprisa para decirle no sé qué a Pa. Dio la impresión de que iba a levantar otra vez la tapa para sacar el suéter, pero se detuvo en el último momento para dar palmaditas en el brazo de Pa. Hasta volvió a dejar el costurero en el suelo ¡y, maldita sea, daba la impresión de que ella y Pa no tuvieran más quehacer que reírse y hablar! ¡Estuve en un tris de volverme loco!

Por fin, Ma se puso de nuevo el costurero en el regazo y rebuscó en su interior. Enseguida supuso que algo iba mal porque, con el añadido del sapo, el suéter debía de pesar dos kilos más que de costumbre.

Giró la cabeza para mirar a Pa y desenvolvió el sapo, que le cayó en pleno regazo. Ma se quedó de piedra un segundo y luego se levantó de un salto. ¡El ovillo y las agujas y los botones y el sapo y el suéter a medio tejer salieron despedidos por todo el porche como te hacen las tripas cuando te muerde la víbora aro! ¡Las gafas de Ma saltaron hasta quedarse en medio de su frente, y ella empezó a brincar y a darse palmadas en la falda como si se le hubiera prendido fuego! Durante todo el tiempo ni gritó ni dijo esta boca es mía.

¡Era lo más divertido que había visto en mi vida! A Cúter y a mí casi nos da algo. No puede ser bueno para uno no dejar que salgan las risas, ¡estuve en un tris de explotar!

Ma oyó cómo intentábamos contenernos y empezó a cruzar el camino. Parecía empeñada en decir algo, pero su boca se limitaba a abrirse y cerrarse, abrirse y cerrarse. Como las palabras no le salían, dio media vuelta y se metió toda temblona en casa.

Pa nos gritó a Cúter y a mí:

—¡Quietos ahí!

Enderezó la mecedora de Ma, recogió sus cosas de coser y volvió a meterlas en el costurero. Luego pescó al sapo y cruzó el camino. Al llegar a nuestro lado, dejó el sapo en el suelo, meneó la cabeza y dijo:

—Bueno, Elías. A ti, a mí y a Cúter nos ha parecido gracioso. Pero es muy probable que tu Ma y ese sapo de ahí no opinen igual.

Cúter y yo intentábamos poner cara seria, pero se nos saltaban las lágrimas.

Pa dijo:

—Aparte de una verruga o dos, no creo que la broma del sapo te haga llorar, pero tu Ma... —soltó un silbido largo y bajo— eso es harina de otro costal. Así que en lugar de estar aquí partiéndote de risa con el tormento que le has dado a tu Ma y a ese pobre sapo, ¿por qué no te ahorras problemas y te acercas al bosque y rompes una vara que te guste para que tu Ma pueda darte una buena tunda? Porque ya sabes que eso es lo que va a pasar la próxima vez que coincidáis en una habitación.

Y añadió:

—Cúter, hoy es tu día de suerte, hijo. Vas a ver dos funciones por el precio de una. Si la primera te ha parecido buena, espera a ver lo que brinca y grita este cuando su Ma le aplique esa vara al trasero.

Pa sonrió y se marchó a casa.

Cúter y yo corrimos cerca de un kilómetro antes de estar bien seguros de que podíamos echarnos a reír sin peligro. ¡Y vaya si nos echamos! ¡Nunca me había reído tanto! Nos caímos al suelo y no podíamos ni levantarnos. ¡Nos revolcamos de risa recordando la cara de Ma cuando desdobló el suéter!

Ni siquiera éramos capaces de decir una frase entera.

Yo decía:

—Pero viste cómo... —y me daba la risa.

Cúter decía:

—Y... y... y cuando se... —y empezaba a dar tirones a la hierba y palmotadas al suelo.

Entonces yo decía:

—Nunca hubiera *pensao* que Ma podía saltar tan... —y la risa me atascaba la garganta.

Una vez que soltamos toda la risa y nos volvimos para casa, algo cambió. Empecé a notar que el pesimismo me caía encima como las nubes que se deslizan de repente para cubrir la luna llena. Cúter silbaba y seguía riéndose de vez en cuando, y, maldita sea, yo vi la forma tan injusta en que iba a acabar toda aquella juerga. Él se había divertido tanto como yo, pero parecía ser que yo era el único que iba a pagar por la diversión. Empecé a preparar una buena disculpa llena de sinceridad para Ma.

¡Cuando llegué a casa Ma no dijo ni pío! Debió de pensar que todo el asunto era demasiado embarazoso y no se le ocurrió cómo sermonearme sin sacar a relucir el tema de los sapos, así que lo dejó correr.

Tengo que confesar que me sentí muy orgulloso de Ma, porque se tomó muy bien la broma del sapo. Es curioso, cuando crees que ya no puedes admirar más a tus viejos, pasa algo como esto y ves lo equivocado que estabas.

Dos días después, cuando volví de ayudar al señor Leroy en donde la señora Holton, me encontré a Pa y Ma sentados en el porche. Ma seguía tejiendo su famoso suéter, y Pa estaba tallando. Ma debía de haber hecho dulces, porque tenía a su lado el bote de galletas.

Dijo:

—¿Cómo está el señor Leroy, hijo?

—Muy bien.

—¿Le has dado recuerdos de mi parte a la señora Holton?

—Sí, me dijo que igualmente.

—Ha venido la señora Brown a preguntar si ibas de pesca mañana.

—Sí, madre, en cuanto acabe mis tareas en las caballerizas.

—También ella ha hecho dulces, dice que espera cambiar una de sus tartas por dos buenas percas.

¡Las galletas no eran de Ma, sino de la señora Brown! ¡Entonces el contenido del bote era mucho más interesante!

—¿Qué ha traído, Ma?

Ma se agachó y alzó el bote.

Dijo:

—Ya sabes cómo es la señora Brown, Elías, siempre está probando cosas nuevas. Ha hecho galletas de azúcar y otro tipo de galletas que llama... —dejó de hacer punto y miró a Pa por encima de las gafas—. Ooh, Spencer, me estoy haciendo vieja. No recuerdo ni bien ni mal cómo dijo que se llamaban, ¿y tú?

Pa levantó su talla, miró a Ma y le dijo:

—Quia, querida, yo tampoco me acuerdo.

Ma dio una palmada al brazo de su mecedora.

—¡Ah, sí!, ya sé, ha hecho galletas de nueces y azúcar, y otras que llama galletas-cuerda. Queda alguna de *casualidá*. Si no es por mí, tu Pa se las termina.

Le alcanzó el bote a Pa, y él rebuscó y sacó una galleta ¡con nueces pegadas por encima y espolvoreada de azúcar!

Pa le dio un mordisco y exclamó:

—¡Casi tan buenas como las tuyas, Sara! —y me guiñó un ojo.

Ma me acercó el bote pero, cuando yo estaba a punto de meter la mano, lo retiró y dijo:

—Vamos, Elías, ya sabes lo que toca. Has estado trabajando con el señor Leroy. Ve a lavarte las manos, hijo.

—Sí, madre.

Fui corriendo al porche trasero para lavarme las manos lo antes posible. Cuando volví, Ma me acercó el bote y yo metí la mano.

Ma llevaba razón: Pa había acabado con casi todas. Pero al mover la mano por el fondo encontré la última galleta-cuerda... y la señora Brown debía de haberlas horneado hacía nada, ¡porque aún estaba caliente!

La saqué del bote.

¡Dejó de latirme el corazón, se me heló la sangre en las venas y el tiempo se detuvo!

¡Mis dedos agarraban el cuello de la serpiente con peor pinta de Canadá occidental!

Berreé:

—¡Serpiente! —y, sin saber cómo, me encontré cruzando el camino a todo correr y metiéndome en el bosque. Cuando tuve que pararme porque no podía más, habría recorrido unos tres kilómetros. Me apoyé en un árbol para recuperar el resuello y, de pronto, sentí algo en la mano y me la miré de nuevo.

—¡Serpiente! —berreé por segunda vez.

Pero en esta ocasión me acordé de soltar la culebra y de tirarla.

Creí que se me habían agotado las fuerzas para seguir corriendo, pero parece ser que lo de estar muerto de miedo y lo de estar hecho polvo son dos cosas que no pueden sentirse a la vez.

Cuando subí zumbando a nuestro porche vi que las caras de Pa y Ma estaban humedecidas por las lágrimas. Pa se inclinaba sobre un lado de su mecedora como si le estuviera dando un ataque.

Yo tenía tanto miedo y confiaba tanto en mis viejos que de momento no se me ocurrió que la serpiente no se había metido por su cuenta en el bote, que debían de haberla ayudado un poco. Me llevé una impresión de las gordas cuando entendí que Ma me había tendido una trampa para darme una lección.

Cuando al fin me volvió la voz, dije:

—¡Ma! ¿Cómo has podido hacerme esto?

¡Se troncharon!

Pa se las veía y se las deseaba para respirar.

—Ya sabes, Elías, amor con amor se paga —dijo.

Sienta como un tiro que los que se supone que deben cuidarte se salgan por la tangente y te *horrorifiquen* sin ninguna razón y, encima, se lo pasen bomba a tu costa. Por otro lado, lo justo es justo, y hacerle una broma a tu Ma con algo tan tonto como un sapo se merece que te hagan algo parecido, no que te den un susto de muerte.

—¿Por qué lo has hecho?

Yo lloraba tanto que se me atragantaban las palabras.

—Ma, siempre me estás diciendo que sea *echao p'alante* pero no puedo y tú lo sabes y, si lo sabes, ¿cómo has podido hacerme esto? ¡Y además sabes cómo odio las serpientes!

—Mmm-humm, tanto como yo los sapos.

—¡Pero, Ma! ¡Los sapos no hacen nada! ¡Las serpientes son peligrosas! A Adán y Eva no les dio la manzana un sapo, ¡se la dio una serpiente! Y no habrás oído hablar nunca de un sapo aro, ¿a que no? ¡Pues no! ¡Eso es porque no hacen daño! ¡Las que te matan son las serpientes!

Pa se palmeaba los costados con tanta fuerza que era un milagro que no se rompiera las costillas. Esa mala educación era de esperar en él, ¡pero ver la escandalera que montaba Ma fue un golpe terrible!

—¡Pero, Ma! ¡Yo creí que intentabas hacerme menos frá-gil! ¡Y mírame, no hago más que temblar!

Me di cuenta de que estaba perdiendo el tiempo. Si la gente se muriera de verdad por reírse con tantas ganas, me hubiera quedado huérfano.

Sé que quizá no está bien pensar lo que pensé en ese momento de mi Pa y mi Ma, pero es que me llevé una desilusión muy grande. Antes de irme a la cama aquella noche, hasta levanté la almohada con un palo. Estaba tan impresionado que quería asegurarme de que Ma no llevaba más lejos su lección.

EL SEÑOR FREDERICK DOUGLASS Y YO

Lo único bueno de la lección de Ma de la serpiente-en-el-bote-de-galletas fue que no había nadie por los alrededores para verlo, ni siquiera Cúter. Si no, toda la gente del Asentamiento se hubiera enterado en un santiamén. Porque, aunque Cúter es mi mejor amigo y no haría nada a propósito para hacerme quedar mal, sé que mi carrera para huir de la serpiente era una historia tan buena que hasta a un mejor amigo podría escapársele la lengua. Sobre todo a un mejor amigo como Cúter.

Toda la aventura hubiera sido una de esas cosas que se te queda pegada al nombre por los siglos de los siglos. Y, maldita sea, parece que a la gente no le gusta pegar a tu nombre lo bueno, sino lo trágico. No soy de esos que se quejan sin motivo, pero debo decir que ya tengo una tragedia terrible pegada al nombre y que sería muy injusto que me ganara otra más.

La tragedia esa tan terrible me dejará marcado hasta el día en que me muera. Se supone que los adultos deberían llorar cuando me ven, pero de eso nada. Hasta Pa y Ma fingen que no tiene importancia y que no les avergüenza que la gente sepa que soy su hijo, pero a mí no me la dan.

Yo no era más que un crío y no entiendo cómo se me puede echar la culpa de lo que pasó, pero es que pasó cuando el hombre más famoso y más listo que ha escapado jamás de la esclavitud estaba sobre el escenario de la escuela alzándome por encima de su cabeza frente a una multitud. Por cómo Pa lo cuenta, el hombre debía de alzarme unos seis metros. El accidente pasó mientras él pronunciaba un discurso, porque siempre que repetía algo, me daba un meneo por encima de su cabeza.

Yo no había cumplido ni un año cuando el señor Frederick Douglass y el señor John Brown visitaron Buxton. Pa dijo que la gente del Asentamiento estaba muy ilusionada y que trabajaron como burros para prepararlo todo y dejar Buxton como un pincel, como cuando rascas la tierra a tus zapatos de los domingos porque sabes que el señor Travis los va a mirar bien mirados.

Acabaron la escuela a todo correr para que la reunión pudiera celebrarse en un sitio grande. Se aseguraron de encalar bien todas las vallas de todas las casas. Prepararon toda clase de comida y demás, y hasta hicieron una manta de flores cosidas para que el mulo Flapjack la luciera en el lomo encabezando un desfile.

Todo este jaleo se debía a que la gente de Buxton quería homenajear a tres personas especiales. La persona especial número uno era el señor Frederick Douglass porque, aunque ha sido esclavo como casi todos los de aquí de Buxton, ahora da a a todo el mundo sopas con honda, o eso dicen. La persona especial número dos era el señor John Brown, porque se comenta que no ha nacido hombre blanco mejor que él; aparte del reverendo King, que creó Buxton. Y la persona especial número tres era yo porque, y es algo de lo que nunca presumo, fui el primer niño nacido libre en el Asentamiento Elgin, municipio de Raleigh, Canadá occidental, en lo que nosotros llamamos Buxton.

La señorita Guest, la mejor costurera y tejedora del Asentamiento, hasta fue y me tejió un conjunto de campanillas que Ma aún conserva en una caja de madera de cedro y olor raro. Ma y yo no estamos nada de acuerdo respecto a esas ropas, porque para mí se parecen demasiado al vestido y al gorrito de una niña. Cuando crecí lo suficiente para darme cuenta, tuvieron que dejar de exhibirme por ahí, porque me daba tanta vergüenza la ropa que me obligaban a ponerme como mi accidente con la persona especial número uno.

Pa decía que la celebración fue muy bien hasta que el desfile llegó a la escuela y el discurso casi había terminado. En ese momento el señor Douglass se acercó a Pa y Ma, me tomó en brazos, me llevó al escenario y me alzó por encima de su cabeza.

Ma decía que a ella no le hizo ninguna gracia, porque el señor Douglass se pone nervioso cuando habla, y empezó a darme vueltas y revueltas alegremente diciendo que yo era un "deslumbrante callo de luz y de esperanza para el futuro".

Le he preguntado a Ma qué significa eso, pero no lo sabe. A mí me parece que llamarle a uno pedazo de estómago de animal no está nada bien, pero al señor Douglass debía de parecerle estupendo, y la gente empezó a vitorearle y él siguió dándome meneos hasta que pasó lo que pasó.

Ma dice que ya entonces era frá-gil y que, cuanto más meneaba él, más se preocupaba ella. Dice que me estaba divirtiendo como un loco y que sonreí de oreja a oreja y que, sin la menor advertencia, ocurrió el accidente. Vomité todo lo que había comido sobre la barba y la chaqueta del señor Douglass.

Sé por Ma que a los antiguos esclavos les encanta *emperejilar* cualquier tipo de historia. Dice que hablar es casi lo único que podían hacer sin que un blanco les dijera cómo o cuándo, y que por eso sacaban el máximo partido de cualquier tema. Dice que les encanta convertir un día de verano en mucho más caluroso de lo que fue, la lluvia o la sequía en mucho más duraderas de lo que fueron y, sobre todo, transformar a su tata-tata-tatarabuelo o a su tata-tata-tatarabuela en el rey o la reina de África.

Con la mala suerte que tengo, no es de extrañar que los de Buxton no hayan adornado lo bien que sé apedrear, sino que hayan preferido *emperejilar* lo que me pasó con el señor Frederick Douglass. Te dirán que vomité sobre el señor Douglass durante media hora antes de que Ma me agarrara y me asomara por una ventana. Dicen que casi lo ahogo. Algunos juran que vomité tanto que las mesas y las sillas salieron flotando de la escuela. El señor Polite asegura que vomité con tantas ganas que ni un ciervo ni un conejo murieron en el bosque en los cinco años siguientes. Dice que, durante ese tiempo, los osos y los lobos se alimentaron con mi vómito, porque era mucho más fácil que correr detrás de un animal con pocas ganas de ser comido.

Y eso no tiene sentido. ¡No tiene sentido en absoluto!

Primero porque no hacen más que repetir lo listísimo que es el señor Douglass. Dicen que habla griego como un griego y latín como un latino, y digo yo que uno que es tan listísimo no se queda sentado durante media hora sosteniendo sobre su cabeza a un niño que vomita. Entiendo que al principio le pillara por sorpresa, nadie se espera que le vomite un niño con gorrito y vestido de niña, pero si el señor Douglass es la mitad de listo de lo que dicen, creo yo que le sobraba seso para sacarme él solito por la ventana. Creo yo que, si es verdad que vomité durante media hora, le caería encima los cinco primeros minutos, los veinte últimos saldría por la ventana esa.

Tampoco tiene sentido lo de los osos y los lobos porque, si hubieran venido al Asentamiento tres veces al día para comerse mi vómito, Buxton habría sido un sitio muy peligroso, y a los adultos no les preocupaba que los niños salieran a la calle para hacer sus tareas.

Cuando yo tenía cinco o seis años, Ma me mandó con un cubo al bosque que hay detrás de casa a recoger arándanos.

Quizá por aquello, entre otras razones, piensa que soy frá-gil. Recuerdo que en cuanto me lo dijo me entró el miedo y el tembleque.

Dije:

—¿Yo solo?

Ella dijo:

—Está cerca, Eli. Además, yo te vigilo, venga.

—¡Pero, Ma! ¿Y qué pasa con los osos y los lobos? ¿Y si cuando estoy fuera vienen por su cena?

Ella sonrió y dijo:

—No seas tonto, Eli. No se han visto criaturas de esas rondando por aquí desde antes de nacer tú.

Yo dije:

—¡Pero, Ma, entonces ¿por qué dicen que lo que le hice al señor Douglass trajo a *tos* los osos y a *tos* los lobos al Asentamiento *pa* comer?

Ella se rió y me contó algo de la forma de hablar de los adultos, esa forma de hablar de la que no puedes fiarte.

—Hijo, has salido con una de esas cabezas que se preocupan por cositas de nada. Vas a tener una vida muy dura si no aprendes que no puedes creer todo lo que te digan, ¡ni aunque te lo digan los adultos!

O sea, que Ma, que ha salido con una de esas cabezas para pensar, de pronto va y asegura que debo respetar lo que dicen los mayores ¡y al poco rato quiere que no me crea ni la mitad de lo que me digan! ¡Si con eso no te quedas devanándote los sesos es que te han salido mucho mejor que los míos!

PESCAR A PEDRADAS

Era viernes por la tarde y había acabado la escuela y me dirigía a la caballeriza para hacer mis tareas. Iba a tener que darme más prisa que otras veces, porque había un montón de gente esperando que les llevara pescado.

El señor Segee estaba junto a la cuadra rastrillando su huerto.

—Buenas tardes, señor Segee.

—Vaya, Elías, qué hay. Siempre sé cuándo vienes *pa'cá*, Old Flapjack se pone *mu'alterao* unos quince minutos antes de verte el pelo.

—No sé por qué dice la gente que los caballos y los mulos son tontos, señor Segee, de Old Flapjack sobre todo. Debe de ser el mulo más listo del mundo.

El señor Segee resopló como si pensara que estaba chiflado.

—Bueno, me alegro de verte, chico. Y entra ya, los animales *t'esperan*.

Yo separo mis tareas de las caballerizas en dos partes: la parte del trabajo y la parte divertida. La parte del trabajo consiste en hacer las cosas que no harías si pudieras. Esas las hago primero. Cosas como limpiar los compartimentos y quitar el estiércol con la pala y llevarlo a la pila de abono, y dar de comer a los animales y lavarlos. Eso lleva una buena cantidad de tiempo.

La segunda parte de mis tareas, la divertida, consiste en cepillar a los animales, cuidar de sus cascos y, mi parte favorita, librarles de los tábanos para que se sientan cómodos.

No solo prefería esa parte porque les hiciera un favor, sino porque también yo sacaba algo a cambio. Sacaba tábanos para usarlos como cebo. Me figuraba que esa tarea encajaba muy bien en el Credo del Asentamiento de Buxton: "Uno ayuda a otro para engrandecer a todos". Así nos cuidamos unos a otros en Buxton. No esperamos nada a cambio, pero si alguien necesita que le echen una mano, nos apresuramos a echársela. Y de eso siempre salen cosas buenas.

Me hice con mi matamoscas, puse un taburete de ordeñar junto a Old Flapjack y esperé. Al poco rato un moscón bien gordo se le posó en el casco trasero.

¡Pum!

—¡Puñeta!

No soy de esos que sueltan palabrotas en voz alta así como así, pero a veces se te escapan sin darte la oportunidad de recordar que no son propias. Esa la solté porque estaba enfadado conmigo mismo. No cazo tábanos con intención de matarlos pero, a veces, se me va un poco la mano.

Llevo tantos años cazándolos que, por el ruido del matamoscas, sé si el bicho vale o no vale para pescar. Y *¡pum!* casi nunca es bueno.

Miré bajo Old Flapjack y vi que llevaba razón. El tábano estaba en el suelo, quieto; solo se le movían las tripas verdes que le chorreaban por el trasero despanzurrado.

Lo levanté por las alas, lo limpié de un soplido y lo puse en la bolsa de los "muertos".

Dos más se posaron sobre el flanco de Old Flapjack: era la ocasión de enmendar mi error. O sea, el error de darle-muy-fuerte-al-moscón, no el de decir palabrotas. El señor Travis dice que lo de soltar palabrotas es de esos errores que, una vez cometidos, no hay quien los corrija.

Estudié con mucha atención los dos tábanos de Old Flapjack. Cuando se posan tan cerca, poco tardan en verse el uno al otro y en dejar de ver todo lo demás. Parece que se echaran mutuamente un hechizo o un conjuro y, la verdad, cuando lo hacen es más fácil darles a dos que a uno solo.

Los moscones se vieron casi al mismo tiempo y se quedaron paralizados, tratando de averiguar cuál de los dos era el más valiente.

Hacían mal, porque ninguno lo era tanto como mi matamoscas, ¡y ese les iba a hacer más daño que cualquier otro tábano del mundo!

¡Pa-plof!

¡Ese era un buen ruido! No les había atizado con suficiente fuerza como para romperles sus huesos de moscón ni nada de eso, pero bastaba para dejarlos un poco turulatos. Era probable que no volvieran a volar, pero seguirían vivitos y coleando. Miré de nuevo bajo el mulo, y allí estaban, zumbando y moviéndose en círculos por el suelo entre dos nubecitas de polvo.

Los agarré rápidamente y los metí en la bolsa de los "vivos", junto a los otros para mis cebos de peces gordos.

El Predicador dice a todo el que quiera escucharle que los tábanos más grandes y más cascarrabias del mundo viven aquí, en Buxton. Se lo dice sobre todo a los antiguos esclavos que llegan, porque no hay nada que le guste más que comunicarles lo sorprendente que es él y el resto de los habitantes de Buxton. Aunque, bueno, más bien lo sorprendente que es él.

Una vez vinieron juntos siete esclavos libres al Asentamiento, y el Predicador les dio la bienvenida por su cuenta, aunque eso fue antes de que los Mayores lo descubrieran y no le dejaran hacerlo más.

A esos nuevos libres les habló de los duros tiempos que se avecinaban.

—¡Los inviernos! —les gritó—. ¡Nadie ni en sus peores pesadillas podría imaginar lo malos que son aquí arriba los inviernos! ¡En el invierno del cincuenta y tres hizo tanto frío que las llamas de las velas se congelaron! ¡Hasta el sol se congeló en medio del cielo! ¡No se desheló ni empezó a moverse hasta el verano del cincuenta y cuatro! Siete meses de sol y nada más que sol. Lo cual explica por qué los tábanos de aquí son anormalmente grandes y cascarrabias: disponen de dos temporadas de crecimiento en lugar de una.

Al Predicador le encantaba agitar los brazos por encima de la cabeza mientras hablaba, así que los agitó a lo loco para impresionar a los nuevos.

—Aquel verano estaba yo en el campo arando la tierra con mi mulo... —dijo, lo cual daba idea de lo mucho que se proponía deformar la verdad, porque nadie de por aquí ha visto nunca las riendas de un mulo ni ningún otro tipo de herramienta de trabajo en las manos del Predicador— cuando, de pronto, dos de esos tábanos empiezan a zumbar sobre mí y uno le pregunta al otro: "¿Tú qué opinas, nos comemos el mulo aquí o arrastramos a ese al bosque y nos lo echamos al coleto?". El otro tábano contestó: "Vamos a comernos a ese aquí. Si lo llevamos al bosque, seguro que los tábanos adultos nos lo quitan".

Yo no he visto tábanos tan grandes por ningún sitio pero puede que los haya, porque el Predicador es un hombre enormemente listo. Lo que sí sé es que a los peces del lago de Old Flapjack les parecerían el mejor bocado del mundo.

Una vez que conseguí suficientes tábanos y miré por la caballeriza para asegurarme de haberlo hecho todo, salí para despedirme del señor Segee.

—Ya he acabado, señor Segee.

—Elías, si tú dices *qu'as acabao*, yo no tengo *necesidá* de mirar. Ningún otro chico cuida de la cuadra como tú. ¿Qué día te toca volver?

—El lunes, señor.

—Muy bien. Hasta el lunes, pues.

—Sí, señor. Señor, ¿le parece bien que me lleve un rato a Old Flapjack?

Era lo de todos los viernes, y él nunca se negaba, pero Pa y Ma decían que preguntar y no hacer suposiciones era lo propio y lo educado.

—Vaya, déjame pensar, chico, ¿te parece a ti bien sacar por ahí a ese viejo mulo?

El señor Segee se apoyó en su rastrillo y se puso a contemplar las nubes. Entonces dijo:

—Creo que han suspendido la carrera de caballos de esta tarde, Elías. Parecer ser que *tos* los caballos, hasta Jingle Boy y Conqueror, *s'han negao* a salir en cuanto *s'han* olido que Old Flapjack va a correr de nuevo, supongo que se figuran que no hay quien le gane. Así que no pasa *na* porque te lo lleves.

El señor Segee vino desde Misisipi hace solo un año, y Ma dice que debemos ser comprensivos con las cosas que le hacen gracia, por eso siempre me río un poco cuando cuenta alguno de sus chistes malos.

Yo sabía que Flapjack estaba deseando salir, pero a menos que sepas lo que buscas, no lo encuentras; y su mirada de ganas de salir se parece un montón a su mirada de ganas de no moverse del sitio. Tan pronto como lo saqué de la caballeriza se arrancó por el camino que atraviesa la mayor parte del Asentamiento. No era necesario que me apresurara para alcanzarlo, porque sabía de sobra dónde se dirigía. Al salir de la cuadra seguía recto por el camino y atajaba después por el bosque en dirección al lago que me enseñó hace cosa de un año.

Había tiempo de sobra para recoger los utensilios y la carretilla, y para guardar mis bolsas de moscones y mis piedras de apedrear y mi cesta de pescar y los cordeles para sujetar los peces.

Después de marcharme, atajé por unos campos y alcancé a Old Flapjack cuando pasaba por casa de la señorita Carolina. Salté sobre su lomo y dejé que me llevara a nuestro lago secreto.

La mayor parte de la gente dice que es un error, pero yo tengo mis gustos, y a mí lo que me gusta es montar en mulo, no a caballo. Los caballos no hacen más que sacudirte las tripas en cuanto te subes y están muy altos si dejas de agarrarte y te caes. Los mulos no se menean nada cuando caminan, les gusta andar despacito y con calma. Te mecen con suavidad como a un bebé en la cuna. Si antes no te duermes, hasta puedes pensar en las cosas. Con un caballo, no puedes pensar más que en la esperanza de no caerte y no acabar despanzurrado bajo sus cascos. Si te caes de un mulo, además de estar más cerca del suelo, tienes tiempo de sobra para quitarte de en medio. Con lo lento que es Old Flapjack, te daría tiempo a echarte una siesta sin tener que preocuparte por sus pisotones.

Flapjack salió del camino y entró en el bosque al salir del Asentamiento, después de pasar por casa del Predicador. Parecía que él no estaba. No es que yo acostumbrara a visitarlo, es que, últimamente, desde que sabía que Jesús me había concedido dones, me dejaba acompañarle cuando practicaba con su misteriosa pistola.

Solo hacía un mes que se me había acercado a hurtadillas en el claro del Atlas mientras yo apedreaba. Salió de detrás de un árbol y dijo:

—¿He visto lo que creo que he visto o me engañan los ojos?

Sonaba tan sorprendido que miré por todo el claro por si había algo raro.

—¿Qué es lo que ha visto, señor?

Él dijo:

—Te he visto a ti, Elías. He visto lo que has hecho y mucho me temo que sea cosa de magia.

No entendí a qué se refería, pero estaba seguro de que yo no había hecho nada que pudiera llamarse magia.

Dije:

—No, señor, yo no nunca haría eso de la magia. Yo no hacía más que apedrear.

Él dijo:

—A eso me refiero. Nunca he visto a nadie lanzar piedras como lo haces tú, Elías, y, no tengo más remedio que decírtelo, me preocupa, me preocupa mucho. Necesito considerarlo muy seriamente para averiguar si es obra del demonio. Deberías saber que lo de ser zurdo es signo inequívoco de haber caído en las garras de Satanás, ¿lo sabías?

Yo contesté:

—¡No, señor!

Él dijo:

—Pues tenlo en cuenta. Ven conmigo; voy a adentrarme un poco más en el bosque para hacer prácticas de tiro. Y tráete unas piedras de esas.

Le había prometido a Ma que no iba a ir más allá del claro del Atlas, pero, como iba con el Predicador, supuse que podía seguirle. Además, si por seguirle iba a verle disparar su misteriosa pistola, ¡no me paraba nada!

Había pasado mucho tiempo rondando por el bosque, sobre todo de noche, pero no reconocí el camino por el que me llevaba. Solo sabía que íbamos por donde a Cúter y a mí nos habían prohibido ir, hacia la zona donde estaban algunos de los blancos que no nos querían. Pa nos había dicho que esa zona estaba llena de osos negros y de murciélagos y, lo peor de todo, ¡de millones de serpientes de cascabel!

Me alegré de que el Predicador llevara su pistola porque, la verdad, aunque yo no tendría problemas para apedrear una serpiente de cascabel, no estoy seguro de si podría parar de una pedrada a un oso negro de esos.

Debimos de andar una media hora, creo: cuando no sabes dónde vas, parece que el tiempo no corre igual. Pero cuanto más avanzábamos, más decepcionado me sentía.

¡Por las advertencias de Pa, me había imaginado aquella zona tan repleta de osos colgados de los árboles que pensaba que la luz del sol no llegaba al suelo! Me había imaginado que había miles de serpientes de cascabel siseando y sacudiendo esas partes que te pueden dejar sordo de la bulla que arman. Pero llevábamos caminando un buen rato y seguía habiendo un montón de luz y no se oía el menor cascabeleo. Ni siquiera se veía un mal murciélago.

Por fin llegamos a otro claro y el Predicador dijo:

—Voy a ponerte unas pruebas, Elías, y espero que confirmen que no te has valido de la magia, porque, en caso contrario, me veré en la obligación de propalarlo.

No entendí muy bien lo que quería decir, pero sabía que no era nada bueno.

Dijo:

—Voy a colocar estos trozos de madera a veinte pasos y quiero ver cuántos aciertas.

Empecé a pensarlo. Darle a algo a veinte pasos es fácil, pero me pregunté si me convendría fallar uno o dos a propósito para que el Predicador dejara de ver signos de magia.

Pero el Predicador era el Predicador, y era demasiado listo para dejarse engañar. Siempre me estaba diciendo que él había olvidado más de lo que yo sabría nunca, lo que no tiene mucho sentido, pero decidí que sería mejor apedrear bien, sin trucos.

El Predicador se alejó veinte pasos y colocó cinco trozos de madera a una distancia entre sí de unos tres pasos.

Volvió y me dijo:

—A ver a cuántos puedes dar antes de que cuente hasta cinco.

Me puse dos piedras en la mano derecha y tres en la izquierda.

El Predicador alzó una ceja como si nunca hubiera visto cosa igual y dijo:

—¡Preparado! ¡Listo! Uno...

Lancé: izquierda, derecha, izquierda, derecha, izquierda.

Los cinco trozos de madera volaron por los aires antes de que él contara hasta tres.

La mirada que me lanzó decía a las claras que no le quedaba ninguna duda de que yo era un mago. No dijo nada pero volvió a recorrer los veinte pasos, y esta vez puso diez trozos de madera. Regresó, sacó la misteriosa pistola de su lujosa pistolera y dijo:

—Cuando diga "ya", tú tiras a los cinco de la derecha y yo a los cinco de la izquierda.

Preparé mis piedras.

—¡Ya!

El pistoletazo me sorprendió y fallé el primer trozo, pero acerté rápidamente los otros cuatro. Cuando acabé, el Predicador sólo había disparado a tres de los suyos y apuntaba al cuarto.

Se detuvo, me miró boquiabierto y dijo:

—Voy a tener que considerar esto un poco más. Por un lado puede ser cosa de magia pero —extendió la palma de la mano derecha como si esperara que le cayera algo del cielo—, por el otro... —su mano izquierda la imitó— ¡podemos estar siendo testigos de un don del mismísimo Jesús!

Juntó las manos como si se preparara para rezar.

—No puedo pronunciarme ahora ni decir si esto es cosa de magia o del Señor pero, sea lo que sea, es antinatural que un niño lance piedras así.

Pocos días después el Predicador anunció que le había sido revelado que mi forma de tirar piedras ¡era un don de Jesús! Le decía a la gente que mi brazo y mi ojo eran tan certeros que podría darle a los lunares de una mariquita sin hacerle ningún daño si me entrara en gana.

Decía que una piedra lanzada por mí era igual que una bala de esos rifles que se cargan por el cañón. No solo por la velocidad que alcanzaba sino porque, una vez que daba en el blanco, no dejaba títere con cabeza.

Yo le creí cuando me dijo que lo mío era un don del Señor, pero eso no significa que no me entraran dudas de vez en cuando. Le iba a preguntar al señor Travis, nuestro profesor de la escuela dominical, si decir eso era una blasfemia, pero pensé que si lo de saber apedrear fuese un don de Jesús, existiría siempre, y de eso nada. Era un don que, si no se practicaba a todas horas, se perdía.

A Pa y Ma tampoco les impresionó mucho lo que iba diciendo el Predicador. Cuando le conté a Pa lo de su revelación, dijo:

—Qué casualidad que Jesús sólo les hable a ciertos tipos. Y qué casualidad que esos tipos tengan tan poco que ver con la Biblia.

Quizá empezaba a quedarme dormido, porque me sorprendí cuando Old Flapjack aflojó el paso y los pinchos de los arbustos se me engancharon en los zapatos de faena. Como Flapjack atravesaba las zarzas con mucho cuidado, supe que faltaba poco para llegar a nuestro lago secreto.

Entre esos arbustos pasaba el rato Old Flap mientras yo pescaba.

Salté de su lomo y me acerqué al agua. Fui derecho a la orilla opuesta del lago y dejé en el suelo mis dos bolsas de tábanos y mi zurrón y mi cesta de pescar, y me quité los zapatos y la ropa.

Yo divido este lago en dos partes. La parte de pescar, que estaba al lado de donde había venido, porque hay espadañas y lirios de agua, y la parte de nadar, que era hacia donde me dirigía.

Salté al agua y dejé que se llevara el sudor de mis tareas y de mi cabalgata en Flapjack. No sé cuánto estuve a remojo, pero al cabo de un rato vi salpicaduras y ondas en la otra parte del lago y supe que los peces habían empezado a alimentarse.

Me puse toda la ropa, menos los zapatos y los calcetines, me hice con mi zurrón y mis bolsas y mi cesta, y volví al lado de pescar, muy cerca de donde Old Flapjack seguía comiendo moras. Le oí resoplar y masticar y atacarlas con entusiasmo.

Allí, delante de la espesura de espadañas, había un sitio estupendo para pescar a pedradas.

Abrí la bolsa de los tábanos "muertos", pillé unos cuatro que chorreaban jugos y los lancé cerca de las espadañas. Eso sacaba de quicio a los pececillos, que daban cabezazos a los moscones y trataban de hundirlos y andaban a la rebatiña y hacían preguntarse a los peces gordos a qué venía tanto jaleo.

Me moví hasta que la luz me dejó ver el centelleo de las diminutas escamas de los peces. Luego fui a mi zurrón y saqué dos buenas piedras, una para la mano derecha y otra para la izquierda.

Después rebusqué en la bolsa de los "vivos" y agarré dos muy dispuestos aún a pelear. Cuando los lancé al lugar de la pesca, uno de ellos tuvo ánimos hasta de volar un poco, pero no aguantó y cayó de nuevo al agua. Como ninguno tenía por costumbre estar a remojo, ambos empezaron a zumbar y a salpicar y a cabrillear en el agua.

Había algo en la forma de moverse de esos tábanos atontados que espantaba a los pececillos ¡y volvía locos a los peces gordos! Si lo había hecho todo bien, a los gordos no les quedaba más remedio que salir disparados de las espadañas y hacerse con los tábanos.

Los pececillos se apartaron y, de repente, un fogonazo oro y plata salió volando de entre los lirios de agua. Cuesta explicarlo, pero más que verlo, lo sentí.

Lancé con la izquierda.

La piedra y el pez y el tábano se encontraron en el mismo lugar al mismo tiempo.

No es por presumir, pero fue un tiro perfecto. Puedo decirlo porque para que un tiro sea perfecto deben pasar dos cosas. Primero, el pez debe quedarse frito en cuanto le atizas, para que no se hunda, y, segundo, la piedra debe rebotar en el agua y hundirse lejos para no asustar a otros peces gordos.

Después de arrearle en la cabeza, la piedra rebotó cuatro veces en la superficie y se hundió en el lago con la suavidad de un pato al comer peces.

Abrí la cesta de pescar y puse allí mi pez.

Era un róbalo de buen tamaño. Lo até y lo volví a meter en el agua.

No sé qué pasa con mi cesta, pero la cosa es que no preocupa nada a los peces: puedo meterlos y sacarlos de ella sin que les entre ningún miedo. Quizá se deba a que son algo tontainas.

Si yo hubiera sido pez, la habría mirado mal. Si yo hubiera visto que uno de mis amigos peces iba tras un tábano y, de repente, se quedaba flotando con un gran chichón en la cabeza, se me quitaría el apetito por completo. Y, aunque no se me quitara, no me quedarían ganas de cazar el siguiente moscón que apareciera en el agua. Yo tendría el seso suficiente para sumar dos y dos, y me buscaría la cena en el fondo del lago.

Pero supongo que si te gusta engullir tábanos enteros, la inteligencia no se encuentra entre los dones que te han concedido.

Había apedreado cuatro peces más y fallado otros dos cuando Old Flapjack dejó de mascar y soltó un resoplido raro. Me quedé quieto y miré en su dirección. Como conozco a ese viejo mulo, supe que había visto algo. Otros tienen perros guardianes, yo tengo mulo guardián.

Él comenzó de nuevo con sus ruidos de mascar moras, pero yo sabía que algo iba mal. Seguro que había visto a alguien y que ese alguien era conocido.

Vigilé las zarzas y los árboles, pero no vi nada. Esperé y esperé, y luego volví a mi pesca. Fallé tres de los cinco siguientes porque estaba distraído: seguía preguntándome a qué se debía el resoplido de Old Flapjack. Desde luego, si no pones los cinco sentidos en apedrear, no das ni una.

Intenté tranquilizarme pero, a pesar de eso, fallé dos de los cinco siguientes.

Entonces los peces dejaron de picar. Me había agenciado siete buenos róbalos y tres hermosas percas. Calculé lo que necesitaba: cuatro para mí, Pa y Ma; dos para el señor Leroy; dos para el señor Segee; y dos que esperaba cambiarle a la señora Brown por una tarta. Sumaban diez.

Eché al agua los tábanos muertos que me sobraban y vacié sobre una roca la bolsa de los vivos. Si estos dejaban de dar vueltas y se recuperaban, era de justicia no malgastar sus vidas y darles la oportunidad de salir volando.

Entonces pensé en lo pelmazos que eran y en lo que comían. Cambié de opinión y los arrojé todos al agua.

Había metido mis piedras de apedrear en el zurrón y estaba poniéndome los zapatos cuando una voz de hombre tronó a mi espalda:

—¡Es lo más asombroso que he visto en mi vida! Giré en redondo al tiempo que agarraba una piedra, dispuesto a arrearle una pedrada a quien me hubiera estado espiando.

Cuando llevaba el brazo izquierdo hacia atrás, el hombre alzó las manos y dijo:

—¡No! ¡Soy yo!

El Predicador.

Al recuperar el resuello, dije:

—Lo siento muchísimo, señor. Creí que no había nadie.

El Predicador salió de los arbustos y dijo:

—¿Cuántos peces has apedreado, Elías?

Saqué mi ristra de peces del agua y se la enseñé.

Él dijo:

—¡Santísimo Jesucristo! ¡Y el chico los pesca sin sedal ni anzuelo! ¡Los descalabra y sanseacabó! En fin, esto lo confirma todo, Elías. ¡El Señor te ha bendecido con un extraño don! Esto me recuerda a San Marcos, capítulo seis, versículos treinta y tres a cuarenta y cuatro, cuando Jesús alimenta a cinco mil personas con cinco panes y dos peces. Pero en vez de convertir dos peces en comida para miles,

Elías, ¡tú conviertes las piedras en peces! Puede que sea más práctico e impactante convertir el agua en vino, pero lo tuyo no le va a la zaga.

El Predicador me puso una mano en la frente y dijo:

—He estado pensando en la mejor forma de aprovechar tu don, Elías, y he pensado que podría servirnos para ayudar a todo el Asentamiento. ¿Tú quieres ayudar al Asentamiento, verdad?

Esa forma de hablar era rara. Él no vivía allí, directamente; él y otros nuevos libres vivían en las afueras, porque no querían seguir todas las normas del Asentamiento.

Yo dije:

—Sí, señor, quiero ayudar al Asentamiento, pero ¿cómo...?

El Predicador dijo:

—No pierdas ni un minuto en pensarlo. Solo quería saber si estabas dispuesto a ayudar; ahora que sé que eres tan buen cristiano como suponía, ya concretaremos.

Yo dije:

—Sí, señor, pero me preguntaba...

El Predicador levantó la mano y dijo:

—¿Sabes qué, Elías? Pues que el Señor me ha revelado que, ya que te ha concedido este don, debo demostrarte más respeto. Debo dejar de tratarte como a un niño y empezar a tratarte como al hombre que en verdad eres.

Pa dice que cuando alguien se pone tan zalamero debes prestar mucha atención a las siguientes palabras que salgan por su boca. Dice que las zalamerías son como el cascabeleo de las serpientes de cascabel, una advertencia del mordisco que se avecina.

El Predicador dijo:

—Y como eres tan maduro, me preguntaba si sería de tu agrado acompañarme y comprobar si tienes tan buen ojo para disparar esta pistola como para lanzar piedras. No he olvidado la promesa que te hice.

El Predicador se abrió la chaqueta para enseñarme su lujosa pistola.

Olvidé por completo todo lo que había pensado sobre palabras de serpiente de cascabel y zalamerías y mordiscos.

Entonces recordé lo que ocurrió la última vez: cuando me llegó el turno de disparar, el Predicador salió con que no le quedaban balas.

Le pregunté:

—¿No va a reírse de mí, señor? ¿Podré disparar de verdad?

Puso cara de ofendido y dijo:

—Elías, te estoy hablando de hombre a hombre ¿y aun así dudas de mí?

Dije:

—No, señor, pero es que...

Él dijo:

—¡Bien! Vamos a ese claro a practicar un poco.

Yo dije:

—¡Sí, señor!

Nada más decirlo empecé a pensar en que quizá Old Flapjack no querría alejarse más, y en lo que dirían mis padres si se enteraban de que había disparado la misteriosa pistola del Predicador, y en cómo le iba a explicar a Ma lo de llegar tan tarde. ¡Y en que había gente esperando que les llevara sus peces!

Dije:

—Señor, creo que ahora no puedo, tengo que volver. Ma espera que le lleve pescado para la cena y se está haciendo tarde.

El Predicador dijo:

—Llevas razón, Elías. Llevas mucha razón, y eso me confirma que tienes mucho más de hombre que de niño. Lo que acabas de hacer demuestra lo responsable que eres. Ya dispararemos cualquier otro día. Ahora ve derecho a casa y llévale esos peces a tu Ma.

El Predicador esperó un momento y añadió:

—Parece una cantidad desorbitada de peces para tres personas. Me pregunto si os los coméis todos esta noche.

—No, señor. Le suelo dar algunos al señor Segee y otros al señor Leroy.

Él dijo:

—¡Es lo que haría un buen cristiano! Pero también me pregunto, Elías, si conoces la palabra "diezmar".

—Sí, señor, el profesor Travis nos la ha enseñado en la escuela dominical. Es dar la décima parte de tus pertenencias y tu trabajo al Señor.

Él dijo:

—Sí, al Señor, pero por medio de sus siervos aquí en la tierra. ¿Cuál supones que es la décima parte de estos peces? ¿Tres? ¿Cuatro?

Aunque el Predicador se creía el más educado de Buxton y alrededores, era bastante malo con los quebrados.

Yo le dije:

—No, señor, la décima parte de estos peces es un pez.

Él dijo:

—Cierto, si calculas la décima parte de la cantidad, pero yo me refería a la décima parte de la edad. Déjame sostener esos dos cordeles un segundo.

Yo le alcancé todos los peces.

Él dijo:

—Las sumas se te dan bien, ¿no?

Yo dije:

—Bastante bien, siempre que no sean geométricas... kilométricas.

El Predicador se puso a señalar los peces diciendo cifras y advirtiéndome que calculara el total.

—Este pasa de catorce, este tendrá unos doce, este acaba de cumplir los dieciocho, este...

¡Qué cosa más asombrosa! A algunos tuvo que mirarles la boca y a otros le bastó con sopesarlos,

¡pero averiguó la edad de todos y cada uno de ellos!
Cuando acabó, le dije que el total era de ¡ciento
veintidós años!

—Entonces, ¿cuál es el diez por ciento de ciento
veintidós, Elías?

Moví la coma de los decimales sin papel ni lápiz
y dije:

—El diez por ciento de ciento veintidós años son
doce años enteros y dos décimas partes de año,
señor.

El Predicador sacó los dos róbalos más grandes
y la perca más gorda de los cordeles y dijo:

—Esta perca tiene diez años, y estos dos róbalos
uno año cada uno. ¿Cuántos años suman en total?

—Diez más uno más uno son doce, señor.

—¿Y qué queda?

—Dos décimas de año, señor.

—¿Y cuánto es eso?

Supuse:

—Unos dos meses y pico, señor.

Él sacó el siguiente róbalo más gordo del cordel
y dijo:

—Había pensado en devolver este al agua, porque andará por el mes y medio, pero como me fal-
tan dos meses y pico, cuadra bien. Me lo quedo.

No pretendía faltar, pero no pude por menos
que arrugar el ceño. Yo tenía diez peces y me había
quedado con seis y, aunque no valgo mucho para
los estudios, me seguía pareciendo que hacían falta

un montón de malditas paparruchas algebraicas y unas cuantas *artimañerías* geométricas para lograr que el diez por ciento de diez diera cuatro.

El Predicador colgó los cuatro peces de uno de los cordeles y dijo:

—Creo que voy a pasarme por casa de la hermana Carolina para preguntarle desde cuándo no come pescado. Quizá ella pueda freírlos.

Y se marchó.

¡Y con él cuatro de mis peces, y, por más que lo intento, yo no veo por ningún lado que eso sea la décima parte de diez!

¡SECUESTRADORES Y NEGREROS!

Cargué mis bártulos de pescar, eché la ristra de peces sobre la grupa de Old Flap, me monté y me dirigí a la caballeriza.

Poco después el balanceo del mulo me hizo preguntarme si debía dormirme o pensar. Ganó pensar porque seguía muy mosca por tener solo seis peces. Ya ni sabía cómo se las había apañado el Predicador, pero el asunto ese de los diezmos apestaba de mala manera. Y eso me hizo pensar en que mucho de lo que hacía el Predicador no estaba bien.

Pa le había llamado "siervo de Dios muy marrullero" cuando pensaba que yo no le oía. No pude preguntarle lo que significaba porque se hubiera enterado de que escuchaba a escondidas las conversaciones de los mayores, pero sí entendí que no era nada bueno.

Y entonces me vinieron a la cabeza muchas otras cosas que había hecho el Predicador. Como prometerme que me iba a dejar su misteriosa pistola. Ya habíamos salido dos veces y yo ni siquiera la había tocado. La primera vez se le acabaron las balas cuando me llegó el turno de disparar, y la segunda, en lugar de dejarme esa misteriosa pistola chapada en níquel, me dejó una vieja y oxidada. Esa, en cuanto disparé dos veces, se calentó tanto que me quemó la mano y tuve que tirarla al suelo.

Con todo y eso, lo único que pasó es que me entraron muchas más ganas de disparar la misteriosa pistola.

La gente no hacía más que preguntarse de dónde la habría sacado, pero era de lo único que el Predicador no soltaba prenda. Me llevé un chasco muy grande cuando al fin se lo contó al señor Polite porque, en vez de contarle una de sus interesantes deformaciones de la verdad, se inventó un cuento propio de crío sosaina. Le salió con que se la había encontrado en el bosque. Me llevé una desilusión, porque si el Predicador se hubiera esforzado, habría dado con algo mucho más emocionante.

La pistola apareció en sus manos por primera vez hace unos tres años, cuando yo tenía unos ocho.

Lo recuerdo muy bien porque fue la última vez que vinieron cazadores de esclavos a Buxton.

Estábamos en clase de latín cuando el señor Brown llamó a la puerta de la escuela y le pidió a la señorita Guest que saliera. Cuando ella volvió empecé a preocuparme porque, aunque intentaba hablar con calma para no asustarnos, yo la miré a los ojos y vi cómo se retorcía las manos y supe que algo iba mal.

Ella dijo:

—Niños, vamos a posponer el resto de las clases de hoy. Espero que todo el mundo tenga apuntados los deberes y recogidos los libros. A continuación, Rodney Wills, Emma, Buster y Zacarías: en fila al lado de la puerta sin hacer ruido. Kicknosway, James, Alice, Alistair y Bonita deben ponerse en marcha ahora mismo e ir directamente a casa.

Casi todos menos yo soltaban risitas y hacían el ganso pensando que pasaba algo bueno, pero yo supuse que si los adultos suspendían las clases era porque algo muy, muy malo había pasado o estaba a punto de pasar. ¿Y por qué la señorita Guest mandaba a todos los chicos blancos y a todos los chicos nativos a casa?

Miré corriendo hacia el oeste por la ventana y vi que el cielo estaba azul y que brillaba el sol. Eso quería decir que no se avecinaba mal tiempo. Eso quería decir que se trataba de algo peor, de algo relacionado con la gente.

Volvieron a llamar a la puerta y el señor Brown asomó la cabeza y preguntó:

—¿Preparados?

La señorita Guest contestó que sí y nos dijo:

—¡A casa en grupos de cuatro! Se irán primero los que vivan más lejos de la escuela. Hemos ido a los campos para avisar a los padres, así que estarán esperando en casa. Ellos explicarán lo que ocurre. No contestaré a ninguna pregunta ni toleraré el más mínimo ruido. Quiero a todos sentados a lo largo de las paredes del guardarropa de los chicos, que nadie se acerque a las ventanas y no se mueva hasta que yo lo diga. Tranquilos, no pasa nada.

En ese momento hasta los que no eran muy espabilados se pusieron nerviosos. No hay nada que preocupe más que el que una profesora te diga que no pasa nada, y todos sabíamos que los adultos no dejaban de trabajar tan pronto en los campos por nada.

La señorita Guest abrió la puerta y Rodney el Pequeño, Emma, Buster y Zacarías salieron detrás de ella y del señor Brown. Una vez fuera, la señorita Guest asomó la cabeza por la puerta y dijo:

—Estaré aquí mismo. Quiero silencio y que nadie se mueva.

Tan pronto como cerró la puerta, Sidney Prince susurró:

—¿Qué pasará? Es de lo más raro.

Cúter susurró en respuesta:

—Sea lo que sea, tienes suerte de que se haya *marchao* Emma Collins, porque seguro que se hubiera *chivao* a la señorita de que has *hablao*.

Sidney dijo:

—Pues tú también estás hablando, Cúter.

Cúter contestó:

—Yo no cuento, yo solo digo...

Philip Wise interrumpió:

—Silencio los dos. Yo sé lo que es.

Todos menos yo preguntaron:

—¿Qué?

Philip me señaló con el dedo y dijo:

—Él.

Me empezaron a entrar calores. Philip Wise y yo no estábamos de acuerdo en casi nada.

Dijo:

—Frederick Douglass está allá en Chatham y ha dicho a los mayores que no piensa venir a Buxton si no encierran a Elías y a los demás críos. Dice que no puede aguantar la idea de que le vomiten encima otra vez.

Casi todos se rieron, pero Cúter dijo:

—Philip Wise, eres un tarugo. *To'l mundo* sabe que te da envidia que Eli sea el primer nacido libre de Buxton, porque tú no eres más que el tercero. ¡Hasta Emma Collins te gana!

Philip iba a replicar, pero en ese momento se abrió la puerta.

La señorita Guest recogió a Philip, Cúter, Sidney y Rodney el Grande, y se marcharon. Yo estaba en el último grupo. En cuanto salimos supe que no me había asustado sin motivo. ¡El señor Brown y el señor Leroy estaban apostados a ambos lados de la escuela con escopetas de dos cañones y miraban a todas partes como si se avecinaran problemas!

Por si fuera poco el miedo que daba ver las escopetas, lo que se oía era aún peor. El Asentamiento estaba tan silencioso como unos minutos al día antes del anochecer. No se oía la tala de árboles, ni las voces dirigidas a los mulos o los caballos para que tiraran más fuerte, ni los ruidos del camino. No se oía el golpeteo de la gran máquina de quince caballos de potencia que alimenta el molino y la serrería. ¡No se oía ni el hacha del señor Leroy!

El único sonido era el de los pájaros y, aunque parezca mentira que unos pájaros puedan ponerte la carne de gallina, su cántico solitario bien podría haber sido el de un coro de espíritus o fantasmas.

Pa y nuestro vecino, el señor Highgate, los dos con escopetas, nos dijeron que fuéramos en fila.

Supe enseguida de qué se trataba. Supe que solo podía haber una razón para dejar que los chicos blancos y los chicos nativos se marcharan solos a casa. Dije:

Pa, ¿hay cazadores de esclavos, verdad? ¿Por eso llevan todos armas?

Pa contestó:

—No tengas miedo, hijo. Es solo por precaución. Nadie lo sabe con seguridad.

Pa me contó que uno de los amigos blancos del Asentamiento, uno que vivía en Chatham, había venido a caballo como una centella para advertirles que dos pillos de Estados Unidos con pistolas y grilletes y cadenas andaban preguntando por el camino más corto para llegar a Buxton.

Todos miramos más allá de los campos y vigilamos el lindero del bosque por si los secuestradores estadounidenses salían de allí a tiro limpio y trataban de atrapar a alguien para convertirlo en esclavo.

Poco antes de llegar a casa, el Predicador se nos acercó corriendo. Empuñaba la hoja larga y afilada de una guadaña. Le dijo a Pa:

—He oído que son dos. Voy a echar un vistazo por el sur.

Pa dijo:

—Espera, Zeph, se supone que están en Chatham, eso significa que vendrán por el norte. Además, no deberías ir así, uno con arma de fuego puede acabar contigo.

El Predicador contestó:

—Yo en su lugar daría un rodeo y vendría por el sur. Vete con tu grupo al norte y no te preocupes. Estos son mis bosques, sé lo que voy a encontrarme ahí fuera.

Entonces corrió hacia el sur.

Por fin, después de todo el jaleo, no pasó nada. Lo único malo fue que tuvimos que estudiar el doble de verbos latinos al volver a la escuela.

Al Predicador no se le vio el pelo en los dos días siguientes, y algunos se preocuparon, pero como desaparecía cada dos por tres, no prestaron demasiada atención al asunto.

Dos noches después salí de puntillas de mi habitación y asomé la cabeza por la puerta de la salita para ver si mis padres seguían levantados. No había velas ni lámparas encendidas, así que me acerqué sin hacer ruido a las escaleras para espiar su dormitorio. También estaba a oscuras. Subí unos escalones y oí los ronquidos de Pa: seguro que dormían. Me quité la camisa de dormir, me vestí, salí con mucho cuidado por mi ventana y me dejé caer al suelo. Esperé un momento para comprobar que todo seguía tranquilo y eché a correr por el huerto en dirección a los árboles.

No habría recorrido ni diez metros de bosque cuando, de repente, ¡dejó de latirme el corazón y se me heló la sangre en las venas! Algo alto y blanco y fantasmal, como un aparecido gigante, salió lentamente de entre los árboles.

Noté que la cabeza empezaba a ponérseme toda frá-gil, aunque enseguida me di cuenta de que el fantasma era solo un caballo, un caballo desconocido. Pero ni eso tardé en volver zumbando a casa y saltar por la ventana de mi habitación.

Me metí en mi camisa de dormir y subí corriendo las escaleras, hacia el dormitorio de Pa y Ma. Grité:

—¡Pa!

Todo el mundo seguía un poco nervioso al no saber por dónde andaban los cazadores de esclavos ni en dónde se había metido el Predicador, así que Pa y Ma se levantaron volando.

Les dije:

—No podía dormir y me puse a mirar por la ventana ¡y he visto a un caballo salir del bosque!

Pa dijo:

—¿Blancos?

—No, padre, es un caballo sin jinete.

Pa dijo:

—¿Era de los nuestros? ¿Crees que alguien se ha dejado abierta la puerta de la cuadra?

Yo le dije:

—No, padre. Era un gran semental blanco con silla, no se parece en nada a los nuestros.

Pa se puso los pantalones a manotadas, corrió escaleras abajo, agarró su rifle y una antorcha, y salió de casa descalzo.

Como no me había dicho que no, fui detrás de él.

Pa encendió la antorcha y empezamos a buscar al caballo. Rastreó sus huellas y lo encontramos enseguida en el camino.

Había acampado por su cuenta delante de la casa de los Highgate. Inclinaba la cabeza sobre la valla para mascar ramilletes de flores, arrancando de raíz las margaritas de la señora Highgate.

Pa me dejó el rifle y la antorcha y se acercó a él muy despacio. Le dio unas palmaditas en el cuello y le dijo:

—Tranquilo, chico. Tranquilo.

Aunque al caballo le rodaron los ojos locamente, no pareció importarle, así que Pa agarró las riendas y lo apartó del jardín.

Yo señalé su grupa y exclamé:

—¡Pa! ¡Mira! ¡Está herido!

Tenía el flanco derecho cubierto de sangre seca. Pa lo revisó bien. Hasta le quitó la silla. Dijo:

—Él no, pero alguien o algo ha sangrado aquí de mala manera.

Luego me dejó las riendas, fue hasta la puerta de los Highgate y dio unos buenos golpetazos con los nudillos.

La ventana del señor Highgate se iluminó y el cañón de su escopeta se asomó por la rendija.

—¿Quién es?

—Soy yo, Theo. Sal, tienes un caballo sin jinete en el jardín y puede que haya alguien a pie por ahí.

Pa y el señor Highgate despertaron a todo el mundo y encendieron antorchas y buscaron por todas partes, pero no dieron con nada ni con nadie.

Al día siguiente el señor Highgate, que se había herido la mano en la serrería y no podía trabajar, se encargó de llevar el caballo y la silla al sheriff de Chatham para que no dijeran que los habíamos robado. Algunos de los blancos de por aquí echan la culpa de todo a la gente del Asentamiento, y no queríamos líos.

Tres días después apareció el Predicador con la lujosa pistolera y la misteriosa pistola. Pasado un tiempo le contó al señor Polite que se la había encontrado cerca del río mientras estaba en el bosque. Dijo que había ido a Chatham por si el propietario andaba por allí, pero como no lo encontró, empezó a proclamar que era suya.

La gente no se acababa de creer la historia del Predicador. Decían que era posible encontrar la pistola de un hombre blanco si se le había caído de la pistolera o de la chaqueta o de la silla, pero que era muy raro encontrar una pistola con pistolera y todo. Decían que el único modo de separar a un hombre blanco de su pistola y su pistolera era quitándoselas mientras descansaba en su ataúd.

Ma lleva razón cuando dice que a los antiguos esclavos les encanta hablar, porque poco después empezaron a aderezar algunas de las historias más estrambóticas que se puedan imaginar sobre el porqué de la llegada de aquel caballo a Buxton. Empezaron a decir que el Predicador, guadaña en ristre, había asaltado a dos hombres blancos y les había rajado la garganta y los había cortado en pedacitos que había arrojado al lago Erie.

Decían que dos gemelos blancos de América habían llegado a Chatham a lomos de dos sementales blancos, con dos pistolas plateadas de culata nacarada como la que el Predicador afirmaba haber encontrado. Decían que mientras el Predicador mataba a esos dos hombres, uno de los caballos se asustó y se desbocó y acabó por llegar al Asentamiento. Y, por último, decían que el Predicador había cabalgado hasta Toronto para vender el otro semental blanco y la segunda pistola en el mercado.

Yo pensaba que no hacían más que chismorrear y *emperejilar* historias.

Porque, en mi opinión, si el Predicador les había quitado a esos hombres dos pistolas, ¿por qué decía que se había encontrado solo una?

Eso no tiene sentido, no tiene sentido en absoluto. No hay más que hacer unos cálculos, y yo soy poco aficionado, pero con lo mucho que le gustaba al Predicador presumir de pistola, ¡creo yo que si hubiera podido presumir de dos, habría disfrutado el doble! ¡Y todo el mundo sabía que no hubiera podido guardar en secreto una historia tan buena!

COMPARTIR EL PESCADO

Cuando Old Flap y yo llegamos a la caballeriza, el señor Segee ya había cerrado todo y se iba para casa. Eso me venía bien. Yo había pensado darle dos peces y decirle "que muchas gracias" por dejarme a Flapjack, pero como el Predicador me había quitado casi la mitad de la pesca, no iba a poder darle ni uno.

Dejé a Old Flap en su compartimiento, cerré la puerta de la cuadra y me marché.

Los que habían acabado de trabajar y de recoger y de cenar me saludaban con la mano o me gritaban desde sus porches.

El señor Waller dijo:

—Buenas, Eli. Esos peces parecen muy *pesaos* *p'alguien* tan chico como tú. Te vas a acabar rompiendo algo de dentro y algún día lo vas a echar de menos. ¿Por qué no *t'alivias* un poco, hijo, y sueltas aquí dos o tres?

Yo contesté:

—Buenas tardes, señor Waller, gracias, pero no me pesan nada. Debe usted haber olvidado lo fuerte que soy. ¿No se acuerda de que cuando le ayudé a mover unas piedras me dijo que nunca había visto a un chaval tan fuerte como yo?

Él dijo:

—*M'acuerdo*, Eli, *m'acuerdo*. Pero no *t'hago* mal por intentar agenciarme un poco de *pescao pa* la cena del viernes, ¿no?

Yo dije:

—No, señor, ninguno, pero le he dicho al señor Leroy que le iba a dar dos y ya tengo con quien cambiar la perca gorda esta.

Él dijo:

—Acuérdate de mí la próxima vez, pues, hijo.

—Sí, señor, me acordaré.

Algo más adelante, la señorita Duncan Primera y la señorita Duncan Segunda dijeron:

—¡Buenas tardes, Elías, parece que se te ha dado bien!

—¡Sí, señoritas!

Algo más cerca de casa, la señora Brown se levantó de su mecedora, agitó el pañuelo en mi dirección y gritó:

—¡Yujuuu! ¡Elías Freeman! ¡Yujuuu! ¡Precisamente el chico que estaba esperando!

Yo respondí:

—Buenas tardes, señora Brown.

—Acabo de hacer tres tartas de cereza, Elías, y el señor Brown me ha dicho que le apetece una barbaridad comer perca. ¿Crees que una tarta vale lo que una perca?

Yo contesté:

—¡Sí, señora! Si yo pensaba darle dos, pero es que he tenido que hacer un diezmo y me han *estafao*.

Ella dijo:

—Con una me basta, ya sabes que a mí solo me gusta el bagre.

Y yo nunca podría pescar bagres a pedradas; deben de ser los peces más listos que hay. Parece ser que ellos y las carpas son los únicos capaces de ver que la suma de tábanos más piedras da algo malo. No salían del fondo del agua ni a tiros.

Subí al porche de la señora Brown. Ella siempre vestía de negro y no siempre estaba de tan buen humor como esta tarde. Su único hijo, de dos años, había muerto de escarlatina dos años atrás, y desde entonces parecía como embrujada.

Si te escapabas al bosque de noche cuando suponía que dormías, podías llevarte un susto de muerte al encontrártela apoyada en un árbol canturreando y meciéndose con los brazos alrededor del cuerpo como si se abrazara a sí misma.

Pero no había nada más *horrorífico* que ir paseando entre los árboles a la luz de la luna y encontrártela agachada y limpiando un sitio del suelo que parecía exactamente igual que cualquier otro. Aunque ese sitio debía de tener algo de particular, porque llamaba a la señora Brown y le pedía que lo limpiara con la mano desnuda. Y ella lo cepillaba hasta no que se veía más que la tierra endurecida.

Otras veces, como esta, no hubieras ni sospechado que le pasaba algo raro. Excepto porque vestía siempre de negro, estaba tan bien de la cabeza como yo. Le había dicho a Ma que no pensaba vestirse de colores hasta que el Señor la bendijera con otro hijo, pero tanto la partera de aquí de Buxton como el médico de allá de Chatham dicen que eso no ocurrirá nunca.

Algunos comentan que la señora Brown está mal de la cabeza, pero aunque a mí me asuste por la noche en el bosque, se porta muy bien conmigo. ¡Y todo el mundo sabe que hace los mejores dulces del Asentamiento!

No lo digo por faltar a la forma de cocinar de Ma. Ella fríe el pescado bastante bien y sus verduras no son exactamente asquerosas, pero es un desastre para los dulces. Pa se pone más alegre que unas Pascuas si me presento con una de las tartas de la señora Brown. Lo disimula pero, cuando Ma no le ve ni le oye, me abraza muy fuerte y me da vueltas sin parar por toda la habitación ¡y se muere por probarla!

La señora Brown abrió la puerta y dijo:

—Pasa y elige la tarta que más te guste, Elías.

Yo contesté:

—Gracias, señora —y me quité los zapatos y los dejé en el porche con mis útiles de pesca.

El interior de la casa conservaba el olor de las tartas, y en cuanto pasabas por la puerta, la nariz se te abría todo lo que era capaz de abrirse, echabas la cabeza hacia atrás, cerrabas los ojos ¡y aspirabas tanto aire como te entraba!

Me quedé quieto durante dos respiraciones profundas más. Sé desde hace mucho que, cuando estás oliendo algo bueno de verdad, solo sacas los dos o tres primeros olfateos, porque después tu nariz ya no se entera. No quería moverme ni nada para disfrutar del olor antes de que la mía recordara que yo acarreaba seis peces muertos.

En el cuarto olfateo el olor del pescado igualó al de tarta, así que abrí los ojos y empecé a respirar con normalidad.

La señora Brown me sonreía.

Yo también sonreí.

—¡Qué bien huele, señora Brown!

—No quiero pecar de inmodestia, Elías, pero ya sabes: si bien huele, mejor sabrá. Ven a la cocina y elige una.

Entramos en su salita. Una de las normas del Asentamiento decía que, por fuera, nuestras casas debían ser más o menos iguales. Todas debían tener un porche y una valla y un jardín delantero, y tenían que estar exactamente a tres metros del camino. Es decir, que hasta que no entrabas no veías cómo las habían puesto. En la salita de los señores Brown había poco que ver. Donde nosotros teníamos una mesa con un mantel y un florero y sillas, ellos solo tenían una cuna azul cubierta por una sábana raída. Donde nosotros habíamos puesto una gran chimenea con repisa de ladrillos del almacén de venta de ladrillos del Asentamiento, ellos seguían con la chimenea de arcilla y piedra. Donde mis padres habían pagado al señor Leroy para que cubriera el suelo con tablas de madera de arce, ellos seguían con el áspero suelo de pino. Su casa solo contaba con una planta; la nuestra, con dos. Solo llevaban dos años en el Asentamiento y seguían luchando.

Los Brown comían en la cocina y era allí, por tanto, donde estaba la mesa. Ma me ha contado que muchos de los antiguos esclavos no pueden dejar la costumbre de comer solo en la habitación donde cocinan, por eso en el Asentamiento hay mucha gente que usa la salita para otras cosas.

La señora Brown había dejado las tartas sobre una repisa, junto a la ventana trasera.

Como yo le iba a dar solo una perca, elegí la tarta más pequeña y eché el pez en un cuenco grande.

Ella dijo:

—Mil gracias, Elías. ¡Seguro que el señor Brown se lleva una sorpresa cuando vuelva a casa y vea esta perca!

Yo toqué la tarta. ¡La bandeja estaba tibia! Dije:
—Gracias a usted, señora Brown. ¡Mi Pa también se sorprenderá!

Salí al porche trasero y quité las escamas de la perca y la limpié. Dejé las tripas en el cuenco del abono para el jardín.

Volví a entrar en la cocina.

—Mañana le devuelvo la bandeja, señora Brown.

—No hay prisa, no me hace falta hasta mediados de la semana que viene, estate tranquilo. Dale recuerdos a tu Ma de mi parte.

—Sí, señora.

Cargué con mis cinco peces, mis útiles de pesca y mi tarta, y eché a andar de nuevo hacia casa.

De camino empecé a calcular cómo iba a repartir los cinco peces que me quedaban. A nosotros nos bastaba con tres, si yo no comía mucho, así que podría darle al señor Leroy los dos que le había prometido.

Una vez que llegué a casa, limpié los cinco y Ma los frió. Después de la cena, fui a llevarle su parte al señor Leroy. Él siempre estaba haciendo faenas de más y era el último en dejar de trabajar, y no comía hasta que no acababa.

Era un hombre fácil de encontrar. Solo había que prestar atención al sonido de su hacha.

A esta hora del día, cuando empieza a oscurecer, el ruido del hacha es tan parejo y tan natural que Pa dice que se convierte en parte del paisaje y que no lo notas a menos que lo busques o a menos que se pare de repente. Pasa como con los sapos del río: no los oyes hasta que se callan. Entonces es cuando te dices:

—Vaya bulla que armaban los sapos esos, ¿cómo es que no me había *enterao* antes?

Después de lavarme, salí al porche para decirles a Pa y Ma que iba a llevarle su pescado al señor Leroy. Las manos de Ma no dejaron de hacer punto. Me miró por encima de las gafas y dijo:

—No te quedes mucho, Elías. Si por trabajar con el señor Leroy vas a dejar de levantarte pronto y de hacer tus tareas, ya sabes con qué te va tocar quedarte, ¿no?

—Sí, madre.

Pa no era como Ma, él sujetaba sus tallas en alto antes de ponerse a hablar. Cuando tallaba sólo hacía eso desde que estuvo a punto de tallarse el meñique mientras hablaba de lo mucho que trabajó en Kentucky. Ese dedo no le obedece del todo, pero al menos lo tiene. El señor Leroy se había dejado un meñique mocho.

Pa dijo:

—¿Vas a trabajar con él mañana?

—Sí, padre.

—Buen chico. El sábado ayudaré yo a la señora Holton con algunos tocones que le quedan. Voy a necesitar tu colaboración y la de Cúter.

—Sí, padre.

Ma cubrió con un paño el plato de pescado que había frito para el señor Leroy, y yo me lo llevé camino abajo. Después de andar un rato le oí dar hachazos por el sur. Estaba donde la señora Holton. Ma decía de ella que era una pobre mujer. Su marido enfermó cuando huyeron y lo habían apresado, pero ella y sus dos hijitas consiguieron llegar a Buxton.

Ella se trajo un montón de monedas de oro cosidas al vestido y se compró un terreno de veinte hectáreas al sur del Asentamiento. Todo el mundo la conocía y todos hablaban de ella, porque era la única persona de las trescientas familias de aquí que no había necesitado un préstamo para comprar la tierra. ¡Lo pagó todo por junto y de sopetón!

La gente no hacía más que especular sobre la cantidad de dinero que debía de tener, y no es que ella fuese por ahí presumiendo de tenerlo ni nada de eso, pero decían que si podía comprarse un terreno de veinte hectáreas sin un préstamo, ¡debía de ser tan rica como un propietario de esclavos!

Si compras un terreno en el Asentamiento, debes seguir unas normas tengas el oro que tengas, y una de ellas dice que es responsabilidad tuya y de nadie más despejar tus veinte hectáreas y cavar una zanja de drenaje en el camino, a lo largo de tu propiedad.

Las hijas de la señora Holton eran muy pequeñas para ponerse a talar árboles, y en esa época del año todos estaban tan ocupados trabajando de sol a sol que no les quedaba tiempo ni fuerzas para cortar nada, así que ella pagaba al señor Leroy para que le despejara su terreno y le cavara su zanja de drenaje. A él le encantaban los trabajos extra porque estaba ahorrando para comprar a su mujer y a sus hijos, que seguían en Estados Unidos. Por eso formaba tan buen equipo con la señora Holton.

Él estaba contento porque, desde que ella había venido a Buxton con sus hijas, no tenía que trabajar para los granjeros blancos de Chatham, y ella estaba contenta porque, hasta que su marido no pudiera volver a escaparse, necesitaba que alguien le hiciera el trabajo pesado.

El señor Leroy le había construido casi toda la casa él solo, y como era el mejor carpintero del Asentamiento, ella le había hecho poner toda clase de columnas y barandillas y floripondios y chirimbolos de fantasía por todas las fachadas. Le dibujaba algo que recordaba o que inventaba y él se lo copiaba en madera en un periquete.

Por ese trabajo del señor Leroy todo el mundo andaba diciendo que la señora Holton iba a ganar el Concurso Anual de La Casa Más Bonita de Buxton. Eso no le hacía ninguna gracia a la señora Highgate, nuestra vecina de al lado, porque ella llevaba ganándolo cinco años seguidos, uno detrás de otro, y le hacía poca gracia que alguien aspirara a su premio.

En cuanto llegué a casa de la señora Holton llamé a la puerta para presentarle mis respetos.

—Buenas tardes, Eli.

—Buenas tardes, señora Holton.

—Aguza el oído. Está fuera, ahí detrás.

—Gracias, señora Holton. Dice mi Ma que le dé recuerdos.

—Diles a tu Pa y a tu Ma que yo también se los doy.

—Sí, señora.

El señor Leroy hacía una especie de música cuando talaba árboles. Desde unos dos kilómetros, sonaba como si tocara una persona, y solo oías un ¡*crac*! sordo y rítmico que se deslizaba hacia ti como traído por el viento. Era el hacha al clavarse en el árbol.

Una vez que te acercabas más, empezaba a sonar como si hubiera dos tipos tocando y oías algo parecido a un ¡*CHA*! que procedía del señor Leroy. Era que echaba el aire de golpe después de hincar el hacha.

Si te acercabas lo suficiente como para ver las salpicaduras de su sudor, sonaba como si participara un tercero y oías algo parecido a ¡*jung*! Era que tomaba aire antes de sacar el hacha.

Si, por último, te acercabas tanto como para ponerte nervioso pensando en que o el hacha que se balanceaba o las astillas que volaban te iban a dar, oías un ¡*ke*!, que era el ruido del hacha al salir del árbol.

Cuanto más tiempo y más duro trabajaba el señor Leroy, más rítmico y musical era el sonido. Por eso cuando empezaba se oía ¡*crac*! *CHA, jung, ke*, ¡*crac*! *CHA, jung, ke*, ¡*crac*! *CHA, jung, ke*. Pero cuando llevaba un rato, le daba cada vez más rápido hasta que sonaba ¡*crac*! ¡*CHAjungkecrac*! ¡*CHAjungkecrac*! ¡*CHAjungke*...!, como si hubiera pasado de ser un músico a ser una máquina, que era lo que el Predicador decía que era.

Decía que había oído cómo le latía el corazón en el pecho al señor Leroy y que, en vez de sonar como si fuera de carne y hueso, ¡golpeteaba y aporreaba como si fuera de hierro puro!

El señor Leroy me vio, hizo un *cracCHAjung* más y dejó el hacha clavada en el tronco.

Se tomó un segundo para recuperar el aliento y dijo:

—Buenas tardes, Elías.

—Buenas tardes, señor.

—¿Ya es la hora, no?

—Sí, señor.

—Ni me había *enterao* de que el sol se estaba poniendo.

El señor Leroy sacó un trapo de uno de los bolsillos de su mono de trabajo y se enjugó el sudor de la cabeza. Era una pérdida de tiempo porque, en cuanto se retiraba el trapo, se le volvía a empapar toda la cara. Se frotó el codo y el brazo izquierdos y dijo:

—¿Ha habido buena pesca?

—Sí, señor.

—Te agradezco en el alma que te acuerdes de mí, hijo.

Él se sentó en un tocón y yo en otro que estaba al lado. Tomó un trago de agua de la botella que llevaba siempre al campo y quitó el paño que cubría el pescado que Ma le había frito. Ma también le había puesto quingombós y patatas y hojas de diente de león y un gran pedazo de la tarta de cereza.

El señor Leroy dijo:

—No te olvides de darle las gracias a tu Ma, Elías. Se lo agradezco de corazón.

Darse aquella caminata para llevarle al señor Leroy un plato de pescado valía la pena, porque no había cosa que diera más miedo ni más risa que vérselo comer. No era partidario de desperdiciar nada, ¡así que lo masticaba todo! Las espinas y las raspas no eran nada para él. ¡Anda!, apuesto a que si le hubiera llevado esos peces con escamas y con tripas, les habría hincado el diente igual.

Las espinas crujían y chascaban en su boca como maíz seco en un molino.

Le pregunté:

—Señor Leroy, señor, ¿no se ha atragantado nunca con una espina de esas?

Él dijo:

—¿Por qué te vas a atragantar si las haces puré?

—No sé, señor. Yo me paso un montón de tiempo quitando todas las espinas de mi pescado, y cuando me trago alguna parece que no tuviera más quehacer que quedárseme clavada en la garganta, de través. Te entran ganas de no comerlo nunca más.

El señor Leroy siguió mascando con muchos ruidos y dijo:

—Comer *pescao* es como todo en la vida, Elías. Si te pones manos a la obra creyendo que te va a pasar algo malo, lo único que consigues es que te pase. Hagas lo que hagas, debes hacerlo sin miedo y esperar que sea para bien. Si a mí me preocupara atragantarme, me atragantaría siempre. Ni me acuerdo de tal cosa.

Las espinas crujieron en su boca como ramitas secas.

El señor Leroy se acabó las verduras y la tarta que le había puesto Ma y me devolvió el plato.

—No te olvides de dar las gracias a tu Ma y a tu Pa, Elías. Dile a tu Ma que le agradezco en el alma que se acuerde de mí. Y ahora, en marcha, nos queda mucho que hacer.

EL SEÑOR TRAVIS NOS ESTAFA QUITÁNDONOS UNA LECCIÓN ESTUPENDA

No es justo, pero desde principios de año el señor Travis nos da clase en la escuela normal además de en la dominical. Eso significa que se te pega como una garrapata: vayas donde vayas no te libras de él. Lo peor es que si en las clases de diario te pone el sambenito de no especialmente listo, no hay quien te libre de ser el primero en llevarte un rapapolvo cuando llega el domingo y no te queda otra que ir a la escuela dominical.

Cuando la señorita Guest era nuestra profesora en la normal y la señorita Needham lo era en la dominical, tenías más posibilidades de hacer creer al menos a una de las dos que eras un chico sensato;

pero con el señor Travis en ambas escuelas, eres hombre muerto. Más injusto todavía es que mezcla las lecciones normales con las dominicales y las embarulla tanto que no sabes cuál es cuál. Yo sé que así no es como se supone que debería ser, porque si lo fuera no se darían las clases normales en la escuela y las clases dominicales en la iglesia.

No pretendo faltar a la enseñanza ni a los profesores, pero el señor Travis me ha dado suficientes clases como para darme cuenta de que aprender algo en una escuela no funciona. No lo digo porque él no pueda obligarte a estudiar lo que sea hasta que te entra en la cabeza un rato, porque puede. Pero aunque estudies algo durante toda tu vida, no lo aprendes tan bien como cuando te pasa en persona.

La mejor prueba de ello es la lección con la que nos ha estado machacando últimamente tanto en las clases normales como en las dominicales. Todo empezó porque Cúter Bixby fue y le habló con descaro sin saberlo ni proponérselo.

Al llegar el lunes a la escuela vi que Cúter me esperaba, y aún faltaba un rato para que sonara la campanilla. Estaba en los escalones de entrada, y se le veía tan frenético y tan nervioso que parecía sentado sobre un fogón caliente. Algo le había puesto feliz y temblón.

Yo dije:

—Hola, Cúter.

—¡Hola, Eli!

Se levantó de un salto y me arrastró a un lateral del edificio para que no nos oyera nadie. Dijo:

—¡Adivina! ¡El sábado vi al señor Travis en la serrería!

—¿Y?

—¡Y estaba mucho más raro que de costumbre!

—¿Y?

—Y nos pusimos a hablar y me di cuenta de que estaba muy, pero que muy *preocupao* por algo.

—¿Y?

—Y cuanto más hablábamos, más y más se enfadaba sin ningún motivo. Así que cuando se marchó, me quedé allí devanándome los sesos y preguntándome qué mosca le habría *picao*.

—¿Y qué crees que era?

—¡No entendía ni pum hasta hace un momento, cuando le he visto ir a la pizarra como un endemoniado! ¡Entonces lo he descubierto!

—Cúter, déjate de rodeos. ¿Qué era?

—¡Estaba tan raro por lo que pensaba hacer hoy en clase!

—¿El qué?

—Elías, ¡no te vas a creer lo que piensa enseñarnos esta mañana!

Yo no podía entusiasmarme por ninguna lección del señor Travis. No es que diga que soy más listo que Cúter, pero me fijo en las cosas un poco mejor y con más atención que él, y el señor Travis no había dado señales de que una de sus clases mereciera tanta expectación.

Pero si había alguien menos entusiasmado aún que yo con los estudios era Cúter Bixby, así que, si estaba tan temblón, ¡quizá la clase sí que valiera la pena después de todo!

Yo dije:

—¿Qué nos va a enseñar?

Cúter miró por encima de mis dos hombros y de los dos suyos y susurró:

—Echa un vistazo por esa ventana y lee lo que ha escrito en la pizarra. ¡No te lo vas a creer!

Me puse de puntillas y miré nuestra clase. El señor Travis no solía escribir nada en la pizarra hasta que llevábamos un rato estudiando y empezábamos a ponernos mustios y modorros, pero ese día había escrito en letras tan grandes como para leerlas desde el lago Erie y en plena niebla: ¡LA FAMILIARIDAD CRÍA CONFLICTOS!

Se notaba que al señor Travis le interesaba mucho esa lección: las palabras estaban subrayadas tres veces, y había apretado tanto la tiza que la había partido por dos sitios ¡y había tenido que empezar de nuevo los subrayados! No era cosa de poco imaginarse al señor Travis en la pizarra después de escribir esa frase, ¡enfurruñado y resoplando y echando chispas por los ojos!

¡Maldita sea, lo mismo Cúter llevaba razón! No confiaba mucho en que lo supiera pero, de todas formas, le pregunté:

—¿Y qué quiere decir eso?

Cúter dijo:

—Ah, ¿no lo sabes? Pues yo casi esperaba que me lo dijeras tú. Pero he estado pensando un poco como nos dijo el señor Travis. He *comparao* las dos palabras que no me sé con otras dos que me sé.

—¿Y qué te sale?

—Como te he dicho, no entiendo muy bien lo que significan la segunda palabra y la última, supongo que es una especie de jeringonza. Pero los dos sabemos lo que significa la tercera, ¿no?

Debí de poner cara de tonto.

Cúter dijo:

—¡Eli! Tú trabajas en una cuadra, tienes que saber... —miró de nuevo por encima de nuestros hombros, pegó su cabeza a la mía y me susurró al oído:

—Supongo que sabrás lo que es una cría, ¿no?, y supongo que sabrás que para que nazca una cría hay que hacer ALGO antes, ¿no?

¡No necesitabas trabajar en una caballeriza para saberlo!

Dije:

—¡Sí!

Cúter dijo:

—Y mira la primera palabra, *familia-ridad*. Está claro que tiene que ver con la familia, ¿no?

—Pues sí.

Cúter dijo:

—Y la última palabra, *con-flictos*, se parece a *con-cursos*, ¿no?

—Eer...

—¿Y de ahí qué sale?

Meneé la cabeza.

Cúter susurró:

—Venga, Eli, si lo juntas todo sale ¡*con-cursos de cría familiar*! ¡Nos va a dar unos puñeteros *con-cursos de cría familiar*!

—¡No!

—¿Qué otra cosa puede ser?

Cúter no debió de verme muy convencido porque añadió:

—Mi Pa dice que el señor Travis es de la *ciudá* de Nueva York y que nació libre. Y por eso los viejos sospechan de él. Pa dice que él y otros adultos no le van a quitar ojo a lo que nos enseñe.

Yo dije:

—¿Y?

—¿Pero no lo ves, Fli? ¡Como por aquí no ha venido nadie a vigilarlo, piensa que no hay moros en la costa y que puede darnos algo de eso que mi Pa llama "batiburrillo de enseñanzas de gran *ciudá* del norte"!

Al principio sonaba muy raro, pero si te ponías a pensarlo como si no tuvieras ni pizca de sentido común ¡parecía que Cúter lo había encajado todo muy bien!

Él vio que empezaba a creer y dijo:

—Y si unos *con-cursos de cría familiar* no cuentan como batiburrillo de enseñanzas de gran *ciudá* del norte, ¡tú me dirás qué!

Se me escapó:

—¡Puñeta!

Ya sé que es una palabrota pero, comparado con el tema de nuestra clase, decir palabrotas ya no me parecía un pecado tan grave.

Cúter dijo:

—Lo que no me gusta es que lo haya escrito en la pizarra. ¿Y si esa condenada de Emma Collins o alguna de las otras chinches sale corriendo a decirle a todo el mundo lo que vamos a estudiar? ¿Y si lo paran antes de que llegue a las cosas interesantes y asquerosas de *verdá*?

Para cuando tocó la campanilla de la escuela, Cúter había hecho que me entusiasmara tanto que ¡quien parecía sentado sobre un fogón caliente era yo!

Los dos notamos que estaba a punto de pasar algo importante porque en vez de levantarse y recitar su habitual "¡Buenos días, escolares, luchadores, buscadores de un futuro mejor! ¿Preparados para aprender? ¿Preparados para madurar?" de todas las mañanas, el señor Travis se quedó sentado a su mesa y agarrado a su palo de señalar. Tenía los ojos cerrados ¡y se le veía tan furioso que era un milagro que no le saliera humo por las orejas!

¡También supe por qué! ¡Se debía de figurar que en cuanto nos diera los *con-cursos de cría familiar*, los adultos iban a ir a por él echando sapos y culebras!

Yo había oído hablar de aquello, pero nunca lo había visto en persona. Si después de eso me volvía a encontrar con el señor Travis, iba a tener que disculparme por haber hecho correr la voz de que era un profesor aburrido. Iba a tener que comerme mis malditas palabras, porque si hay algo que te dé más ganas aún de ir a la escuela para dar *con-cursos de cría familiar,* ¡es ver cómo arrojan sapos y culebras por encima al profesor que te los ha dado!

Nos sentamos en nuestros pupitres y esperamos. Hasta los chicos que no sabían de qué iba a tratar la clase sentían que algo andaba mal y se miraban unos a otros nerviosos y preocupados.

El señor Travis se levantó; ¡Cúter y yo estábamos a punto de explotar de emoción!

¡El señor Travis le arreó tal topetazo al tablero de la mesa con el palo de señalar que fue un milagro que no la rompiera en mil pedazos!

Los demás chicos se lo tomaron a la tremenda. Se agarraban a los lados de los pupitres y parecían tan asustados como un caballo ante una serpiente de tres cabezas. Descontando el resuello del señor Travis y el eco del puntero que resonaba por las paredes, la clase se quedó más callada que un muerto.

Pero Cúter y yo sonreíamos, ¡porque sabíamos que aquello no era más que el principio del mejor día de escuela de nuestras vidas! Miré a Cúter y comprobé que estaba tan contento como yo.

El señor Travis abrió los ojos, vio que Cúter sonreía y, si vivo para cumplir los cincuenta, ¡espero en el alma no ver de nuevo volverse loco a un adulto de esa manera! Es una visión que me perseguirá mientras viva y una marca que llevaré grabada hasta que muera, junto a ese problema que hay entre el señor Frederick Douglass y yo.

Todo pasó tan rápido que no sé muy bien lo que pasó pero, de pronto, ¡el señor Travis se puso a aullar como un lobo y cruzó la clase de un salto y cayó sobre Cúter Bixby como un búho sobre un ratón! ¡Se movió tan deprisa que Cúter no tuvo tiempo ni de borrar la sonrisa de su cara antes de ser sacado del pupitre por la oreja y llevado a rastras al frente de la clase!

Yo estaba tan impresionado que no hubiera podido moverme ni aunque hubiera querido. Los demás debieron de impresionarse tanto como yo, porque en cuanto el señor Travis le echó el guante a la oreja de Cúter, salieron disparados hacia ambas puertas. No se les puede culpar; no hay nada en el mundo que te dé más miedo que ver cómo posee Satanás a tu profesor de la escuela dominical y le hace retorcer y estrujar locamente las orejas de los chicos. ¡Seguro que es el primer paso que da el demonio para robarte el alma!

Antes de que nadie pudiera llegar a las puertas, el señor Travis gritó:

—¡Todos inmediatamente a sus sitios!

Todos se pararon en seco y dieron media vuelta para volver a sus pupitres, todos excepto Johnny Wells, que, berreando como si lo persiguiera un fantasma, saltó por la ventana. Lo último que vi de él fue que corría como una centella por el camino, en dirección a la plaza, levantando nubecitas de polvo con los pies.

En cuanto todos se sentaron, el señor Travis, sin soltar la oreja de Cúter, gritó de un modo que no te esperarías en alguien tan correcto:

—¡Nuestra gente sigue esclavizada y los tratan como a animales!

¡Cúter no se enteraba de que el señor Travis había perdido la cabeza! Seguía sonriendo y asintiendo. También me di cuenta del porqué. Cúter no era el chico más despierto del mundo y debía de pensar que unos con-cursos de cría familiar bien valían un buen tirón de orejas.

Como ya he dicho, no es que yo diga que soy más listo que Cúter, pero estudio las cosas un poco mejor y con más atención que él, y me daba cuenta de que no iba a haber ningún tipo de clase sobre nada hasta que el señor Travis acabara de sacudir a Cúter Bixby, ¡de sacudirlo para siempre!

No creo que fuera por frá-gil, pero entonces estaba sentado como los demás chicos. Agarraba con fuerza los lados del pupitre, me entraba el aire a trompicones y no le quitaba ojo al señor Travis mientras me preguntaba cuánto tiempo tardaría en recuperar el juicio. Y si no lo recobraba, ¿de qué alma se apropiaría después?

El señor Travis gritó:

—¡Los tratan como a animales! Y aunque unos pocos afortunados como nosotros conocemos las bondades de la libertad, por desgracia muy, muy...

Cada vez que decía un "muy", daba a Cúter un buen retorcimiento de oreja.

—... muy...

Le agarraba la oreja con tanta fuerza que Cúter empezó a bailar a la pata coja en un intento de aflojar la presión. ¡Pero no dejaba de sonreír!

—... muy...

Yo no aguantaba más. ¡Si seguía enrollándole la oreja de aquel modo, en cuanto se la soltara, iba a ponérsele a dar vueltas y se le iba a pasar desenrollándosele una semana!

No me importaba llamar la atención o no llamarla, Cúter era mi mejor amigo y estaba seguro de que él habría hecho lo mismo por mí. Respiré hondo para darme ánimos y levanté la mano y chillé:

—¡Señor Travis, señor, por favor, perdone que hable en clase, pero es que quería decir a Cúter que deje de sonreír, señor, que es que si no se va a quedar sin oreja!

Cúter me oyó por la oreja libre y se percató, por fin, de la situación tan apurada en que se encontraba. Dejó de sonreír y empezó a dar alaridos, pero el señor Travis le aplicó un par de "muys" más de propina.

—... muy, muy pocos de nosotros somos conscientes de nuestra procedencia.

Cúter chilló:

—¡Yo soy consciente! ¡Yo soy consciente!

El señor Travis dijo:

—¡No me diga!

Cúter berreó:

—¡Ay, sí, señor, no sabe cuánto!

El señor Travis dijo:

—¿Y hasta qué punto es usted consciente, si me permite la pregunta, de lo ocurrido el sábado en la serrería?

Era evidente que Cúter no sabía la respuesta, pero que te retuerzan así la oreja debe aclarar la mente una barbaridad.

Contestó:

—¡Lo siento, señor! ¡No sé lo que hice pero lo siento muchísimo, señor!

El señor Travis aflojó un poco el retorcimiento y ordenó:

—Lea lo que pone en la pizarra, señor Bixby.

Cúter ni miró, se limitó a gritar:

—¡Pone *"con-cursos de cría familiar"*, señor!

No pudo menos que notar la mirada de sorpresa del señor Travis, así que decidió que mejor añadía algo más:

—Y pase lo que pase, señor, si usted nos da esos *con-cursos* yo no pienso decirle ni una palabra a nadie. ¡Pero tenga *cuidao* con las chicas, ya sabe que Emma Collins se va a chivar!

El señor Travis reinició el retorcimiento y ordenó a Emma:

—¡Señorita Collins, lea lo que he escrito en esta pizarra!

Emma saltó como si se hubiera sentado sobre una chincheta y dijo:

—Señor, pone: "La familiaridad cría conflictos", señor —y después empezó a berrear por su cuenta.

Eso nos dejó muy sorprendidos a Cúter y a mí. No que Emma llorara, porque esa chica se echa a llorar si le preguntas cuánto son dos y dos. Nos sorprendió que, con lo lista y lo frá-gil que es, ¡se atreviera a pronunciar aquellas palabras delante de todos!

—Puede sentarse, señorita Collins. Señor Bixby, ¿entiende usted lo que significa esta frase?

Cúter se lo pensó un segundo y dijo:

—Bueno, señor, yo creía que sí. ¡Pero supongo que Elías me ha informado mal!

¡No me lo podía creer! ¡Yo le ayudaba a salvar la oreja y él, de golpe y porrazo, me arrojaba a los leones!

El señor Travis dijo:

—Es obvio que no tiene ni idea. Significa que una vez una persona, pongamos que una persona como usted... —el señor Travis volvió a retorcer—. Una vez una persona se sintió demasiado cómoda con alguien que tenía más edad, o era su superior, o su profesor...

Cúter volvió a berrear.

—... ¡esa persona tiene propensión a tratar a los mayores sin el debido respeto!

Cúter, por fin, lo pilló:

—¿Pero qué hice, señor? ¡Si yo no hice nada!

El señor Travis dijo:

—¡Eso es lo malo, señor Bixby! ¡Que no hizo nada! Cuando se encontró conmigo en la serrería, no se quitó el sombrero antes de acercarse a mí para hablarme, no esperó a que yo acabara de hablar con el señor Polite, no se dirigió a mí como Dios manda...

Cúter dijo:

—Pero, señor, ¡si es que me dio alegría verle! ¡Si solo dije "eh, señor Travis"!

El profesor volvió a perder la chaveta y empezó a retorcerle la oreja otra vez de mala manera.

—¡Exacto! ¿Eh? ¿Eh? ¡Eh!

Ahora era "eh" la palabra correspondiente a cada enroscamiento.

—¿Eh? ¡La última noticia que tengo, señor Bixby, es que eh se les dice a los caballos, no a los maestros! ¡Cada vez me exasperaba usted más! ¡Tiene la fortuna de haberse librado del yugo de la esclavitud, dispone de esta maravillosa oportunidad para mejorar lo que es, y en lugar de eso, prefiere comportarse conmigo igual que un pobre ignorante que hubiera pasado toda su vida en cautiverio!

Más o menos aquí la puerta se abrió de golpe y el señor Chase entró en tromba en clase empuñando un hacha y arrastrando a Johnny Wells, que berreaba y tiraba coces, tras él.

Johnny chilló:

—¡Por favor, señor, no me obligue a volver! ¡Que ya ha *matao* a Cúter Bixby!

El señor Chase paseó la mirada por la clase, vio al señor Travis, bajó el hacha y le dijo a Johnny Wells:

—¡Si me vuelves a sacar del campo por otra pamplina de estas, chico, me lo vas a pagar con el pellejo, y después te entrego a tu Pa para que te despelleje él también! ¿Ves tú algún fantasma por aquí? ¿Ves tú algún muerto por aquí?

El señor Chase se quitó la gorra, miró con más atención cómo retorcía el señor Travis y cómo bailoteaba Cúter y dijo:

—Le pido disculpas por entrar de este modo, señor. Puede seguir con su clase.

Después de eso todo fue de mal en peor. No dimos los *con-cursos de cría familiar* y el señor Travis se dedicó a mandarnos escribir la frase como castigo y a atizarnos porrazos como recordatorio. Yo me gané tres capones y tuve que escribir veinticinco veces *La familiaridad cría conflictos* por hablar en clase y por informar mal a Cúter. Johnny Wells se llevó cinco pescozones y tuvo que escribir la frase cincuenta veces por salir corriendo y acusar al profesor. Cúter se agenció diez cogotazos y tuvo que escribirla ciento veinticinco veces por ser, según el señor Travis, "deslenguado e irrespetuoso con sus superiores".

Pero lo más injusto de todo es que al ser Cúter mi mejor amigo tuve que seguir ayudándolo, y encima de escribir mi castigo, acabé escribiéndole cincuenta de sus malditas frases.

Me di cuenta de por qué nos hacía repetir tanto esa frase el señor Travis y de por qué nos atizaba. Era porque intentaba que la lección de "la familiaridad cría conflictos" nos entrara en la cabeza. Pero aprender en clase no es lo mismo que aprender en persona.

Eso no significa que yo no vaya a recordar esa lección durante el resto de mi vida. Pero no por el señor Travis, sino por el modo en que la aprendí pocos días después.

EL SEÑOR LEROY DEMUESTRA CÓMO TE ENTRA UNA LECCIÓN EN LA CABEZA

Las nubes de quita y pon se pusieron del todo y acabaron tapando la luna dos noches después. Como es peligroso trabajar con un hacha cuando no hay nada de luz, el señor Leroy supuso que debía dejarlo antes. No era lo acostumbrado. La mayoría de las noches seguía trabajando hasta bastante después de que yo me fuera a casa a dormir, pero esa noche salimos juntos del campo de la señora Holton.

Yo no trabajo ni mucho menos como el señor Leroy, pero eso no importa, estaba molido. Reconozco que ir a la escuela y estudiar y hacer mis tareas en el Asentamiento y trabajar con él hasta tarde durante las dos últimas semanas fue la causa de que aquella noche estuviera torpe y de que no me funcionara bien la cabeza. Eso no justifica lo que pasó, pero es la verdad.

La mayor parte de las veces el señor Leroy y yo hablamos poco mientras trabajamos, no solo porque es difícil hablar con alguien que tala árboles y balancea un hacha, sino porque él no es muy partidario de darle a la lengua. En mi opinión, eso significaba que la caminata hasta casa era una ocasión estupenda para hablar de todo lo que no habíamos hablado antes.

Casi todas las noches tengo que irme a casa solo, y no es que me queje, pero a veces me parece que ese paseo sería mucho más agradable yendo con alguien.

Eso no significa que seas frá-gil, es que si tienes que ir a casa en una noche sin luna, los ruidos que salen de los lados del camino o del bosque pueden sorprenderte y hacerte saltar, y al final acabas el paseo corriendo y dando alaridos.

Cualquiera con un mínimo de sentido común se asustaría un poco al pensar que los osos o las serpientes o los lobos podían salir de su zona y venirse hasta aquí, así que quizá, entre lo hecho polvo que estaba por trabajar tanto y lo contento que me había puesto por tener compañía, mi cabeza no andaba del todo bien aquella noche sin luna en que el señor Leroy y yo volvimos a casa juntos.

Como él no era nada hablador, supuse que había practicado mucho lo de escuchar y aproveché para cotorrear a lo loco. Aunque había ocurrido dos días antes, seguía haciéndome mala sangre al recordar que el señor Travis, además de estar a punto de arrancarle la oreja a Cúter, nos había dejado sin los *con-cursos de cría familiar*. Por eso, después de hablar un rato de la pesca y de los animales del bosque y de cómo pican los suéteres de Ma y de cuántos premios ganarían Champion y Jingle Boy en la feria, me lancé a contarle lo que había pasado en clase.

Cuando llevábamos más o menos un kilómetro, el señor Leroy gruñía y asentía con la cabeza de vez en cuando como si me prestara cierta atención. En el momento en que empecé a contarle lo del señor Travis llevaríamos unos tres andados y el señor Leroy demostraba ya muy poco interés por lo que le decía. Sólo daba zancadas camino adelante con aspecto de preferir que me callara, pero seguí hablando igual; lo que me venía a la cabeza me daba ganas de hablar, no de prestar atención a quien escuchaba.

Dije:

—Y el señor Travis va y se vuelve loco y no tarda ni un segundo en cruzar la clase de un salto y no sé ni cómo lo hizo pero debió de salir volando porque para agarrar a Cúter Bixby tuvo que saltar tres filas de chicos y no tiró ninguno de los pupitres ni tropezó porque a nadie le salieron huellas de zapato ni chichones por donde les podía haber *arreao*...

Me di cuenta de que el señor Leroy no demostraba mucho interés. No me dijo que me callara, pero apretó el paso como si le corriera prisa llegar a casa. Yo no pensaba perder la oportunidad de desahogarme, así que empecé a medio correr medio andar para alcanzarle. Le dije:

—Entonces el señor Travis va y le enrosca la oreja a Cúter de tal modo que la oreja se empieza a parecer a un dedo de alguien en lugar de a una oreja de alguien y es la cosa más espantosa que se pueda imaginar...

Entonces la dije, dije esa palabra que hará que la lección sobre familiaridad y conflictos se me quede grabada mientras viva, aunque viva cincuenta años. Dije:

—Y yo y todos los demás negrat...

No debi hacerlo. Pa y Ma no toleran que se diga delante de ellos. Dicen que dicha por un blanco es señal de odio, y que dicha por uno de nosotros es señal de mala educación y de ignorancia, así que no tengo excusa.

No debí hacerlo.

Por lo visto el señor Leroy sí me prestaba atención, porque ni siquiera pude acabar de decirla. Ni siquiera me enteré de que la iba a decir.

Sentí que fuera cual fuese la cuerda que sostenía en alto la luna, se soltó de repente, y la luna resbaló y chocó contra las nubes y cayó en picado sobre la Tierra antes de estallar sobre mí.

Al principio solo vi una luz deslumbrante, y supongo que fue por el revés sobre la boca que me propinó el señor Leroy. Después noté que perdía el conocimiento, que debió de ser cuando me caí. Y luego sentí que la luna me hacía pedazos, que sería cuando me golpeé la cabeza contra el suelo.

No creo que perdiera el sentido ni un solo segundo, pero cuando lo recuperé, deseé haberlo perdido durante mucho más, porque el señor Leroy se inclinaba sobre mí y echaba la mano hacia atrás para atizarme de nuevo.

Pero prefirió recuperar todo lo que no había hablado mientras caminábamos y empezó a cotorrear igual que yo le había cotorreado a él.

Gritó:

—¡¿Has perdido la cabeza?!

Estuve a punto de decir "no, señor", pero supuse que era una de esas preguntas que la gente hace por hacer, no porque realmente quiera que se la contestes. Quizá no hubiera podido contestarla de todos modos, porque mi lengua estaba todavía muy ocupada rondándome por la boca para comprobar si el bofetón me había aflojado algún diente.

Él dijo:

—¿Qué crees tú que me llamaban mientras me hacían esto?

Se abrió la camisa y me enseñó la marca de un gran cuadrado con una T dentro que le habían grabado en el pecho. La cicatriz estaba en relieve y brillaba, y se veía perfectamente hasta sin luna.

—¿Qué crees tú que me llamaban?

Por sus alaridos, parecía que quien había perdido la cabeza era él.

—¿Qué crees que le llamaban a mi hija cuando la vendieron? ¿Qué clase de niña crees que decían que era desde lo alto de la plataforma?

El señor Leroy escupía y parecía más loco que una cabra. Me alegré de que hubiera soltado el hacha antes de cruzarme la boca.

Dije:

—Señor Leroy, señor, lo siento...

—¿Qué crees que le llamaban a mi mujer cuando se la entregaron a otro hombre? ¿Qué?

—Lo siento, señor, lo siento...

—¿Cómo puedes llamar a los chicos de la escuela y a ti mismo lo que nos llamaban los tipos blancos de allá de casa? ¿Te has vuelto loco? ¿Quieres ser igual que ellos? ¿Quieres mantener vivo aquel odio?

No cabía duda. ¡El que se había vuelto loco era él! Se debía de pensar que, al decir esa palabra, yo era blanco.

Supliqué:

—¡Señor Leroy, por favor! ¡Yo no soy blanco! ¡Por favor, no me pegue más!

Él levantó la mano izquierda, yo cerré los ojos y traté de convertirme en parte del suelo.

Él dijo:

—¿Blanco? ¿Crees que esto va de blancos? Mira esto. ¡Míralo!

Abrí los ojos y vi que no iba a abofetearme de nuevo. Señalaba el lugar donde había estado su meñique izquierdo, el lugar donde solo le quedaba un pequeño muñón.

Dijo:

—¿Quién crees que me lo cortó? ¿Eh?

No sabía si contestarle o quedarme callado hasta que dijera lo que tenía que decir. Me encogí de hombros.

—Un esclavo, un esclavo fue. ¿Y durante todo el tiempo que me lanzaba navajazos intentando cortarme la garganta, qué me llamaba? ¿Qué me llamaba?

Yo dije:

—Sé lo que le llamaba, señor, pero no pienso decirlo nunca más.

Él preguntó:

—¿Crees que porque esa palabra salga de tus labios oscuros significa otra cosa? ¿Crees que carece del mismo tipo de odio y de desprecio que rezuma cuando la dicen ellos? ¿Es que no te das cuenta de que es aún peor cuando la dices tú?

Yo contesté:

—Señor, yo sólo la he dicho porque se la he oído a muchos niños.

—¿Y qué importa a quién se la hayas oído? Puedo entender un poco que uno nacido libre la use, solo se debe a que ignora muchas cosas. Probablemente nadie le ha llamado así en toda su vida. Pero que la diga alguien que ha sido esclavo, o alguien que tiene un Pa o una Ma que lo ha sido y que ha recibido tan buena educación como tú, solo demuestra que crees que eso es lo que somos. Solo demuestra que te has tragado su veneno. Que te lo has tragado hasta el fondo.

No iba a haber más golpes, notaba que el señor Leroy se había calmado. Se puso a frotarse el brazo izquierdo y me dio la mano para que me levantara.

En cuanto lo hice, me tragué las lágrimas que intentaban llenarme los ojos. No por frá-gil, sino porque no hay nada en el mundo que te dé más ganas de llorar que recibir un buen sopapo cuando menos te lo esperas.

El señor Leroy dijo:

—Ya sé que haberte pegado así no es lo mejor del mundo, Elías, pero no siento haberlo hecho. Si mi Ezequiel le llamara eso a alguien, ruego a Dios que también él reciba un buen bofetón. Los jóvenes tienen que entender que cuando nos lo llamaban, lo decían únicamente con odio. Esa era la palabra que servía a los negreros para encadenarnos, y si Dios es justo, y yo sé que lo es, un día será enterrada con el último de ellos. No es una de esas cosas que debamos traernos a Canadá con nosotros. Y ahora, si quieres que tú y yo sigamos trabajando juntos, ya sabes lo que debes decir.

Lo sabía. Dije:

—Lo siento, señor Leroy, no voy a usar esa palabra nunca más.

Él dijo:

—Ten siempre presente, Elías, que yo soy un adulto y tú no. Debes recordar que, aunque nos llevemos bien, yo no soy tu amigo. Me importas tanto como mi propio hijo, pero debes tratarme siempre con respeto. Al decir esa palabra has demostrado que no sientes respeto por mí, ni por tus padres, ni por ti mismo, ni por nadie a quien se la escupieran mientras le golpeaban como a un animal.

El señor Leroy me sacudió la parte de atrás de la camisa y los pantalones con el sombrero, alargó la mano para que yo se la estrechara y dijo:

—Elías, espero que no quede ningún resentimiento entre nosotros. Me gusta cómo has reconocido tu error.

Yo estreché su mano y dije:

—No, señor, no queda el menor resentimiento.

A veces cuando un adulto te pregunta algo, es mejor decirle lo que quiere oír, pero yo no lo hice por eso.

Dije que no había resentimiento porque lo sentía así.

Pa siempre dice que los que han sido esclavos acarrean cosas que no se notan a simple vista. Dice que al ser esclavo se conocen aspectos de la vida que los nacidos libres nunca conoceremos, y que casi todos esos aspectos son *horroríficos*. Dice que por eso debo ser cuidadoso cuando hable con alguien que ha logrado ser libre. Por cómo han visto comportarse a la gente, les han quedado cicatrices y rarezas. Cosas que para mí no significan nada, a ellos pueden herirlos en lo más hondo. Por eso dije de corazón que no le guardaba ningún rencor y que no pensaba decir esa palabra nunca más.

Él dijo:

—Me alegro, hijo, porque quería que me entendieras y lo de hablar no se me da bien.

Yo dije:

—Ya sé a qué se refería, señor Leroy. El resumen es que la familiaridad cría conflictos.

Él recogió su hacha, se la cargó al hombro izquierdo con un balanceo y después me puso la mano derecha sobre la cabeza. Siempre recordaré la mano del señor Leroy sobre mi cabeza y las palabras que me dijo. Siempre recordaré esa noche sin luna en que el señor Leroy y yo volvimos a casa juntos.

LA NOCHE MÁS EMOCIONANTE DE MI VIDA

El día siguiente, después de clase, cuando quitaba el estiércol en la caballeriza, Old Flapjack soltó un resoplido. Levanté la mirada y vi que el Predicador estaba en la puerta.

—Buenas tardes, Elías.

—Buenas tardes, señor.

—¿Recuerdas que te pregunté si querías ayudar al Asentamiento?

—Sí, señor.

—¿Has cambiado de idea?

—¿Sobre qué, señor?

—Sobre lo de ayudar al Asentamiento.

—Vaya, no, señor, pero ¿qué era lo que...?

El Predicador desdobló un papel y me lo dio.

PRÓXIMAMENTE EN CHATHAM, TRES ÚNICAS NOCHES

Sir Charles M. Vaughn y su FERIA DE CURIO-SIDADES de renombre mundial pasarán por Canadá occidental durante su gira iniciada en Chicago e Illinois que finalizará en Buffalo, Nueva York y otras localidades del este. Sir Charles ha tenido la deferencia de permitir que los ciudadanos de Chatham, Buxton y alrededores puedan presenciar lo que solo conocen por los más selectos diarios del país. ¡¡¡Escuchen a Calíope!!! ¡¡¡Degusten las Delicias de Azúcar!!! ¡¡¡Vean los más asombrosos Fenómenos de la Naturaleza que puedan imaginar!!! ¡¡¡Contemplen al Mayor Hipnotizador del Mundo!!! Se dispone de Excepcionales Medicinas Patentadas. ¡¡¡Juegos de Azar!!! Se dará la bienvenida a los miembros de todas las razas. ¡¡¡Solo miércoles, jueves y viernes!!!

Ya sabía por Cúter lo de esa feria, pero él había cometido el error de preguntarle a su Ma si podía ir. Ella le preguntó si estaba chiflado y le dijo que, para asegurarse de que no se escapara a escondidas, iba a hacerle dormir a los pies de la cama de ella miércoles, jueves y viernes.

Le dije al Predicador:

—Todos los adultos dicen que no nos acerquemos a esto. Dicen que se juega dinero y que pasan un montón de cosas malas.

Él contestó:

—¿Y tú qué piensas? Se me ha ocurrido que tu don de Dios nos puede ayudar a conseguir dinero para el Asentamiento, pero si te lo has pensado mejor...

—Pero Pa y Ma no me van a dejar ir.

—Elías, estoy seguro de que tus padres se quedarían de piedra si se enteraran de muchas de las cosas que haces. Es indudable que no tienen ni idea de que tú (y Cúter también) te escapas de casa por la noche para ir al bosque, ¿verdad? Esto sería muy parecido. Bastaría con que nos encontráramos mañana por la noche para ir los dos juntos a la feria. Yendo conmigo no te pasará nada malo. Pero, si has cambiado de idea sobre lo de ayudar al Asentamiento, lo entiendo. Hablar es fácil, pero cumplir lo que uno ha prometido es mucho más difícil.

Me percaté de lo que estaba haciendo el Predicador, me percaté de cómo usaba la forma de hablar de los adultos para ponerme en apuros. Pero, en mi opinión, hay apuros en los que te pones sin querer y hay apuros en los que no te molesta que te pongan. Y, la verdad, a mí no me molestaba nada que me pusieran en este. ¿Podía haber algo más emocionante que ir a una feria a ver fenómenos de la naturaleza y a mirar cómo hipnotizan a alguien? Además, se le había ocurrido una idea para que yo ayudara al Asentamiento, ¿no era estupendo?

—Pero no tengo dinero para entrar, señor.

—Elías, tú no necesitas dinero cuando estés conmigo. Por otra parte, si insistes en devolvérmelo, siempre puedes doblar tu diezmo cuando vayas de pesca.

No era por mí, sino por el bien del Asentamiento, así que dije:

—¿Cuándo quedamos, señor?

—¡Buen chico! Nos encontraremos mañana por la noche. Tráete una bolsa llena de tus piedras.

Con lo interesante que sonaba todo, ¡no pensaba perderme esa feria por nada del mundo!

El viernes por la noche el Predicador y yo fuimos en primer lugar a un claro un poco alejado del sitio donde se encontraba lo más bullicioso y emocionante. En medio del claro había una gran tienda de lona con un letrero recién pintado que decía:

¡¡¡¡Vean a Madame Sabbar,
la Cazadora Real de Suecia!!!!
¡¡¡¡Ha abatido 541 leones polilla de Suecia
sin más arma que
su honda!!!!

Sobre un cajón había un hombre blanco con bastón y sombrero de paja gritándole a la gente que pagara diez centavos para pasar y ver a la cazadora. Voceaba:

—¡Maravíllense con la puntería mortífera de la honda de Madame Sabbar! ¡Pasen, pasen y vean! ¡Les asombrará lo que es capaz de hacer con una simple piedra! ¡Desearán volver una y otra vez! ¡Sus amigos y vecinos no les creerán cuando les cuenten la potencia del arma tan sencilla de Madame Sabbar! ¡Vean por sí mismos a la increíble damisela que ha matado quinientos cuarenta y un ejemplares de la bestia más feroz de toda Europa: el pavoroso león polilla de Suecia!

Uno de los granjeros blancos gritó:

—¡Vaya sarta de paparruchas! ¡En Suecia no hay leones!

El hombre blanco señaló con su bastón al granjero y dijo:

—¡Lleva usted toda la razón, señor! ¡Lo que constituye una prueba más de la pericia de Madame Sabbar; eso demuestra que los ha exterminado a todos! Ahora deben apresurarse. Nuestra última función empieza dentro de dos minutos. ¿Quién no pagaría la ridícula suma de diez centavos de nada para contemplar a esta asombrosa dama?

¡No me lo podía creer! ¡El Predicador me empujó hacia la fila donde se esperaba para pasar y ver a la dama! Empecé a temblar al instante. ¡Nunca había conocido a nadie que hubiera matado un león! ¡Ni siquiera conocía a nadie que hubiera visto uno!

Cuando llegamos al principio de la fila, el Predicador pagó con dos monedas de diez centavos y entramos en la tienda. Nos sentamos en la primera fila de bancos. En un extremo del escenario había cinco dianas y, junto a ellas, un enorme panel con la pintura de una jungla frondosa y oscura. Esa jungla no se parecía en nada a los bosques de por aquí, porque en estos bosques no hay monos colgados de los árboles. También tenía seis agujeros del tamaño de bandejas en los troncos y, debajo de cada agujero, números muy bien escritos que iban del uno al seis. Sobre el panel, espaciadas de forma regular, había diez velas encendidas y, por debajo de ellas, una sábana colgada del borde superior de la pintura decía: ¡¡¡LAS JUNGLAS DE SUECIA!!!

No llevaríamos ni un minuto cuando el hombre blanco con bastón y sombrero de paja salió al escenario y contó unos chistes que no le hicieron gracia a nadie. Cuando vio que lo único que iba a sacar del público eran abucheos, nos presentó a la dama de la honda. ¡La dama gastaba una mirada tan feroz que no era de extrañar que hubiera matado quinientos leones!

El hombre dijo:

—Damas y caballeros, niños y niñas, les ruego que me ayuden a dar la bienvenida a Madame Sabbar, y así quizá ella se digne a mostrarnos su destreza con estas mortíferas hondas.

El hombre señaló una mesa con tres lujosas hondas; a su lado había montoncitos de cosas que parecían ser la munición. Había uvas y unas canicas realmente preciosas y dos clases de piedras: unas raras con un agujero en medio y otras que parecían demasiado ligeras para apedrear con propiedad.

El público aplaudió un poco y Madame Sabbar tomó una de las hondas y una de las canicas. Apuntó a la primera diana y disparó. La canica dio justo en el centro, rompió el papel y golpeó una campanilla. La dama hizo lo mismo con las cuatro dianas restantes, campanilleando en cada ocasión.

La gente debió de pensar que había poco jolgorio, ¡demasiado poco para diez centavos del ala! Solo aplaudieron dos o tres, y los abucheos y los refunfuños fueron en aumento.

El hombre dijo:

—¡Increíble! ¡Impresionante! Pero esto no es todo, damas y caballeros. Una vez que ha practicado, afrontará una tarea mucho más peligrosa. Todo el mundo sabe que al león polilla de Suecia le atrae la luz de las velas, así que tan pronto como se oiga el rugido de uno de estos feroces felinos escandinavos, ¡lo primero que Madame Sabbar debe hacer es apagar todas las velas tan rápido como pueda!

El hombre se puso la mano en la oreja y dijo:

—¡Escuchen! ¿Qué ha sido eso?

¡De repente parecía que haber pagado diez centavos valía la pena!

De detrás del escenario surgió un rugido que sonó igual que uno de los carraspeos del señor Brown, aunque mucho más fuerte, ¡y Madame Sabbar entró en acción! ¡Agarró otra honda y no dejó títere con cabeza!

Lo primero que hizo fue darles a las diez velas que estaban sobre el panel de la jungla y los seis agujeros. Disparaba las piedras de aspecto raro con agujero en medio que, al volar por la tienda, hacían el mismo ruido que los gordos y perezosos abejorros de Buxton. Una vez que las piedras alcanzaban las velas, apagaban la llama tan silenciosamente como un suspiro. ¡Y las velas ni las tocaba! Lo único que se movía de ellas era la mecha. ¡Caray!, ¡por ver llenarse la tienda con esas diez piedras zumbonas y cómo se apagaban las velas una tras otra, hubiera pagado con gusto de mi bolsillo los diez centavos!

Pero lo que vino a continuación fue aún mejor. Dio media vuelta a la honda y empezó a disparar en dirección al público, por encima de nuestras cabezas, ¡y se puso a apagar las velas repartidas por la tienda!

Parecía que correr el riesgo de que una de esas piedras zumbonas te atizara en la cabeza sin que llegara a ocurrir, daba ganas de armar un buen jolgorio. Después de agacharse o de cubrirse la cabeza con las manos, las gentes se enderezaban de nuevo y ¡vitoreaban y aplaudían a rabiar! Cuando acabó de apagar las velas, Madame Sabbar hizo una de esas reverencias de dama. El hombre dijo:

—¿Lo ven ustedes? ¿No les había dicho que se asombrarían? ¡Pues, oh, hombres de poca fe, esto no ha hecho más que empezar!

El hombre apuntó con su bastón al tablero de la jungla y los seis troncos con agujeros.

—Madame Sabbar no puede dedicarse tan solo a la caza del pavoroso león polilla de Suecia, también debe estar ojo avizor con los aliados de los leones, los salvajes miembros de la tribu sueca de los mobongos, ¡y sobre todo con el joven jefe de esa tribu, MaWi!

Por detrás del panel agujereado se oyó una serie de alaridos y aullidos y parloteos, y después un niño blanco agarrado a una lanza y luciendo un gran hueso de caldo en la coronilla marchó sobre el escenario. Vestía la mitad inferior de un vestido de señora, lo que daba la impresión de que llevara una falda de hojas largas. Sus mejillas estaban pintadas con rayas negras. Saltaba sobre un pie y luego sobre el otro mientras alguien tocaba un tambor. Si lo hubiera hecho más rápido y con algún tipo de ritmo, casi habría parecido que bailaba.

—Cuidado, Madame Sabbar —gritó el hombre—. El joven MaWi está muy enfadado porque conoce vuestra reputación.

El chico sacudió su lanza en dirección a la dama de la honda, pero la expresión de su cara no era de enfado, sino de susto.

—¿Pero qué es esto? ¡Oh, no! ¡MaWi ha usado sus poderes mágicos para dejar ciega a Madame Sabbar!

El niño rebuscó en la bolsa que llevaba en la cintura y arrojó algo centelleante y relampagueante a la mujer. El hombre del bastón vendó los ojos de Madame Sabbar y, además, le cubrió la cabeza con un saco para que estuviéramos seguros de que no veía nada.

—Y ahora que la ha cegado, ¡MaWi se esconderá tras uno de esos árboles de la jungla sueca y esperará para tenderle una emboscada!

El hombre giró a la dama de la honda para ponerla de cara al panel. MaWi se metió por detrás, pero no antes de que yo tuviera ocasión de echarle un buen vistazo. ¡Ese no era ningún jefe de la jungla sueca! ¡Era Jimmy Blassingame, uno de los niños blancos de Chatham que estudiaban en nuestra escuela!

El hombre dijo:

—Madame Sabbar, ¿podéis ver algo?

La mujer se alzó el borde del saco por encima de la boca y dijo:

—¡Ay de mí! No veo nada. La magia del infiel me ha cegado por completo.

El hombre exclamó:

—¡Ay de ella! ¡Y miren al cobarde salvaje! ¡Se dispone a atacar! ¿Qué podemos hacer? ¿Cómo podemos salvar a esta inocente mujer blanca? Yo podría darle un arma pero, en su estado, ¿cómo iba a utilizarla?

El hombre rebuscó por la mesa situada junto a Madame Sabbar y le puso una honda en la mano izquierda y varias uvas moradas en la derecha. La dama escogió una uva y cargó la honda.

De repente, la cara de Jimmy Blassingame salió por el agujero que tenía el lujoso TRES escrito debajo, el agujero derecho de la fila superior.

El hombre gritó:

—¡Madame Sabbar! ¡El cobarde ataca! ¡Disparad vuestra arma!

Madame Sabbar levantó la honda y disparó la uva, que se remostó a un lado de la tienda, metro y medio por debajo de la cabeza de Jimmy.

—¡Oh, no! ¡Está ciega! ¡Y miren! ¡El salvaje se dirige a otro árbol desde el que abordará a esta inocente doncella blanca!

La cabeza de Jimmy se asomó por el agujero número cinco, el central de la fila inferior.

—¡Ahí está! —chilló el hombre del bastón—. ¡Ustedes, buenos ciudadanos de Chatham, pueden ayudarla gritando el número del agujero en el que este negro... eh... este bárbaro de negro corazón se oculta!

Cuando la cara de Jimmy apareció en el agujero derecho de la fila inferior, casi la mitad del público gritó:

—¡Seis!

Vaya, la dama cazadora no podría ver, pero disparó otra uva a tanta velocidad y con tal precisión que le arreó a Jimmy ¡justo en medio de la frente! Él agachó rápidamente la cabeza, ya que eso era todo lo que asomaba por los agujeros.

¡La gente se rió tanto que la tienda tembló!

Jimmy fue al número cinco, al número cuatro, al número uno y al número tres, y cada vez que se veía su frente, la gente se chivaba y Madame Sabbar le aplicaba el mismo tratamiento.

Al poco rato las uvas despanzurradas de la frente de Jimmy empezaron a gotear sobre sus ojos, y él tuvo que inclinarse para quitárselas; pero se le ocurrió hacerlo justo delante del quinto agujero, y el público gritó:

—¡Cinco!

Madame Sabbar alzó la honda y disparó la siguiente uva tan deprisa que le dio a Jimmy, quien no tuvo la menor posibilidad de agachar la cabeza, justo entre los ojos.

¡Y nadie se horrorizó más que el propio Jimmy Blassingame! Abrió la boca de par en par, se puso derecho, dejó la cara justo delante del segundo agujero y, maldita sea, unos cuantos asquerosos chillaron:

—¡Dos!

Madame Sabbar disparó velozmente otra uva ¡que fue a desaparecer en la boca de Jimmy con un estallido de burbuja de jabón!

Jimmy se llevó las manos al cuello, salió tambaleándose de detrás del panel de la jungla y los agujeros y empezó a dar tumbos por el escenario como un pez fuera del agua.

El hombre del bastón se puso a lanzar maldiciones y a soltar unas palabrotas que yo no había oído en la vida. Agarró a Jimmy desde atrás por encima la cintura y, estrujándolo, lo levantó del suelo. La uva salió volando por la boca del chico y se perdió entre el gentío.

Al público debió de parecerle lo más divertido del mundo.

Hasta el Predicador, que suele ser un hombre serio, echó la cabeza hacia atrás y se rió a mandíbula batiente.

Jimmy Blassingame no tuvo el seso suficiente para irse del escenario. Se sentó de golpe y se puso a llorar con tantas ganas que le empezaron a correr rayas moradas y negras por las mejillas hasta salpicarle en el pecho.

Era una suerte para Jimmy que el único que hubiera allí de la escuela fuese yo. Porque la pinta que tenía sentado con las rayas de colores corriéndole por el pecho mientras berreaba con medio vestido de señora, era el tipo de cosa que no le hubieran dejado olvidar en años. ¡Se le hubiera pegado al nombre como se había pegado al mío el de Frederick Douglass!

El del sombrero de paja y bastón señaló a Madame Sabbar y dijo:

—¡Por favor, felicítense ustedes por haber salvado la pureza de esta pobre damisela blanca y demuestren su agradecimiento a la más certera cazadora que ha deambulado jamás por las junglas de Suecia!

Todos menos yo, el Predicador y Jimmy Blassingame, chillaban y silbaban y aplaudían a rabiar.

El Predicador se inclinó hacia mí y gritó:

—¡Tengo que ver a otra persona! —y me sacó de la tienda.

EL HIPNOTIZADOR Y SAMMY

El Predicador y yo cruzamos una arboleda en dirección a los sonidos que se abrían paso entre el aire de la noche. Cuando llegamos al claro del Atlas fue como si cayéramos por un precipicio a un mundo totalmente distinto. Lo que vi me impresionó tanto que todo lo de mi cuerpo hizo como si quisiera removerse y arrejuntarse, igual que cuando caminas por el hielo y el hielo se rompe y te arroja al agua helada del invierno. Era como si te pasaran demasiadas cosas a la vez, como si te dejaran sin respiración. Pero supongo que eso era lo que pretendían los de la feria.

Todo lo que había en el claro estaba preparado con la intención de que la cabeza te empezara a dar vueltas y no dejara de darlas, ¡y no podías esconderte de nada! Todas las partes de mi cuerpo trataban de llamarme la atención para que no hiciera caso a las demás. Mis oídos captaban sin parar sonidos que no habían escuchado en ningún otro sitio. Había hurras y vivas de niños y adultos, y alaridos que te hacían pensar que acababan de ver a la muerte en persona y que de pronto se convertían en risas un poco avergonzadas.

Había una música fuerte y aguda hecha de silbidos que salían de un carromato que arrojaba vapor y canciones por una fila de tubos, y el sonido era tan atronador, tan duro y tan punzante que pensabas que te estaban rascando el fondo del oído con la punta de un cuchillo.

Pero en cuanto parecía que la cabeza te iba a estallar con los sonidos, tus ojos tomaban las riendas y empezaban a distinguir cosas en lo que solo había sido un borrón de colores y antorchas.

Había más hombres blancos con bastón y sombrero de paja canturreando que pasaras y vieras lo que escondían en sus tiendas. Gritaban una y otra vez las mismas palabras y sonaban como el coro de los domingos, aunque sin alegría de verdad.

Había pancartas de rojos y azules y verdes y amarillos chillones extendidas sobre grandes tiendas de un marrón apagado, y en las pancartas había dibujos de las cosas por las que debías pagar nada menos que cinco centavos si querías pasar y ver. Vaya, pues con lo espantosos que eran los dibujos, ¡yo hubiera pagado cinco centavos por no pasar ni ver!

¡Había un dibujo de un hombre blanco medio humano medio cocodrilo con las dos partes unidas de tal manera que no sabías si estabas viendo la mitad de atrás de un cocodrilo que engullía la mitad superior de un hombre, o un hombre que había nacido sin piernas y se había cosido la mitad posterior de un lagarto para ver si conseguía andar un poco!

¡Había una mujer blanca de cuyo cuello salían bracitos y piernitas de niño! ¡Y un hombre blanco que sostenía un elefante sobre la cabeza como si fuera a arrojarlo al condado vecino! Otra de las pancartas mostraba a un blanco tan grande como una cuadra haciendo manitas con una blanca que era poco más que un palito con un copete de pelo amarillo. Estaban debajo de un gran corazón rojo que decía: ¡¡¡¡Amor chocante!!!!

Pero el dibujo que me iba a tener en vela noches enteras y me iba a quitar las ganas de rondar por el bosque durante mucho tiempo era el de un hombre blanco que debía de ser ¡un mago! No le salían por ningún sitio partes de animales ni de otras personas que invitaran a pasar y ver, lo que le salía era mucho peor. Era algo de lo que yo intentaba apartar la vista con todas mis fuerzas sin conseguirlo.

¡El mago despedía rayos amarillos, zigzagueantes y afilados por los ojos! ¡Esos rayos hacían que el hombre blanco de aspecto normal que estaba a su lado flotara y se alzara y rascara el cielo como si estuviera a punto de ser lanzado hacia las nubes! ¡Costaba nada menos que un cuarto de dólar pasar y ver al mago hacer eso! ¡Yo hubiera pagado dos cuartos de dólar por no verlo!

Pero precisamente a ese era a quien el Predicador quería ver. Señaló el dibujo del hombre de los ojos con rayos y dijo:

—Ese es el propietario de la feria. Quiero saber qué clase de camelo se trae entre manos antes de hablar con él.

Otro de los hombres blancos con sombrero de paja y bastón recitaba en la entrada:

—¡La última función de la noche, la última función del año, la última actuación en Canadá, la última ocasión de sus vidas de ver al fantástico Vaughn-O ejerciendo sus poderes de prestidigitación mental!

El Predicador estampó dos cuartos de dólar contra la mesa y dijo a la mujer blanca sentada delante:

—Mi chico y yo queremos ver al hipnotizador.

Yo levanté la voz y dije:

—¡No, señor! Entre a verlo usted. Yo le espero allí, donde aquel árbol.

El Predicador me agarró por el cuello de la camisa y me arrastró al interior. Esa tienda no tenía bancos para sentarse, por lo que nos encontramos apretujados entre un montón de gente de Chatham. En cuanto nos abrimos paso y llegamos a la parte delantera, me tapé los ojos con una mano. El Predicador acercó la boca a mi oído y dijo:

—No, señorito, no. Te he pagado veinticinco centavos del ala para que veas esto y eso es lo que vas a hacer.

Y me retiró la mano de un tirón.

Lo primero que hice fue mirar hacia arriba para no ver el escenario y, sobre todo, para localizar algo donde agarrarme y no acabar flotando entre las nubes si el Predicador me obligaba a ver aquello y los rayos oculares de algún blanco me lanzaban a lo alto. Si llegaba a pasar, el sitio no era malo, porque el techo de la tienda me detendría. Debería cuidarme de las antorchas laterales mientras me elevaba, pero supuse que, no perdiéndolas de vista y dándoles patadas, podría pasarlas sin quemarme más que los zapatos y los bajos de los pantalones, quizá.

Al recorrer el techo con la mirada, el corazón me empezó a latir más despacio. Fue un alivio ver que no quedaba nadie de la función anterior flotando por allí. Quizá eso significara que el hechizo dejaba de surtir efecto al cabo de un rato, y que después te estampabas contra el suelo.

De haberlo sabido, me habría traído una cuerda y me la habría atado al tobillo. De esa forma, si empezaba a flotar, el Predicador hubiera podido llevarme hasta casa como a una cometa. Me habría sentido mejor sabiendo que podía esperar a que se me pasara el efecto del hechizo en Buxton en vez de entre un montón de extraños.

Antes de que pudiera angustiarme más, la cortina del escenario se abrió y un blanco alto y gordo con capa negra se plantó ante nosotros. Sus ojos se parecían mucho más a los de un muerto que a los de un vivo. Eran azules y vacíos y daban la impresión de mirarte directamente, pero también de no ver nada. Una andanada de risas y pataleos y alaridos salió de la gente que abarrotaba la tienda. No es de frágiles decir que yo estaba entre los de los alaridos.

Me agarré a la manga del Predicador y aplasté la cara contra ella. Él retiró el brazo con igual rapidez y dijo:

—Te he dicho que mires. A ver si aprendes cómo se tima a la gente.

Noté que alguien se agarraba con fuerza a mi propio brazo y giré la cabeza. Era un chico blanco y bajito, más o menos de mi edad, que se lo estaba pasando en grande.

Primero soltó una palabrota:

—¡Qué puñetas! ¡Es la cuarta vez que vengo y *entoavía* me se ponen los pelos de punta cuando sale al escenario! —hablaba como si fuera de Estados Unidos.

Yo dije:

—¡Lo has visto cuatro veces! ¿No te da miedo salir flotando?

Él se rió y dijo:

—¡Bah! ¡Si no es más que un viejo farsante! Ese no hace flotar ni un pimiento.

El chico tenía el pelo rizado y pelirrojo, y una nariz que se parecía un montón al pico de un pájaro. El gris azulado de sus ojos, como el del cielo que presagia tormenta, daba miedo. Era solo un chico, ¡pero le apestaba el aliento a tabaco!

Le pregunté:

—¿De verdad que no puede hacer que flote nada?

—¡Quia! Ya lo verás. ¿Cómo te llamas?

—Elías.

El chico me miró como si le hubiera insultado.

—¿Elías? ¿Seguro?

—Claro que seguro.

—¿Eres de Buxton?

—Sí.

—Bueno, pues te voy a decir una cosa, Elías. Es mejor que no le digas a nadie de Chatham cómo te llamas.

—¿Por qué no?

—Porque en Chatham hay un tunante que se cree el dueño del nombre ese, ¡y es de los que no comparten *na*! Y no solo va tras los Elías, también la toma con los nombres que empiezan por la misma letra. A un chico de acá que se llamaba Edward ¡le obligó a ponerse Odward! Y hasta los padres de Odward le llaman Odward, porque no quieren líos con el verdadero Elías. Yo que tú me buscaba otro nombre, porque el Elías de Chatham estaría *encantao* de dar contigo, y más siendo como eres un esclavo de Buxton.

—Yo nunca he sido esclavo. Nací libre.

—Da igual. Tú ten *cuidao* de a quién dices el nombre. Ese no es *p'andarse* con guasitas. ¡Ya se ha *cargao* a un indio hecho y derecho! Y no con una navaja ni una pistola ni una espada, ¡con una mano! ¡La izquierda! ¡Y eso que solo tiene doce años!

No me había dado tiempo de digerir esas palabras cuando el mago del escenario cobró vida. Abrió los brazos y mostró que, bajo la capa negra, llevaba algo azul que se parecía una barbaridad a un vestido de señora con toda clase de medias lunas y estrellas plateadas, brillantes y centelleantes. Vaya, ¡lunas y estrellas pegoteadas a lo loco! Y eso no tenía sentido, no tenía sentido en absoluto.

Todos los que soltaban alaridos y risotadas un minuto antes se unieron a un coro de "oooohs" y "aaaahs" que te hacía pensar que estaban viendo el mismísimo paraíso en vez de un vestido con estrellas de pega y una exageración de lunas por encima.

El chiquito blanco me dio un codazo en las costillas y dijo:

—¡No te pierdas sus ojos!

¡Ocurrió una cosa asombrosa! ¡Los ojos del mago rodaron hacia atrás y en su lugar apareció otro par de ojos! Pero los nuevos eran castaños y, mientras que los anteriores parecían fijos y vacíos, ¡estos te miraban de través! ¡Lo que es peor, estaba claro que te veían!

Como sentí que me temblaban las piernas, me agarré con fuerza al chico blanco para no caerme.

Él dijo:

—Los primeros ojos los lleva *pintaos* sobre los párpados. He *estao* ahí fuera fumándome un cigarro con él y lo he visto. ¡No son de *verdá*!

El mago paseaba la mirada por el público a paso de tortuga. Si se detenía en alguien, ese alguien soltaba alaridos o se reía o se echaba a llorar o se quedaba estupefacto. No sabría decir en que grupo estaba yo, porque tenía demasiado miedo.

El chico blanco dijo:

—No te pierdas esto. ¡Me voy a reír un poco!

Cuando los ojos del hombre y del chico se encontraron, este se enderezó de golpe y petrificó la cara. Yo le solté rápidamente el brazo para que el hechizo no saltara sobre mí.

El hombre lo señaló y gritó:

—¡Tú!

¡Los ojos del chico estaban a punto de salírsele de la cara!

El dedo del mago empezó a retorcerse y a doblarse de tal forma que los alaridos y la confusión del público aumentaron.

El chico me miró, se despetrificó un segundo y me guiño un ojo. Después volvió a petrificarse a toda velocidad, recuperó la cara de tonto y se abrió paso hacia los escalones laterales del escenario. ¡Era como si el dedo del mago fuera un imán y el chico estuviera hecho de limaduras de hierro! Cuando la gente se dio cuenta de lo hechizado que estaba, huyeron de él como de la peste.

El chico subió al escenario y el mago agitó la capa dos veces sobre su cabeza. Dijo:

—¡Muchacho! ¿Me conoces?

El chico contestó:

—No, señor, es *usté* un perfecto extraño.

—¿No hemos hablado nunca, entonces?

—No, señor, y tampoco nos hemos *fumao* ningún cigarro detrás de la tienda.

Algunos que no se daban cuenta de lo *horrorífico* que era todo se rieron, y el mago gritó:

—¡Silencio! ¿No ven que este muchacho está bajo el influjo de un hechizo y que no dice más que tonterías? ¡Si dejara de ejercer mi influencia sobre él un solo instante, correría el riesgo de transformarse en un idiota balbuciente para el resto de su vida!

El mago hablaba como si fuera de Inglaterra.

La mayor parte de la gente se quedó más callada que en misa.

El mago agitó su capa de nuevo sobre la cabeza del chico y le ordenó:

—¡Mírame a los ojos! ¡Mírame profundamente a los ojos!

El chico no pudo evitarlo, miró, y el mago se puso a guiñar un ojo y después el otro de tal forma que en un lado de la cara le veías un ojo castaño y vivo, y en el otro un ojo azul y muerto. Luego abrió a un tiempo los dos ojos muertos, después los vivos, más tarde los muertos, hasta que la cabeza te empezaba a dar vueltas y te dabas cuenta de que el chico debía de estar equivocado, ¡este mago era de verdad!

Volví a agarrarme a la manga del Predicador.

El mago dijo:

—¡Mira más profundamente en mis ojos!

El chico empezó a mover la cabeza hacia delante y hacia atrás tan rápido como el péndulo de un reloj que ha perdido las pesas. Luego hundió la barbilla en el pecho y se quedó como frito, ¡aunque sin caerse redondo!

El hombre dijo:

—Te adentras en un reino de aterciopelado reposo, de ensoñaciones doradas, de sueños de colores. En cuanto chasquee los dedos, te perderás en mi voz. Al chasquido de mis dedos, ¡mis menores deseos se tornarán en órdenes irresistibles!

Después, alzó lentamente la mano derecha por encima de la cabeza, la inmovilizó durante lo que pareció una hora y chasqueó los dedos. Exactamente al mismo tiempo alguien arrancó un espantoso bum de un tambor y un fogonazo de pólvora roja y amarilla explotó y saltó y siseó a todo lo largo de la parte delantera del escenario. El humo de la pólvora y los alaridos subieron hasta el techo de la tienda y, la verdad, ¡el mío fue de los más agudos y los más largos!

El mago dijo:

—¡Cuando cuente hasta tres abrirás los ojos y no oirás más voz que la mía! ¡Uno... dos... tres!

Chasqueó los dedos de nuevo y los ojos del chico se abrieron y miraron al mago. Se veía a la legua que estaba hechizado porque uno de sus ojos miraba a la derecha y el otro a la izquierda, ¡y luego le empezaron a dar vueltas y a ponérsele en blanco!

Se me heló la sangre al recordar que el chico pensaba que esto era una estafa. ¡Iba a dejar que aquel hombre espantoso le robara el alma! ¡Lo veía venir: dentro de nada ese pobre chico estaría pegado al techo de la tienda!

El mago dijo:

—¿Cómo te llamas, muchacho?

El chico empezó a hablar lentamente, pronunciando las palabras con mucho esfuerzo:

—Me... mu llamo... mi Samuel... pero mis... amigos... me llaman... Sammy.

—Samuel, ¿quién es la única persona en la que puedes confiar en este mundo?

—*Usté*... amo.

—¡Muy bien! ¿Y crees en todo lo que te digo?

—Como si fuese el Evangelio, amo.

—¿Entonces por qué me hablas? ¡No eres un niño, eres una gallina! ¡Y a menos que las gallinas de Canadá sean mucho más listas que las estadounidenses, no hablan!

¡Qué cosa más asombrosa! ¡El chico empezó a cacarear y a picotear por el escenario y a escarbar en el suelo con los pies desnudos como si buscara gusanos!

¡Casi toda la gente se lo tomó a risa! ¡Nadie se preocupó por lo que diría la Ma de Sammy cuando el hijo que había mandado a la feria regresara a casa convertido en un gran pájaro! Lo que es peor, ¡en una gallina gigante!

El mago agitó de nuevo su capa y gritó:

—¡Ya no eres una gallina, vuelves a ser un muchacho! ¡Pero espera, ha cambiado el tiempo! ¡Hace un frío que pela!

Vaya, al chico le entraron tales temblores y castañeteos de dientes y golpeteos de rodillas, ¡que yo sentí un escalofrío por mi espalda! ¡Eso tampoco era ninguna estafa, porque Sammy empezó a ponerse azul como dicen que les pasa a los blancos cuando se mueren o están a punto de morirse!

El hipnotizador gritó:

—¡Pardiez! ¡Qué tiempo este! ¡Tan pronto te congelas como te achicharras! ¡Este calor me mata!

Sammy dejó de temblar y se puso a enjugarse la frente y a tirarse del cuello de la camisa mientras decía:

—¡Fíu! —lo que te hacía pensar que acababa de ararse veinte hectáreas en pleno mes de julio con un ratón por mulo y un cortaplumas por arado.

Las risas y los gritos de la gente decían a las claras que valía la pena pagar todo un cuarto de dólar por pasar y ver.

El hipnotizador dijo:

—¿Y qué es eso que veo delante de ti, joven Samuel? ¡Parecen ser las aguas del lago Erie, frías, profundas e invitadoras!

Sammy se agachó y limpió el escenario con las manos, como si estuviera cubierto de arena y él fuera a extender una manta. Pero, antes de que pudiera tumbarse, el hipnotizador dijo con voz cargada de desaprobación:

—Sam-mu-el, Sam-mu-el.

Sammy se paralizó y el hombre dijo:

—¿Cómo puedes pensar siquiera en quedarte descansando en la orilla cuando sólo estás a unos metros de un magnífico baño en este gran lago? ¡Métete al agua!

Sammy se dio una palmada en la frente como si pensara: "¿Cómo no se me habrá ocurrido a mí?" y estiró un pie para probar el agua. Soltó un largo:

—¡Aaaaah! —y se dispuso a meter los pies enteros en ese lago que sólo el mago y él podían ver.

No había llegado ni a mojarse los tobillos cuando el hipnotizador repitió:

—Sam-mu-el, Sam-mu-el.

Sammy se paralizó, y el mago miró a todos los que mirábamos y preguntó:

—¿Conocen ustedes a algún muchacho que se bañe vestido?

El público gritó con una sola voz:

—¡No!

Yo no le quité ojo a Sammy y, durante un segundo, vi que perdía la mirada estupefacta y arrugaba el ceño, pero al instante recuperó la cara de tonto.

El hipnotizador dijo:

—Por supuesto que no, sobre todo cuando vistes una excelente camisa de seda confeccionada por los mejores sastres de Toronto. Samuel, tu madre se disgustaría muchísimo si viera mojada esta preciosa, cara y muy elegante camisa.

Sammy se palmeó de nuevo la frente y se quitó la camisa por la cabeza; debajo solo llevaba una camiseta raída. Entró de puntillas en el lago por segunda vez pero, antes de que el agua le llegara siquiera a las rodillas, el hipnotizador repitió:

—Sam-mu-el, Sam-mu-el.

Sammy se detuvo con un pie en el aire y miró al mago.

—¡Voto a bríos! ¡Damas y caballeros, contemplen a este joven! ¡Es un mozalbete terco y desagradecido! ¡Su amorosísima madre no solo lo engalana con camisa de seda, también le proporciona una camiseta del mismo tejido! Por favor, Samuel, quítatela antes de que las aguas del lago Erie la estropeen.

Esta vez Sammy lanzó al hipnotizador una mirada que no tenía nada de estupefacta, era más bien de preocupación.

Cuando se quitó la camiseta, la tienda se llenó de risotadas. La risa es una cosa muy rara, porque la hay de muchas clases. Está la que te da después de escuchar una buena historia, la que sueltas tú cuando has pasado miedo y te das cuenta de que no había motivo, y la que rebotaba por esa tienda. No era de las risas felices. Me recordó sobre todo a los sonidos cortantes de una jauría de sabuesos cuando hacen trizas a una zarigüeya. Si el demonio tenía sentido del humor, haría ese ruido al escuchar un buen chiste.

A mí no me dio ninguna clase de risa. Quizá Sammy se había divertido al principio, pero ya no.

Pa y Ma deben tener razón cuando hablan de lo que les hace el tabaco a los niños, porque el pecho de Sammy era esquelético y de aspecto enfermizo. Yo me hubiera muerto de vergüenza si hubiera tenido que estar sin camisa ni camiseta en un escenario, pero Sammy estaba tan hechizado que ni se movió; aunque parecía que su entusiasmo por la función se esfumaba por momentos.

Se abrazó con sus propios brazos, volvió a dirigirse de puntillas al lago Erie y soltó un prolongado gemido cuando el hipnotizador y la mayor parte de la gente protestaron:

—¡Sam-mu-el, Sam-mu-el, Sam-mu-el!

También hubo hurras y vivas porque estábamos seguros de que los pantalones de Sammy, que para nosotros eran unos vaqueros viejos y usados, iban a ser, para el hipnotizador, de la elegante seda de Toronto que no se podía mojar.

—¡A fe mía, muchacho, que jamás había visto tales privilegios en criatura tan inferior! ¡El amor de tu madre no conoce límites! Los pantalones también son de seda, ¿no es increíble?

La expresión estupefacta de Sammy fue sustituida por otra de miedo y de vergüenza. El colorado del pelo se le extendió por toda la cara y sus orejas brillaron como atizadores al rojo vivo.

¡Pero dio la espalda al público y empezó a desabotonarse los pantalones!

Se detuvo al terminar, pero el hipnotizador no se apiadó de él. Agitó la capa y dijo:

—¡Abajo los pantalones de seda!

Sammy tragó saliva con tanta fuerza que se oyó en toda la tienda y luego soltó los pantalones, que cayeron hasta sus tobillos.

El público contuvo el aliento y guardó silencio, excepto un hombre que gritó:

—¡Canastos! ¡Si su santísima Ma lo quiere tantísimo, ya podía comprarle al chico unos calzones, de seda o no de seda!

Las risotadas y los aullidos y los silbidos debieron levantar el techo de la tienda unos dos metros, todo porque Sammy estaba tal y como vino al mundo, y más colorado que un tomate. Yo hubiera preferido mil veces flotar en el techo dos horas que estar en su lugar dos segundos.

El hipnotizador se quedó boquiabierto, le atizó un pescozón en la coronilla, lo envolvió con su capa y dijo:

—El hechizo ha acabado, súbete los pantalones, cabeza de chorlito. ¿Has perdido el condenado juicio?

Después de echar a Sammy sin muchas contemplaciones del escenario el mago hipnotizó a tres tipos más, pero ninguno fue tan interesante como el chico, ni de lejos.

Debía de ser casi la medianoche cuando el Predicador y yo salimos de la tienda. Él dijo:

—Cuando lleguemos al próximo sitio no me contradigas en nada, y controla esas ganas tuyas de darle a la lengua. No abras la boca hasta que yo te lo diga.

—Sí, señor.

Nos adentramos un poco en el bosque y nos sentamos en un par de tocones para esperar a que la gente se marchara a casa. Por fin, el Predicador dijo:

—Vamos allá. Y recuerda que cuanto menos hables, mejor.

¡CONOZCO AL MAWI REAL!

Después de dar vueltas por la feria durante más o menos otra hora, el Predicador y yo volvimos al claro del Atlas y nos acercamos a una tienda donde estaban sentados la mayor parte de los feriantes. Un blanco grande, pelirrojo y con cara de pocos amigos se levantó, puso una mano sobre el pecho del Predicador y dijo:

—Quieto ahí, chico. Levantamos el campamento esta noche y no necesitamos más currantes.

El Predicador le apartó la mano de un cachete y se estiró para abrir la chaqueta y dejar a la vista su misteriosa pistola. Dijo:

—¿Le parezco un chico? No he venido a pedir trabajo. Busco al propietario; y si me vuelve usted a poner la mano encima, va a retirar un muñón sanguinolento.

El alto mago de los dos pares de ojos se levantó de un salto y dijo:

—Espera un momento, Red. Yo soy el propietario de esta feria, señor. ¿En qué puedo ayudarle?

El Predicador apartó al pelirrojo y dijo:

—Señor, antes de nada quiero felicitarle por su maravillosa feria.

El mago le estrechó la mano.

—Vaya, gracias, señor. ¿A quién tengo el honor de dirigirme?

—Soy el Virtuoso Reverendo Diácono Zephariah Connerly Tercero. Encantado de conocerlo, señor.

—Reverendo Connerly, a sus pies. Soy su humilde servidor Charles Mondial Vaughn Cuarto, Caballero Comandante de la Muy Honorable Orden del Baño. Nombrado Caballero hace apenas catorce años.

El Predicador dijo:

—Soy yo quien se considera su humilde servidor, caballero. He asistido a infinidad de ferias y no he visto ninguna semejante. Debe sentirse usted muy orgulloso.

—En efecto, en efecto. He trabajado durante años para reunir esta familia.

El Predicador dijo:

—Por esa razón quería verle.

El mago dio una larga calada a su cigarro, echó el humo hacia un lado y preguntó:

—¿Y qué puedo hacer por usted, señor?

—Se trata más bien de lo que yo puedo hacer por usted.

—¡Qué intriga! Dígame.

El Predicador dejó de esconderme a su espalda, me dio un empujoncito hacia delante y dijo:

—Sir Charles, permítame que le presente al niño más asombroso que ha vivido jamás en Buxton. Aunque nació y se crió en África, lleva cuatro años conmigo. Quizá en sus viajes haya oído usted hablar de la tribu de la que proviene, los chochotes.

—Me temo que no.

—Hay una buena razón para ello. Es triste decirlo, pero el pequeño Ahbo aquí presente es el último superviviente de esa tribu.

—Sí, reverendo, es realmente triste, pero ¿qué tiene que ver eso con mi feria?

El Predicador empezó a agitar los brazos, metiéndose de lleno en su cuento chino.

—Los chochotes eran feroces guerreros que cazaban e incluso pescaban exclusivamente con piedras. El lanzamiento de piedras era una habilidad que se transmitía de padres a hijos, y el padre del pequeño Ahbo, que era el rey de los chochotes, legó los secretos de la caza y la pesca a pedradas a este hijo suyo antes de ser trágicamente asesinado.

El Predicador parecía tan afectado que hasta yo me entristecí por el pequeño Ahbo, y eso que sabía que era yo y que lo más probable es que no hubiera ni pizca de verdad en toda la historia.

El mago dijo:

—Qué lástima. Pero, un momento ¿quiere usted decir que este muchacho puede pescar un pez que esté bajo el agua... tirando una piedra?

El Predicador dijo:

—Si estuviéramos cerca de un lago se lo demostraría.

El mago le hizo un guiño al blanco grande, pelirrojo y con cara de pocos amigos y dijo:

—Si es capaz de hacer algo así, debe gozar de una vista de lince. ¿Podría, quizá, demostrar su habilidad de otro modo?

—Por supuesto que puede. He presenciado la función de Madame Sabbar esta noche y, aunque esa mujer es impresionante, no la he visto hacer nada que el pequeño Ahbo no pueda igualar.

—¿No?

—No. Si podemos ir a su tienda, se lo demostraré.

—Verá, señor, nos disponíamos a desmontarlo todo, pero creo que el pequeño Ahbo nos proporcionará un interesante aunque breve entretenimiento.

El Predicador, sir Charles y los demás hombres blancos se encaminaron a la tienda de la dama de la honda, conmigo detrás.

El mago giró la cabeza para decirme alto y despacio:

—¿Sa-bes... al-go... de... in-glés?

No era fácil mirarle con sus dos pares de ojos, pero contesté:

—Vaya, claro, señor, y un poco de latín, y hasta entiendo un poco el griego.

¡Uy! Le había dado demasiado a la lengua. El Predicador me miró de través y le dijo al mago:

—Sí, por supuesto, y habla el chochote con fluidez.

El mago subió una ceja y dijo:

—¿De verdad? A mí el chico me parece muy canadiense.

—Eso se debe a que, además de ser el mejor lanzador de piedras desde David, es extraordinariamente brillante. Lleva sólo cuatro años viviendo conmigo, pero su forma de aprender el idioma y de adaptarse a las costumbres canadienses ha sido asombrosa en verdad.

De pronto un niño desconocido se puso a caminar a mi lado y a lanzarme miradas de odio. Llevaba el pelo tan enmarañado como un nido de pájaro y su ropa estaba tan mugrienta que ni Cúter se la habría puesto.

El niño dijo:

—¿Quién eres tú?

Estaba por decirle mi nombre cuando recordé que Sammy me había advertido que no dijera Elías por aquí. El chico no era de Buxton y casi seguro que de Chatham tampoco, pero tenía mis dudas. Pensé que era mejor no correr riesgos. Como era más canijo que yo, dije:

—¿Y tú por qué lo preguntas?

Él dijo:

—¿*Aónde* vais *tos*? —parecía de Estados Unidos.

—A la tienda de la dama de la honda.

El chico escupió, pateó la tierra con un pie desnudo y dijo:

—¡Lo sabía!

Me percaté de que trataba de calarme para ver si me podía atizar o no, así que saqué pecho.

El chico dijo en voz baja:

—¡Soy el MaWi real! Pero tú haces trampas *pa* quitarme mi puesto.

—¿Qué?

—Ese chico blanco no es bueno, lo vi, por eso amo Charles te quiere *p'hacer* de mí.

Inclinó la cabeza en dirección al mago y añadió:

—Dice que vamos a estar poco en Canadá, pero *m'ha mentío*.

—¿En qué te ha mentido?

—Tú quieres ser el MaWi siguiente, ¿a que sí?

—¿Qué?

—Pues ya te digo que no te va a gustar. No te va gustar ni un pelo estar con ellos. Primero no lo dicen, pero tienes que limpiar *toas* las jaulas de los animales, y tienes que llevarles y traerles cosas *to'l* día y *toa* la noche, y el *hombre-codrilo t'arrea* en cuanto tiene ganas, y tienes que limpiar tos sus trajes, y te pinchan con lo que te dan de comer, y después *d'un* rato tampoco *t'hace* gracia que *t'apedreen* la cara con uvas.

Yo dije:

—Yo no voy a quitarle el puesto a nadie. El Predicador sólo fanfarroneaba sobre mí para que el hombre ese del montón de ojos vea lo bueno que soy tirando piedras.

El chico volvió a mirarme mal.

Yo dije:

—¿Viajas por ahí con esta gente?

—*Pos* claro, si te lo he *decío*, soy el MaWi real.

—¿Tu Pa y tu Ma también viajan contigo?

—No tengo Pa ni Ma.

—¿Eres huérfano?

—¡A ver lo que me llamas, tú! ¿*Qu'es* un *órfano*?

Yo pregunté:

—¿Cuántos años tienes?

—No sé de fijo.

—¿Has ido alguna vez a la escuela?

—¿*Pa* qué? Preguntas *demasiao*.

—¿Quién cuida de ti?

—Amo Charles. Me cuida muy bien. Pagó más de cien dólares por mí allá en Lu-isi-ana.

—¿Que pagó? ¿Eres un esclavo?

—¡Ca! Yo vi cómo tratan a los esclavos. Yo no soy un esclavo.

—¿Nunca has intentado escaparte?

—¿Qué *quiés* decir? Si amo Charles me suelta, ¿qué voy a comer? *¿Aónde* voy a dormir?

—¡Pero esto es Canadá! ¡Solo estás a cinco kilómetros de Buxton! ¿No has oído hablar nunca de Buxton?

—Amo Charles dice de venir a Buxton *pa* que un chico blanco sea MaWi. Dice que a la gente de acá no le gusta verme a mí *apedreao* con uvas. Ahora ve que ese chico no es bueno y te quiere a ti.

Yo le dije:

—Mi Pa y mi Ma no me dejarían viajar con ningún circo. Mi casa está en Buxton.

El interior de la tienda de Madame Sabbar parecía mucho más pequeño sin gente amontonada. Ella en persona estaba sentada en el escenario fumándose un cigarro.

MaWi señaló la sábana blanca que colgaba del panel de la jungla y me susurró:

—¿Sabes leer? *¿Qu'ice eso?*

Yo contesté:

—Dice "Las junglas de Suecia".

—¿No dice *na* de MaWi?

—No.

—Lo sabía. ¡*M'ha mentío*!

El Predicador y el mago dejaron de hablar y sir Charles le dijo a MaWi:

—Enciende las velas como si fuera a haber función.

—¡Sí, señor!

MaWi prendió un fósforo y encendió todas las velas del panel.

—¿Las de allá también, jefe?

—Sí, todas. MaWi agarró un palo en encender y recorrió la tienda prendiendo las velas altas. Cuando acabó, regresó y dijo:

—¿Es todo, jefe?

—Sí, MaWi, pero no te vayas. Empezaremos ahora mismo.

—Sí, señor jefe.

—Ahora, reverendo Connerly, quizá el pequeño Ahbo pueda demostrarnos su habilidad.

El Predicador me indicó por señas que subiera al escenario.

Me susurró:

—Tira primero con la derecha.

¡Iba a ser pan comido! No había ni veinte pasos entre las velas situadas sobre el panel de la jungla sueca y yo. Rebusqué en mi zurrón, saqué diez piedras de apedrear y las puse sobre la mesa.

Miré al Predicador y él asintió. Aguanté la respiración y lancé con la mano derecha mientras me pasaba las piedras con la izquierda.

Apagué todas las velas con igual suavidad que la dama de la honda.

El mago y los demás hombres blancos se miraron unos a otros. Madame Sabbar exhaló una gran nube de humo por los agujeros de la nariz. El Predicador me guiñó un ojo.

MaWi gritó:

—¡Uuu-uuu-uuu-uuy! ¡Es bueno, amo Charles! ¡Ya qu'es tan bueno puede usarlo solo *pa* tirar piedras!

El mago dijo:

—Llevas razón, MaWi, ¡ha sido notabilísimo! ¿Y aquellas? —señaló las velas altas.

Eso no iba a ser tan fácil. Las más alejadas debían de estar a treinta o treinta y cinco pasos, y en lo alto de la tienda estaba oscuro.

El Predicador vio que dudaba y subió al escenario.

—¿Qué pasa?

—No sé si podré apagar las dos llamas de atrás, señor.

—Pues apunta a las velas.

—Sí, señor. ¿Con la derecha otra vez?

—Sí.

Aguanté la respiración y tiré a las doce velas repartidas por la tienda. Apagué diez llamas, pero derribé una de las velas del fondo y fallé la de encima de la entrada.

Sir Charles y los otros hombres blancos juntaron las cabezas y cuchichearon.

MaWi gritó:

—¡Amo Charles, amo Charles! ¡Tiene *usté* que cambiar a la *señita* Sabbar por este chico! ¡Es tan bueno que puede hacer to lo *qu'ella*!

El Predicador dijo:

—Y esto no es todo, sir Charles. Sin ánimo de ofender, madame, aunque es usted sin duda una tiradora de puntería infalible, las habilidades del pequeño Ahbo incluyen algo más.

Se puso a abrir y cerrar las manos y a agitar los brazos para contar una nueva historia:

—Una de las razones que ha provocado la práctica extinción de los chochotes de la faz de la Tierra es que compartían su territorio con un insecto repugnante, cuyo nombre es horrible gigante abeja Bama. Tales abejas son tan enormes que han llegado a llevarse a un hombre hecho y derecho con la misma facilidad que un halcón a una rata. Y como atacan en enjambres de diez, los chochotes se veían obligados a lanzar no solo con precisión, sino también con velocidad. ¿Puedo sugerir, si Madame Sabbar no está muy cansada, que ella y el pequeño Ahbo hagan una demostración que incluya la velocidad?

Sir Charles contestó:

—¿Una competición? Vaya, resultaría muy interesante. ¿Madame?

La dama de la honda demostró poco entusiasmo, pero mordió con fuerza el cigarro y se puso a mi lado.

El Predicador dijo:

—Si el jovencito enciende de nuevo las diez velas del panel, podremos empezar.

MaWi esperó hasta que sir Charles asintió con la cabeza y después prendió las velas.

El Predicador dijo:

—Madame podría elegir un lado del panel e ir apagando las velas hacia el centro, y el pequeño Ahbo haría lo mismo empezando por el lado opuesto. Así veremos quién apaga más velas en menos tiempo.

La mujer mordió con más fuerza aún su cigarro y dijo:

—Izquierdo.

Alzó la honda.

El Predicador me susurró:

—Lanza con las dos manos. ¡A por ella!

Y a sir Charles le indicó:

—Déles usted la salida.

El mago dijo:

—A la de tres. Uno... dos...

A la gente de Suecia no se le debe dar muy bien lo de contar, porque antes de que acabara de decir "dos" Madame Sabbar apagó la primera vela de la izquierda.

—... ¡tres!

Lancé: izquierda, derecha, izquierda, derecha, izquierda, derecha.

Me hice seis mientras ella hacía cuatro.

Madame Sabbar escupió el cigarro sobre el escenario y dijo:

—Tú, tontaina, enciende las velas otra vez.

MaWi esperó a que el mago asintiera y las volvió a encender.

Yo me hice siete y ella tres. Ella, encima, derribó una.

Madame Sabbar arrojó la honda al suelo y salió de la tienda.

MaWi gritó:

—¡Uuu-uuu-uuy! ¡La *chafao*! Es mucho mejor *qu'ella*, ¿la va a cambiar por él, jefe?

El mago exclamó:

—¡Voto a tal, reverendo, no exageraba usted lo más mínimo! Creo que el pequeño Ahbo va a encajar perfectamente en nuestra familia.

MaWi dijo:

—¿Le va a dar el puesto de ella, amo? ¡Nunca vi a nadie tirar tan bien! ¡Mucha gente va a pagar *pa* ver a este chico! Apedrearlo con uvas es perder el tiempo.

El mago dijo:

—Empieza a recoger, MaWi. Quiero salir mañana al mediodía. Red, vete a ver si Madame Sabbar se encuentra bien. Reverendo, tenemos que hablar.

Él y el Predicador se quedaron de pie junto al escenario.

Sir Charles dijo:

—Doy por descontado que educar al pequeño Ahbo le ha generado a usted unos gastos, y desearía compensárselo con una bonita suma. ¿Dice usted que el pobre muchacho es huérfano?

—Sí, yo soy su única familia.

—¿Cuánto había pensado usted, señor?

El Predicador dijo:

—Espere un momento, me juzga usted mal. Yo no comercio con seres humanos.

—En tal caso, ¿cuál es su propuesta?

—Al chico y a mí nos gustaría unirnos a ustedes durante algún tiempo, siempre que nos dé usted ciertas garantías.

—¿Como cuáles?

—Como qué nos va a pagar. Como qué trabajo haremos en su familia. Como qué pasaría si nos negáramos a hacerlo.

Sir Charles soltó otra gran bocanada de humo de cigarro hacia el techo de la tienda y dijo:

—Aah, ya veo, reverendo, ¿y cuál se supone que sería su ocupación? Estoy seguro de que el pequeño Ahbo aportaría su contribución a la familia con el lanzamiento de piedras, labor acompañada, por supuesto, de otras tareas; pero de verdad que no necesito a nadie más. Podría, sin embargo, compensarle a usted espléndidamente por cederme la tutela del muchacho.

MaWi quitó las velas situadas sobre el panel de la jungla y dijo:

—Disculpe, jefe, ¿quito el cartel este del chico blanco? *Pa* poner otro que diga que aquí está el MaWi real de la jungla, digo, ¿no?

El mago no apartó la mirada del Predicador, pero asintió en dirección a MaWi.

Este tiró de la sábana blanca que decía ¡¡¡LAS JUNGLAS DE SUECIA!!!

En el panel, justo debajo, ponía:

¡¡¡Las Junglas de la Oscura África!!!
¡¡¡Ayude a Madame Sabbar a capturar a MaWi,
el Jefe de los Morenitos!!!

De golpe y porrazo, el Predicador dio por terminada la conversación. Me agarró por el cuello de la camisa y me llevó a rastras a la entrada de la tienda. En un abrir y cerrar de ojos estábamos en la carretera, camino de Buxton.

Todo pasó tan deprisa que me apresuré a preguntarle:

—¿Por qué nos hemos ido sin despedirnos de nadie?

Él dijo:

—No es lo que yo creía que era.

—¿Qué creía usted que era? ¿No era solo una feria?

—Olvídalo. Ha sido una mala idea.

—¿El qué?

—Nada, Elías. Sólo pretendía ayudar al Asentamiento.

Lo intenté otro par de veces, pero él no me dio más explicaciones. Ni siquiera quería hablar, por lo que deduje que querría escuchar, así que le conté lo de Sammy y el miedo que me daba salir flotando y que sir Charles había pagado cien dólares por MaWi. No paré hasta que llegamos a Buxton, pero lo único que pareció interesarle fue lo de MaWi. Me lo hizo repetir tres veces. Yo le pregunté si seguías siendo un esclavo cuando no te importaba trabajar para otra persona y no tenías ningún otro sitio donde ir.

Lo único que dijo fue:

—Sí, lo sigues siendo. Eres aún peor que un esclavo, eres un esclavo ignorante.

Cuando llegamos a casa, el Predicador esperó a que saltara por la ventana de mi cuarto. En cuanto estuve dentro lo saludé, él me saludó y dio media vuelta y se fue. Hasta que no estuve en la cama pensando en el día más emocionante de mi vida, no me di cuenta de que el Predicador se había ido hacia Chatham en vez de hacia su casa. Era otra más de la cantidad de cosas raras que había hecho aquella noche. Me limité a anotarlo en la lista de esos comportamientos adultos que no tienen sentido, ni el menor sentido.

El lunes por la mañana Cúter y yo nos encontramos delante de la escuela. Yo me moría de ganas de contarle más cosas de la feria pero, antes de que pudiera abrir la boca, él dijo:

—¿No te parece raro que esté esto tan vacío? Maldita sea, Eli, es lo mismo que me pasó el mes *pasao* cuando perdí la cuenta de los días y estuve aquí *sentao* media hora un domingo por la mañana preguntándome dónde se habrían metido todos. ¿Hoy es lunes, no?

—Sí, ¿no te acuerdas de que ayer nos pasamos todo el día metidos en la iglesia?

—Entonces dónde están...

Los dos oímos un "¡Oooh!" detrás de la escuela, así que hacia allí nos dirigimos. Todos los demás chicos estaban reunidos algo más lejos, en el campo, formando un gran círculo. Nadie se atrevía a darse de mamporros tan cerca del edificio, así que corrimos para ver a qué se debía tanto alboroto.

Yo dije:

—¡Apuesto a que han encontrado otro muerto!

Cúter dijo:

—No, no, veo a Emma Collins, si fuera eso no se hubiera *quedao* ahí, habría ido corriendo a contárselo a alguien. Apuesto a que uno de los leones polilla del circo ese que dices se ha *escapao* y estos lo están sujetando hasta que venga alguien.

Miré a Cúter y no pude menos que esperar que la burrez no fuese tan contagiosa como los catarros.

Cuando nos abrimos paso a codazos, vimos que en medio del círculo no había ni un muerto ni un león. Había un pequeño desconocido a punto de echarse llorar.

Me sonaba, pero no sabía de dónde.

Entonces caí en la cuenta. ¡Era MaWi! Alguien le había cortado su enmarañado pelo y le había puesto ropa decente.

Yo dije:

—¡Te has escapado! ¡Eres libre!

No era raro que la gente que había conseguido la libertad hacía poco estuviera y pareciera confusa, pero nunca había visto a nadie que estuviera y pareciera furioso por venirse a vivir a Buxton. Y MaWi estaba furiosísimo. Vaya, hacía muecas y farfullaba y gruñía, así que todos se preguntaban si estaría loco.

Emma Collins le espetó:

—¿Qué? ¿Preferirías no haberte escapado? ¿Preferirías seguir siendo un esclavo?

MaWi se pasó la mano por la cabeza como preguntándose "*aónde*" habría ido su cabellera.

—Ya *t'he decío* que no soy un esclavo. Y tampoco *m'escapao*. ¡*M'ha robao* el amigo *d'ese*!

Señaló más o menos en mi dirección.

—¿Cómo? —dije.

—Luego que *tos* se fueron, tu amigo ha *volvío* y *m'ha robao* de amo Charles.

Sabía que era mejor mantener la boca cerrada, pero no lo pude evitar, pregunté:

—¿El Predicador?

MaWi dijo:

—¿Predicador? Pues nunca vi yo hacer a un predicador lo *qu'a ese*.

Cúter dijo:

—¿Qué pasó?

—Cuando está *to desmontao*, el amigo de ese va y viene con dos pistolas y *l'arrea* de pistolazos a amo Red. Luego agarra del pelo a amo Charles como *pa* arrancarle la cabellera y le mete una pistola en la nariz. *Tos* pensamos que es otro atraco y el jefe tiene miedo y dice: "No es preciso herir a nadie, llévese el dinero". Pero el amigo *d'ese...* —esta vez MaWi me señaló directamente a mí— dice que no quiere robar y saca la pistola de la nariz del jefe ¡y *m'apunta* a mí! Dice al hombre-*codrilo* que tiene un minuto *p'atarme* las manos. Y luego le mete *ca* vez más la pistola en la nariz a amo Charles, hasta que le cae sangre.

A MaWi se le saltaron las lágrimas.

—Cuando el hombre-*codrilo* *m'atao* bien *atao*, ese Predicador dice *"qu'esto* es Canadá y la gente es libre y me lo llevo a Buxton y mato a *to'l* que se *m'acerque"*. Luego dice a amo Charles que en Buxton están *tos armaos* y que no se *l'ocurra* venir a buscarme. Dice que tiene el caballo más rápido de Canadá en el bosque pero que da igual que sea un mulo *averiao*, porque no va a galopar ni a trotar ni a correr. Dice que él no corre de nadie, sobre *to* en su propio país. Luego dice a amo Charles cómo venir si quiere ver donde vivís *tos*. Dice que el camino empieza un kilómetro más allá, donde la carretera se *bi-fur-ca*, y que si tantas ganas tiene de reunirse con el Señor, que venga.

A todos nos impresionó la historia de MaWi.

Él se limpió la nariz con la manga de la camisa y dijo:

—Luego me saca de la tienda y me mete en el bosque y me sube a ese caballo tan bonito y *m'ata* a la silla y ata las riendas a su cintura y se pone una pistola en cada mano y nos vamos por el medio de la carretera. Yo creo que amo Charles y los demás vienen detrás, y espero que al matar a ese tipo apunten bien y no me den a mí.

MaWi pateó el suelo y añadió:

—Solo se *m'ocurre* que *s'han* ido por el otro *lao* al llegar donde la carretera se parte. Pero seguro que vienen y entran a puñetazos en esa escuela de ahí y me llevan con ellos.

Emma Collins le preguntó:

—¿Y por qué quieres que te lleven? Eres libre.

MaWi le preguntó:

—¿Cómo voy a ser libre si no tengo otra que ir a la escuela? ¿Cómo voy a ser libre si ese Johnny y su mamá me vigilan *to'l* rato como un sheriff?

Al sonar la campanilla se me ocurrió que debía tener mucho cuidado con MaWi. Si Emma Collins o cualquier otra chica se olían que había estado en la feria, ¡y por la noche!, me iba a meter en un buen lío.

Mientras subíamos los escalones de la escuela, el señor Travis recitó:

—¡Buenos días, escolares, luchadores, buscadores de un futuro mejor! ¿Preparados para aprender? ¿Preparados para madurar?

Al ver a MaWi añadió:

—¡Vaya! ¡Enhorabuena! Me habían dicho que hoy te unías a nosotros. Bienvenido, joven. Seguro que al ser libre, MaWi iba a tener una vida muy dura. En vez de contestar al profesor como Dios manda, descarado como el solo, le preguntó:

—Y a más, ¿cuántos *d'ustés* hay *armaos*, a ver?

Los niños se apartaron de MaWi de un salto para no estorbar cuando el señor Travis se le echara encima. Pero el profesor nos dio una sorpresa. No le dio palmetazos, no le regañó, ni siquiera le sermoneó. Le puso amablemente la mano en la cabeza y, sin el menor retintín, dijo:

—Mi nombre es señor Travis. Cuando yo te diga que hables, tienes que dirigirte a mí con ese nombre o llamarme "señor". Tengo el presentimiento de que tú y yo vamos a pasar juntos muchísimo tiempo. Una vez más, bienvenido y enhorabuena.

MaWi dijo:

—Gracias, señor.

Tanto él como yo pasamos todo el día mirando de reojo por la ventana, a la espera de la llegada de sir Charles y del rudo y pelirrojo hombre blanco. Pero no volvieron a dar señales de vida.

Emma Collins y Birdy

Era sábado muy de mañana, una semana después de la feria, Pa y Old Flapjack y Cúter y yo estábamos donde la señora Holton arrancando tocones. Todo iba bien pero, de pronto, Old Flap soltó uno de esos resoplidos suyos que significan que ha visto o ha olido algo raro. Los ciervos y demás animales de cuatro patas no le preocupan, por lo que debía de tratarse de desconocidos. De personas desconocidas.

Yo continué guiándolo y tirando de sus riendas cuando se apoyaba contra las cadenas amarradas al tocón, pero miré por el campo para averiguar a qué se debía el resoplido.

Los divisé entre los árboles. La gente que trata de esconderse en el bosque y no confía mucho en su escondite comete siempre el mismo error. Si quieres saber dónde están sin esforzarte demasiado, solo tienes que buscar el árbol o la roca más grande que haya. Siempre piensan que ahí detrás estarán más seguros. Fueran quienes fuesen, habían elegido el mayor arce de las tierras de la señora Holton.

Vi asomarse dos cabezas por un lado del arce, a unos cuarenta metros. Fingí que no me enteraba de nada y seguí trabajando y silbándole a Old Flap.

Dije:

—Pa, Old Flapjack se ha olido que hay gente entre los árboles, al este.

Pa ni dejó de trabajar ni miró a su alrededor ni se comportó como si yo le hubiera hablado, solo dijo:

—¿Son blancos?

—No, padre.

—¿Cuántos hay?

—Solo he visto dos, padre. Un hombre y un niño, creo.

Pa dijo:

—Cúter, ve a buscar a Emma Collins y dile que hace falta. No mires atrás y, cuando nos pierdas de vista, corre lo más rápido que puedas.

Como Cúter sabía para qué hacía falta Emma Collins, contestó:

—Sí, señor —y fingió que se iba a dar un paseo. Parece raro, pero teníamos que actuar así para no asustar a nadie.

Casi todos los esclavos fugitivos llegaban a Buxton por medio de un revisor del Ferrocarril Clandestino (la red secreta que los ayudaba a escapar), pero algunos nos encontraban por sí solos. Cuando eso ocurría, alguien solía distinguirlos entre los árboles o los arbustos mirando a hurtadillas y estudiándonos con atención, porque, aunque no vieran a ningún blanco, no se atrevían a salir.

Hace mucho que aprendimos que es mejor no hacer aspavientos cuando nos damos cuenta de que andan cerca. Por todo lo que habían huido, por todo lo que habían mirado atrás, por no saber qué iban a comer o dónde iban a dormir o en quién podían confiar, se volvían asustadizos y hasta peligrosos, y no eran partidarios de que alguien corriera hacia ellos. Ni siquiera si ese alguien sonreía y agitaba los brazos sobre la cabeza demostrando a las claras lo feliz que le hacía que lo hubieran logrado. Antes de que pudieras llegar hasta ellos, se confundían de nuevo con el bosque y tú te quedabas allí preguntándote si te habría engañado la vista.

Si un grupo de nosotros hubiera cargado contra ellos soltando vivas y armando alboroto, se habrían pasado escondidos en el bosque otros dos o tres días más. Y durante esos días hubieran sido libres sin saberlo, y Pa dice que eso es una tragedia porque nunca sabes el tiempo que te queda aquí en la Tierra y porque cada día de libertad es un tesoro.

Por eso, después de probar un montón de cosas, descubrimos que lo mejor para darles la bienvenida era usar a esa mocosa llorona de Emma Collins. Cúter no tardó nada, enseguida se presentó con Emma a la zaga. Ella no había soltado la muñeca que solía acunar en sus brazos. La muñeca era solo un viejo calcetín con relleno al que habían enrollado y vuelto a enrollar un cordel para hacerle un cuello y simular una cabeza. Los ojos eran dos botones marrones, y los dientes seis botoncitos blancos. La cabeza tenía además dos marañas de hilo negro que pretendían ser trenzas. Emma había ido y le había puesto lacitos en las trenzas, además de un vestido azul y un delantal rojo. Juntándolo todo era una especie de espantajo espantoso que daba pesadillas. Pero Emma cargaba con ella a casi todas partes menos a la escuela.

La chica dijo:

—Buenos días, señor Freeman. Buenos días, Old Flapjack. Buenos días, Elías.

Esta es una de las principales razones por las que Emma no le cae bien a nadie: cree que resulta gracioso saludar a un mulo antes que a mí. Le pasa igual que a Philip Wise, no tiene en cuenta que yo fui el primer niño nacido libre de Buxton. Ma y la Ma de Emma habían competido para ver cuál de sus bebés nacía primero, y yo me adelanté seis días. Desde que Ma y yo ganamos la carrera, Emma se ha dejado envenenar por el pecado de la envidia. Pa se quitó el sombrero y la saludó. Yo le puse mala cara.

Él se enjugó el sudor de la frente y me preguntó:

—¿Aún los ves, hijo?

Di unas palmaditas a Old Flapjack en el flanco y mantuve la çara en dirección a Pa, pero giré los ojos hacia el gran arce. Aún se veía media cabeza espiándonos a menos de un metro del suelo. El niño.

—Sí, padre, todavía hay uno.

Pa dijo:

—Están allá, Emma, donde ese gran árbol que está bajo el sol.

Emma miró por el rabillo del ojo y dijo:

—Ya veo el árbol, señor Freeman —y empezó a alejarse lentamente.

Cuando el señor Douglass discursea dice que el segundo paso más duro para hacerse libre es el primero que das. Dice que en cuanto te decides y das el primer paso, lo demás llega con bastante facilidad. Pero dice que el paso más difícil de dar es el último. Dice que ese último paso de la esclavitud a la libertad es la cosa más *horrorífica* y más valiente que hace un esclavo jamás. En mi opinión, es de lo más curioso que sea precisamente Emma Collins la que ayude a los esclavos a darlo pero, la verdad, lo hace como nadie.

Ma dice que es porque se parece mucho a mí, pero no lo dice en el buen sentido, porque Emma no sabe apedrear como yo ni vale para cuidar de los animales y tenerlos contentos como yo los tengo. Y yo no soy ni de lejos tan bueno como ella en el estudio y en los deberes. Ma opina que nos parecemos porque Emma también es frá-gil.

Pero ella es mucho más frá-gil de lo que yo seré jamás, y mientras que a mí hay que observarme con mucha atención para notarlo, lo de Emma salta a la vista. Lo suyo canta tanto como esos horribles sombreros de flores que Ma y las otras mujeres se ponen los domingos para ir a la iglesia. Pero gracias a su fragil-idad se ve a las claras que es inofensiva, y eso consuela a los fugitivos.

Emma Collins no fue derechita al arce. En vez de andar en línea recta seguía una especie de rayo con picos, uno a la derecha, zig, otro a la izquierda, zag, y avanzaba despacio pero siempre en dirección al árbol.

Parecía holgazanear un montón y tardaría una eternidad en recorrer una distancia que podía andarse en un minuto, pero sabía lo que hacía. Se inclinó para recoger una flor amarilla, hizo que se la enseñaba a su *horrorífica* muñeca, avanzó una pizca, se puso en cuclillas para levantar una piedra y mirar lo que había debajo, acercó la cara de la muñeca al suelo para enseñárselo, avanzó un poco más, se detuvo y dio varias vueltas sobre sí misma un par de veces, volvió a avanzar otro poco, limpió algo del vestido de la muñeca y, antes de que supieras cómo lo había hecho, llegó al gran arce. Ahí por fin dejó de moverse y miró fijamente al árbol. Supuse que hablaba con amabilidad a los escondidos, que se pensaban que no los había visto nadie.

Estaba demasiado lejos y hablaba demasiado bajo para oír nada, pero yo sabía lo que estaba diciendo:

—Hola, me llamo Emma Collins. Soy la primera chica nacida libre de Buxton, y sé que ustedes también son libres. Nos encantará tenerlos como vecinos. Vengan conmigo, todo el mundo está deseando conocerlos.

Emma acabó de discursear y extendió la mano derecha hacia el árbol.

No hubo ningún movimiento durante un buen rato pero, al fin, a paso de tortuga, un hombre salió de detrás del tronco con el sombrero en las manos. El hombre habló un poco, se encasquetó el sombrero, se dejó caer sobre una rodilla y extendió una mano hacia Emma.

Ella le tomó de la mano, él se levantó y Emma empezó a traerlo hacia nosotros.

Yo dije:

—¡Ya lo tiene! —y Pa por fin pudo mirar y saludar.

El hombre no devolvió el saludo ni nada. Una de sus manos sujetaba la de Emma y la otra la llevaba a la espalda. No dejaba de mirar a un lado y a otro, con aspecto de pegar un bote si alguien decía "¡Bu!".

Cuando estaba a unos veinte pasos de nosotros, soltó la mano de Emma, se quitó el sombrero y le dijo a Pa:

—Disculpe, señor. ¿La niña dice bien? ¿Es esto Buxton de *verdá*?

—Buenos días. ¡Sí, señor, esto es, y ustedes son libres de verdad!

El hombre sacó la mano que escondía tras la espalda. ¡Empuñaba un cuchillo largo y brillante! Lo miró, miró a Pa y pareció que iba echarse a llorar.

Dio la vuelta al cuchillo para agarrarlo por la hoja y dijo:

—Siento muchísimo lo de este puñal, señor, pero... —se enjugó los ojos— pero estamos tan cansados, tenemos tanto... —no pudo seguir.

Pa se le acercó, le abrazó y dijo:

—No digas ni una palabra más, hermano. Ya sé. Ya sé que no ha sido fácil, pero has encontrado el lugar donde debes estar. Esta es tu casa. ¿Has venido solo?

El hombre contestó:

—No, señor.

Miró hacia el arce, silbó y agitó los brazos sobre la cabeza.

Una mujer, un niño y una niña que iban de la mano salieron del bosque y se encaminaron hacia nosotros. Andaban despacio, con la cabeza gacha y, como había hecho el hombre, mirando sin parar a todas partes. En lugar de acercarse por el camino más corto, bordeaban el bosque, por la zona que el señor Leroy había aclarado. La mujer acarreaba un fardo a la espalda. Supe que era un bebé porque lo llevaba atado igual que las mujeres del Asentamiento cuando trabajan y no quieren perder de vista a sus hijos.

A medio camino se apartaron del lindero y se apresuraron cada vez más para llegar hasta nosotros. Sus bocas estaban abiertas, como preparadas para un grito, pero no emitían sonido alguno. Casi al instante echaron a correr como alma que lleva el diablo. Después hicieron un ruido que me puso la carne de gallina. No se parecía en nada a un sonido humano, era una especie de mezcla entre aullido y gemido y alarido. Era algo terrible de oír.

El hombre arrojó el cuchillo al suelo y corrió hacia ellos. Chocaron con tal fuerza que dio la impresión de que iban a acabar todos por tierra, pero no fue así. Se quedaron de pie, entrelazados, haciendo esos ruidos espantosos y agarrándose unos a otros como si fuera el fin del mundo. Se comportaban como si llevaran un millón de años sin verse.

El niño, que tendría unos cinco años, lloriqueaba y batía las piernas arriba y abajo como si siguiera corriendo aunque ya no fuera a ninguna parte. Corría sin moverse, aferrando la mano de la madre y las piernas del padre. Debía de afectarle mucho ver a su Pa y a su Ma llorando, gritando y comportándose de aquel modo porque, de repente, una mancha oscura empezó a cubrir la parte delantera de sus pantalones. Tuve que girar la cabeza para no avergonzarlo.

Miré a Emma y, maldita sea, estrujaba esa horrible muñeca y sacaba el labio inferior y tenía los ojos empañados de lágrimas, o sea, que se preparaba para berrear junto a los nuevos. Estaba listo si la llorera era similar al sarampión o a la varicela o a la peste, que una vez que pescan a una persona frá-gil, saltan a cualquier otro frá-gil que ande por allí. Lo había estado evitando con todas mis fuerzas, pero no tuve más remedio que echarme a llorar con Emma y los otros.

Pa y Cúter no se burlaron ni nada de eso, Cúter se miró los zapatos y Pa me miró a mí. Hundió un poco los hombros y soltó un suspiro lento y largo. Parecía decepcionado, pero no lo dijo.

La mujer se separó de los demás y corrió hacia Pa, desató el bebé de su espalda y lo sostuvo ante ella.

Dijo:

—¡Señor, mi nena! ¡Mi nena está enferma!

Se la enseñó a Pa, y él dijo:

—Haremos que la atiendan unas enfermeras, señora. ¿Cuánto hace que no está bien?

La mujer contestó:

—No se despierta desde ayer por la mañana. Hace dos noches se nos echaban encima unos cazadores de esclavos. Siempre ha sido una niña muy tranquila, pero desde que escapamos llora con facilidad, y tuve que darle un poco de esto para que no nos oyeran. No pude hacer otra cosa, ¡tengo miedo de haberle dado mucho!

Sacó una botella de un tónico marrón del bolsillo de su vestido.

Pa dijo:

—Respira con fuerza. Hemos visto muchos críos que tomaron demasiada medicina para dormir, y todos se ponen bien al cabo de un tiempo.

El hombre y los otros dos hijos rodearon con un abrazo a la mujer y a la nena dormida. Pa le quitó las cadenas a Old Flapjack y las dejó atadas al tocón que habíamos arrastrado.

Después se acercó a la familia y dijo lo que siempre decimos a los nuevos cuando llegan a Buxton. Es nuestra forma de darles la bienvenida a la libertad.

Pa señaló a lo alto y dijo:

—¡Miremos todos el cielo!

Había oído decírselo a Pa y a otros adultos un montón de veces, pero no pude menos que mirar lo que el dedo de Pa señalaba. Todos lo hicimos, todos miramos el cielo azul sin sombra de nubes.

—¿No es el cielo más espléndido que hemos contemplado?

Pa sonrió y señaló el campo.

—¡Miremos esa tierra! ¡Miremos esos árboles! ¿Hay algo más hermoso? ¡Es la tierra de los libres!

La familia seguía dirigiendo la vista hacia lo que Pa señalaba.

—¡Ahora, que cada uno se mire a sí mismo! ¡Mire a sus hijos! ¿Hay algo más bello? Hoy será el primer día en que nadie tendrá más dueño él mismo. Hoy será el primer día en que nadie poseerá a los hijos de esta familia. Hoy será el primer día en que nadie podrá culpar a nadie de lo que le suceda mañana. ¡Hoy es el día de la libertad!

Después abrió los brazos y les dijo:

—¡Y hoy es el día más bonito y más perfecto para ser libres! Solo queda una pregunta: ¿todo el mundo está dispuesto?

Era curioso porque daba igual que lloviera o que nevara o que el cielo estuviera roto por truenos y relámpagos, siempre decíamos a los nuevos que era el día más bonito y más perfecto para ser libre. Que yo recuerde, el tiempo tiene poco que ver con eso.

Pa dijo:

—Adelante, vamos al Asentamiento a contarles a todos la hazaña lograda. Que Cúter, Emma y Elías vengan con nosotros. No tardaremos mucho.

Pa y Cúter y los nuevos se dirigieron hacia el camino.

La fragil-idad es embarazosa, aunque seas chica, así que Emma y yo nos rezagamos un poco para quitarnos los mocos. Emma dejó la muñeca y la flor amarilla en el tocón y sacó un pañuelo para limpiarse la nariz y los ojos.

Me lo han explicado un millón de veces, pero no soy capaz de entender por qué hay que llevar un trozo de tela hecho especialmente para sonarse la nariz. A mí me parece sucio y asqueroso. Tiene mucho más sentido apretarse uno de los agujeros y soplar por el otro para que lo que salga caiga al suelo. Por lo menos así no tienes que llevar siempre cosas húmedas de tu nariz por los bolsillos. Pero Ma siempre me está diciendo que no lo haga, sobre todo ante la gente respetable.

Que yo sepa, Emma no tiene nada de respetable pero, por complacer a Ma, en vez de sonarme la nariz sobre el suelo, me la soné en la manga.

Emma me miró de través y yo a ella más.

Recordé el cuchillo que el hombre había dejado en el campo. Lo recogí y me acerqué corriendo a Pa y a la familia.

Dije:

—Señor, se deja esto.

Le tendí el cuchillo. Él y la mujer se miraron y pusieron cara de amargura.

Él dijo:

—Gracias, chico, pero ahora somos libres. No quiero ver nunca más ese puñal.

Me dejó asombrado.

El hombre le dijo a Pa:

—Señor, yo juré que si teníamos que volver atrás sería por encima de mi cadáver. Lo juré y no juré en vano, pero ahora ya no lo necesito, ni necesito pensar en la suciedad que acarrea. Mancha, no está limpio.

Yo lo miré bien mirado; parecía recién salido de la herrería. Dije:

—Pero, señor, si parece nuevo, si no está nada sucio, si parece...

Pa me dijo:

—Elías, mete ese cuchillo en tu zurrón y cállate.

Al hombre le dijo:

—No se preocupe, señor, yo me ocuparé del cuchillo.

Supe que Pa me contaría después qué significaba aquello, pero por la rapidez con que lo hizo todo, también supe que en ese momento debía callarme la boca. Saqué un trapo de mi zurrón y envolví el cuchillo para que no se golpeara con mis piedras de apedrear.

Nos pusimos en marcha otra vez y Emma zigzagueó hasta la niña nueva. La pequeña reaccionó como si Emma fuese un espíritu maligno y se agarró con más fuerza al niño de los pantalones mojados.

Emma le sonrió y trató de darle la flor amarilla que había recogido. La niña miró la flor y miró a Emma, pero siguió sin soltar a su hermano. Entonces Emma metió la flor en el delantal de su *horrorífica* muñeca y le tendió ambas cosas.

La niñita siguió agarrada al chico con una mano, pero alzó la otra muy despacio para hacerse con la muñeca. En cuanto fue suya la abrazó muy fuerte y clavó la mirada en Emma.

Emma dijo:

—Se llama Birdy. Supongo que tú puedes llamarla como quieras, pero Birdy es el nombre que más le gusta. Como es un poco tímida, me ha pedido que te pregunte si no te importa ser su nueva mamá.

Después de mirar larga y profundamente a los ojos marrones de la muñeca, la niña sonrió como si viera en ellos algo más que un par de botones y un poco de hilo. A continuación agitó la cabeza arriba y abajo y, tan solo con el movimiento de los labios, dijo:

—Gracias, señora.

Emma sonrió y contestó:

—¡De nada!

Yo debería haberle dado la bienvenida al chico pero sabía, porque me había pasado a mí, que cuando te mojas los pantalones delante de un montón de extraños, prefieres que no te hablen. No te apetece que te pregunten por qué caminas con las piernas tiesas y no quieres hacer nada que atraiga la atención. Si me callé no fue por ignorante ni antipático, fue por no avergonzarlo. Además, después de recorrerse todo el camino hasta el Asentamiento con los pantalones rozándole todo el rato, ¡no le iba a quedar la menor gana de conversación!

Cúter me dijo:

—¡Son los primeros nuevos libres en cuatro meses, Eli! Tú lo hiciste con los últimos, así que hoy me toca a mí.

Cúter llevaba razón, yo había tocado la campana la última vez que llegó gente nueva.

Dije:

—¿Pa?

Él dijo:

—Venga, que alguien se adelante para tocar la campana.

Cúter y yo contestamos:

—¡Sí, señor! —y salimos zumbando hacia el Asentamiento.

¡Casi todos los de Buxton que pudieran vendrían corriendo en cuanto tocáramos la Campana de la Libertad!

EL IDIOMA SECRETO DE LOS ADULTOS

Cúter y yo tomamos los mejores atajos para llegar a la escuela antes que Pa y Emma y la gente nueva. Pa los traería despacio, por el camino, contándoles amablemente nuestras costumbres.

Como era sábado y la escuela estaba vacía, Cúter y yo abrimos la puerta y subimos al campanario.

La Campana de la Libertad no es una campana de escuela normal y corriente. Es una campanaza de doscientos treinta kilos traída desde Estados Unidos. Y no de un lugar cercano, como Michigan, sino de una ciudad llamada Pittsburgh, que está por el sur, muy, muy lejos. Y no nos costó nada, nos la regalaron unas personas que habían sido esclavos. Les llevó un montón de años, pero ahorraron todos los peniques que pudieron y encargaron la Campana de la Libertad para enviarla a Canadá. Y eso que ellos también eran pobres, pero como estaban tan orgullosos de nosotros, no les importó privarse de cosas para que tuviéramos nuestra campana. Querían que al verla y escucharla recordáramos que nos acompañan desde Estados Unidos con sus plegarias.

Hasta escribieron por encima unas palabras para que no nos olvidáramos nunca de quienes nos la habían regalado. Decía: OBSEQUIADA al Reverendo King por los habitantes de color de Pittsburgh para la Escuela de Raleigh de Canadá Occidental. ¡Que repique la libertad!

"Raleigh" es como llaman al Asentamiento algunas personas que no viven aquí.

Cada vez que venían nuevos libres a Buxton dábamos veinte campanadas por cada uno. Diez para despedir la vieja vida y diez para recibir la nueva, la vida libre. Después les pedíamos que subieran al campanario uno por uno para que frotaran la campana con la mano izquierda. Se supone que casi siempre que haces algo importante tienes que hacerlo con la derecha, pero nosotros les pedíamos que utilizaran la izquierda porque está más cerca del corazón.

El señor Frederick Douglass decía que serían tantos los liberados y tantas las manos que frotarían la campana, que un día aparecería en el bronce un círculo tan reluciente como el oro. Pero hasta el momento no había ocurrido.

Todos los que oían el repique dejaban de hacer lo que estuvieran haciendo y venían a la escuela para saludar a los recién llegados. Después, si los nuevos libres querían quedarse a vivir con nosotros, decidíamos entre todos dónde alojarlos hasta que conseguían un hogar propio y se encontraban a gusto.

En el campanario había siempre una caja llena de algodón para taparte los oídos mientras tocabas. La campana sonaba tan fuerte que, si no te los tapabas, seguías oyendo campanadas y nada más que campanadas durante un buen rato. Cúter y yo nos los taponamos bien.

Cúter dijo:

—O sea, ¿cuántas veces le doy?

Yo dije:

—¿Qué?

Cúter gritó:

—¡¿Que cuántas campanadas doy?!

Multiplicar algo por veinte era fácil, bastaba con duplicarlo y añadirle un cero. Dije:

—El doble de cinco son diez, y si a diez le añades un cero, da cien.

Cúter dijo:

—¿Eh?

Se lo repetí más alto.

Cúter dijo:

—¿Seguro? Yo creí que serían menos.

Yo dije:

—¿Qué?

Cúter gritó:

—¡Que me parecen mucho cien campanadas!

Estiré y encogí los dedos diez veces y dije:

—Pues no. Mira: diez, veinte, treinta, cuarenta, cincuenta, sesenta, setenta, ochenta, noventa y cien.

Cúter dijo:

—Vale, pero a mí me siguen pareciendo muchas.

—¿Eh?

Cúter gritó:

—¡Que vale, que a ti se te dan mejor las cuentas!

Saltó para agarrar la cuerda y empezó a tocar. Como él tocaba, yo contaba, para que todo el que nos escuchara supiera cuánta gente había venido.

¡Dong!

Grité:

—¡Una!

La primera era la más suave. La campana no empezaba a repicar a lo grande hasta la quinta o la sexta campanada.

¡DONG! ¡DONG! ¡DONG!

—Dos, tres, cuatro...

No tardamos mucho en llegar a noventa y seis.

¡DONG! ¡DONG! ¡DONG! ¡DONG!

—... noventa y siete, noventa y ocho, noventa y nueve ¡y cien!

Cuando acabamos ya había gente esperando junto a la escuela.

Uno a uno, la señorita Carolina, el señor Waller, la señorita Duncan Primera y su hermana, la señorita Duncan Segunda, y el señor Polite nos dijeron:

—Buenos días, Cúter. Buenos días, Eli.

Cúter dijo:

—¿Perdón?

El señor Polite dijo:

—Que digo que "buenos días".

Yo dije:

—¿Disculpe, señor?

El señor Polite vociferó:

—¡Cabezas huecas! ¡Como no te saques el algodón ese de los oídos, no respondo!

Cúter y yo nos sacamos el algodón.

La señorita Carolina dijo:

—¿Cuántos han venido, Elías? ¿Nueve? ¿Diez?

—No, señorita, solo cinco: un hombre, una mujer, una niña, un niño y un bebé enfermo.

El señor Polite dijo:

—¿Solo cinco? ¿Estás seguro de que has contado bien, chico? Con lo que ha tocado, yo esperaba encontrarme aquí a medio Tennessee.

—No, señor, solo han sido cien campanadas, porque hay cinco personas.

Cúter dijo:

—Ya se lo he dicho, ya le he dicho yo que me parecían muchas.

Yo protesté:

—¡Pues no lo son! Cinco por veinte igual a cien.

Empecé a estirar y encoger los dedos para contarlas otra vez, pero no había llegado ni a cuarenta cuando Pa y los nuevos libres aparecieron por la curva del camino y se acercaron a la escuela. Emma Collins y la niñita llevaban de la mano a la *horrorífica* muñeca y la columpiaban hacia atrás y hacia delante.

Pa dijo:

—Buenos días a todos. Estos son los Taylor, recién llegados de Arkansas. Hace mucho que saben de nosotros. El bebé necesita cuidados.

Ahora que Pa y Emma los habían calmado un poco, no pasaba nada porque se corriera hacia ellos. Todo el mundo dejó de meterse conmigo y fueron derechitos a rodear a Pa y a los nuevos.

Los que estaban más lejos cuando tocamos la campana empezaron a presentarse. También vinieron Ma y la señorita Guest.

Los nuevos parecían perdidos y confusos y retraídos, así que muchos de nosotros nos acercamos para darles palmaditas en la espalda y estrecharles las manos y decirles que bienvenidos a Buxton. La señorita Guest se llevó a la mujer y al bebé a la en-

186

fermería; Ma miró al niño y lo sacó de allí. Supuse que cuando me lo encontrara de nuevo olería a polvos y llevaría alguno de mis pantalones viejos. Supuse que, incluso así, tendría que pasar algún tiempo antes de que se le pasara la *piernícolis*.

Entonces se montó un verdadero lío porque, en vez de felicitar y consolar a los recién llegados como la mayoría de las veces, a la señorita Duncan Primera le dio por hacer preguntas.

Sujetó la cara de la nueva amiga de Emma con una mano y le dijo a su hermana, la señorita Duncan Segunda:

—Dot, sé que solo tenías ocho años y que han pasado quince, pero ¿a quién te recuerda esta niña?

La señorita Duncan Segunda miró con atención a la niña y dijo:

—No se parece a nadie que yo conozca. ¿A quién te refieres?

La señorita Duncan Primera preguntó:

—¿Cuántos años tienes, niña?

La niñita tiró de Birdy, se la quitó a Emma de la mano y fue a abrazarse a su padre. El hombre dijo:

—No seas vergonzosa, Lucille. Tiene seis, pero está poco crecida para su *edá*. ¿En qué puedo servirla?

La señorita Duncan Primera preguntó:

—¿Cómo se llama su mujer?

El hombre respondió:

—Liza, Liza Taylor, señora.

La señorita Duncan Primera preguntó:

—¿Están casados?

—Sí, señora. Desde hace siete años.

—¿Cuál era su apellido de soltera?

—Jones, señora.

—¿De dónde es?

—De Fort Smith, Arkansas, señora.

—¿Nació allí?

—Sí, señora.

—¿Cómo se llamaba su mamá?

—No llegó a conocerla, señora.

—¿Quién la crió?

—Su tía.

—¿Su tía carnal?

—Sí, señora.

—¿Y su tía no le dijo quién era su madre?

—No, señora.

La señorita Duncan Segunda intervino:

—¿Y cómo es que no se lo dijo?

El señor Taylor miró a las hermanas y frunció el ceño. Parecía a punto de decir algo, pero la señorita Duncan Primera volvió a la carga:

—¿Qué sabe su mujer de Carolina del Norte?

—Nada que yo sepa, señora, al menos nunca me ha dicho nada.

La señorita Duncan Segunda miró de nuevo a la niña y, de sopetón, se tapó las orejas de dos palmetadas, abrió la boca de par en par y se quedó como lela.

La señorita Duncan Primera dijo:

—Señor, por el aspecto de su hija, sé que conozco a su mujer, estoy segurísima. Pero ella se llamaba Alice, no Liza.

La señorita Duncan Segunda seguía estupefacta. Se destapó las orejas y murmuró:

—Quia, no puede ser, esa es muy vieja. Alice no tendrá más de veintiséis.

El señor Taylor dijo:

—No, señora, se equivoca usted. No estamos seguros de la *edá* de Liza, pero tuvo otros cinco hijos, el mayor de catorce, así que tendrá entre treinta y cinco y cuarenta. No es joven, no puede tener veintiséis años.

La señorita Duncan Primera le llevó la contraria:

—¡Claro que los tendrá! Dio a luz a... Emma, ¿cuánto son cinco y tres?

Emma contestó:

—Cinco más tres igual a ocho, señorita Duncan Primera.

La señorita Duncan Primera explicó:

—Tuvo ocho críos cuando ella misma no era más que una niña. Por eso está avejentada.

Y añadió:

—Tiene una cicatriz en forma de media luna que le sale del hombro izquierdo y le llega hasta el pecho.

No era una pregunta.

El señor Taylor tragó aire bruscamente y la miró con fijeza. Atrajo a su hija hacia sí y preguntó:

—¿*Usté* qué sabe de eso?

—Se quemó al tirarse una sartén por encima cuando tenía cuatro años. Su verdadero nombre es Alice Duncan y nació en Ajax County, Carolina del Norte. A ella y a nuestro hermano, Caleb, los vendieron hace quince años. Su mujer es nuestra hermana pequeña. ¿Sabe ella algo de Caleb?

—No que yo sepa, señora, no tiene más familia que su tía. Esto la va a afectar mucho.

Entonces las cosas se liaron de verdad, pero de verdad, de verdad, porque en vez de gritar ¡Aleluya! o ¡Alabado sea Dios! o algo lleno de alegría como era de esperar, la señorita Duncan Primera dijo:

—Por favor, señor, no se lo diga. Tenemos que pensar en la forma de contárselo. Ya ha pasado bastante, no podemos preocuparla encima con esto.

Él dijo:

—Gracias, señora, eso creo yo. Se llevaría una impresión muy grande, y ahora es lo que menos necesita.

Fue otro más de esos líos que me hacían preguntarme si alguna vez tendría suficiente cabeza para ser adulto. Sólo estoy seguro de que serlo tiene muy poco sentido. Quizá por eso tardas tanto en crecer, para que todo el sentido tuyo se te vaya desgastando hasta que te quede lo menos posible.

Si yo me escapara de Estados Unidos y, después de recorrer miles de kilómetros, me encontrara con una de mis hermanas, me pondría loco de contento, pero los adultos no. Mientras la señorita Duncan Primera le hacía todas esas preguntas al señor Taylor, a los adultos de alrededor se les ponía la cara cada vez más larga y se les arrugaba cada vez más la frente.

Lo entendía en parte. Pa siempre me está diciendo que la vida de los esclavos en Estados Unidos es increíblemente dura. Dice que nadie sale de allí sin pagar un precio muy alto, sin un daño permanente, sin algo que les hayan cortado o quemado en la piel o consumido por dentro.

Quizá por eso cuando los adultos se encuentran con alguien que han perdido hace mucho, se alegran menos que los jóvenes. Quizá solo tengan miedo de oír las cosas malas que le han pasado a la persona que amaban sin que ellos pudieran ayudarla. Quizá todas las cosas tristes que estaban detrás de las cicatrices y las quemaduras y lo que les faltaba a sus parientes, fueran historias que era mejor no remover.

Lo de pensar como un adulto empezaba a tener sentido.

Maldita sea.

CORREO DE ESTADOS UNIDOS

Una de mis tareas favoritas es ir a preguntar por el correo a Chatham. No es algo que ocurra de forma regular, porque aquí en Buxton tenemos nuestra propia oficina postal, pero de vez en cuando el correo no llega durante dos o tres semanas y debe acercarse alguien a ver qué pasa. Es una de mis tareas favoritas si me dejan llevarme a Old Flapjack en vez de a un caballo de silla. Para mi gusto, esos caballos corren demasiado hasta cuando van despacio.

El miércoles, después de la escuela, Pa me dijo que fuera derechito a Chatham. No añadió que fuera a caballo, así que al llegar a la caballeriza le pedí al señor Segee que me dejara a Old Flapjack. Yo sabía que no hacía bien, pero tampoco hacía mal, era así como mitad y mitad.

Cuando estábamos a unos tres kilómetros de Buxton, dirigiéndonos lenta y cómodamente hacia Chatham, y yo empezaba a perder el miedo de haber hecho mal y a pensar que había hecho bien, Old Flap soltó uno de esos resoplidos suyos que indican que hay peligro. Hasta dio una coz con las patas delanteras en vez de con las traseras, ¡algo que yo no sabía que pudiera hacer!

Me agarré a sus crines y miré atentamente el bosque.

Al principio no vi nada. Quizá Old Flap sólo había olido algo raro. Entonces, por segunda vez, repitió el truco que acababa de aprender; y lo hizo mejor, antes sólo practicaba. Levantó tanto las manos que me deslicé por su grupa, ¡y yo y mi zurrón y la saca de correo vacía acabamos por los suelos!

No me dolió pero, en cuanto me levanté de un salto, Flapjack hizo otra treta totalmente desconocida: ¡echó a correr! Era un correr desgarbado y de patas tiesas, pero "correr" es la única palabra que se me ocurrió.

No hay nada más alarmante en el mundo que ver a tu mulo, al que contabas entre tus mejores amigos, tratando de huir al galope después de tirarte al suelo para que lo que tanto miedo le daba pudiera comerte a gusto.

Agarré mi zurrón y saqué tres piedras de apedrear. Me encaré con el bosque y me preparé para lanzarlas. Pero allí no había nada. Lo que hubiera asustado a Old Flapjack debió de irse en cuanto me caí al suelo.

Al mirar camino adelante vi que Old Flap había decidido que lo de correr no era lo suyo. Se había metido en un campo para darle al diente. Corrí hacia él, le di unas palmaditas para calmarlo, volví a montar y seguimos hacia Chatham.

Pero aquel viaje estaba gafado desde el principio. No habrían pasado ni cinco minutos cuando el señor Polite salió del bosque agarrado a una escopeta y al cuello de tres faisanes.

—Buenas tardes, señor Polite.

—Buenas, Elías. ¿Adónde vas?

—Voy a Chatham.

—¿A qué?

—A preguntar por el correo, señor.

—¿En ese inútil de mulo? Ni hablar. Vuelve ahora mismo a la caballeriza y dile a Clarence Segee que te dé a Conqueror o a Jingle Boy. Estoy esperando un paquete de Toronto y lo necesito antes de que se plante aquí el siglo XX.

—Sí, señor.

Volví con Old Flapjack a Buxton para cambiarlo por uno de esos malditos caballos.

En cuanto Jingle Boy y yo llegamos a Chatham, fuimos derechos a la oficina de correos. Até el caballo delante del edificio, esperé a que dejaran de agitárseme las tripas y subí al porche. Cuando tiré del picaporte estuve a punto de descoyuntarme el hombro. La puerta estaba cerrada, y era muy raro porque debía de ser cerca del mediodía. Fue en ese momento cuando vi el cartel de la ventana:

CERRADO HASTA DÍA CINCO.
RAZÓN: GEORGE. TIENDA DE CONFECCIONES.

Entré en la tienda de al lado: Confecciones Mac-Mahon.

Olía estupendamente. Era un olor a cuero recién curtido y a telas nuevas mezclado con lujosos polvos y jabones. Cuando abrías la puerta mosquitera sonaba una campanilla para que supieran que habías llegado, y cuando salías volvía a sonar para que se enteraran de que te habías ido.

El hombre blanco que doblaba piezas de tela para vestidos de señora detrás del mostrador me miró.

—¡Vaya, hola, Elías! ¿Qué tal te va?

Bien, gracias, señor MacMahon.

—¿Qué puedo hacer por ti, pollito?

Sé desde hace tiempo que cuando el señor MacMahon dice "pollito" no es que te llame cría de gallina, es que por lo visto "pollo" es otra forma de decir "joven", así que nos han dicho que no hagamos caso.

—Vengo por nuestro correo, señor. El cartel dice que se hable con usted.

Eso esperaba que dijera, al menos. No entendía muy bien qué pintaba ahí lo de razón.

—Ah, me preguntaba cuándo vendría alguien de Buxton. Entonces, ¿no sabes lo que ha pasado?

—No, señor.

—Pues verás, pollito, hemos tenido que buscarnos otro cartero. Larry Butler ha sufrido un terrible accidente.

Las palabras como terrible dichas por el señor MacMahon sonaban como si tuvieran seis o siete erres en lugar de una.

—¿Qué le ha pasado, señor?

—Creemos que su caballo le tiró y le pateó, en plena cabeza.

Otra prueba más de que un mulo es muchísimo mejor que un caballo. Si el señor Butler hubiera montado a Old Flapjack, seguiría repartiendo el correo.

El señor MacMahon dijo:

—Espera un segundo, Eli. Sé que en la oficina hay un paquete y una carta o dos. Poca cosa.

—Sí, señor.

Acabó de doblar la tela y se hizo con sus muletas para acompañarme a la oficina postal.

El señor MacMahon también tuvo un roce con un caballo tiempo atrás. A eso se debía que su pierna derecha acabara en la rodilla en vez de en el pie. Cuando andaba con muletas se movía con una elegancia y una ligereza increíbles. Llevaba tanto tiempo sin esa pierna que las muletas parecían formar parte de su cuerpo. Daba la impresión de que bailaba en vez de caminar.

Al llegar a la oficina de correos, puso una caja sobre el mostrador y miró en una saca donde ponía Buxton.

—Mmm, pues solo hay un paquete y una carta, Eli. Hubiera jurado que había algo más.

Me lo dio todo.

—Gracias, señor.

—Tendréis que seguir viniendo hasta el día cinco, Eli. Después de esa fecha empezará a repartir el nuevo.

—Sí, señor. Dígale al señor Butler que siento lo de su accidente.

—Muchas gracias por tu amabilidad, pollito, pero sirve de poco decirle nada: su mente ya no está entre nosotros.

El señor MacMahon fue bailando hasta la puerta y cerró cuando salimos. Luego se acercó a Jingle Boy y le dio unas palmaditas en el cuello.

—No he visto nunca caballo más bonito, Elías. Cuesta creer que sea tan rápido.

—Pues lo es, señor.

Coloqué la caja en la silla y me monté. Entre lo nervioso que me ponía estar tan alto y las desgracias que los caballos causaban en Chatham, no miré para quién era la carta hasta que estábamos a medio camino de Buxton.

Cuando leí la parte delantera del sobre, escrita con muy buena letra, me dio un vuelco el corazón. Ponía: SRA. EMELINE HOLTON, ASENTAMIENTO NEGRO DE RALEIGH, CANADÁ OCCIDENTAL.

Por detrás, sobre el lacre rojo, decía: APPLEWOOD, CONDADO DE FAIRFAX, VIRGINIA, ESTADOS UNIDOS.

Problemas. De esas cartas de Estados Unidos nunca salía nada bueno. Si la letra del sobre era normal y corriente, indicando que a alguien le había costado mucho escribirlo, significaba que algún antiguo esclavo había sacado la carta a escondidas y que, por tanto, estaba llena de malas noticias. Solían comunicar que un padre se había puesto enfermo o que habían azotado a un hermano de mala manera o que habían vendido al hijo de alguna madre. Si la letra era lujosa, como en este caso, con espirales y floripondios y tonterías por el estilo, solo significaba una cosa: una amable persona blanca te escribía para comunicarte la muerte de alguien.

Como esta carta iba dirigida a la señora Holton, seguro que contenía malas noticias sobre su marido.

Mi cabalgata desde Chatham no fue nada buena. No es que el camino estuviera peor, ni que los mosquitos fueran más latosos que antes, ni que Jingle Boy se meneara más que de costumbre, es que el sobre lujosamente escrito de mis alforjas hizo el viaje de vuelta a casa largo y triste.

Dejé el paquete en el porche del señor Polite y devolví el caballo al señor Segee. Luego, en vez de entregarle la carta sin más a la señora Holton, me la llevé a casa para ver qué decía Ma. Me quité los zapatos de faena y entré por la puerta delantera.

—¿Ma?

Ma no estaba en la salita.

—¿Ma?

Ni en el dormitorio de la planta de arriba.

—¿Ma?

Ni en mi habitación.

—¿Ma?

Ni en la cocina.

Pero había dejado a enfriar una de sus tartas de melocotón sobre la mesa y pensé durante un segundo en levantar la corteza y sacar un par de melocotones con el dedo. Después pensé que mejor no.

Me quité los calcetines y salí por la puerta de atrás. Ma estaba agachada, cuidando del huerto.

Me vio, sonrió y estuvo a punto de decir hola.

Pero Ma es una persona que asombra y que da miedo. Es capaz de notar cosas que no se ven y de oír cosas que no se dicen. Yo ni siquiera abrí la boca pero, misteriosamente, ella supo que pasaba algo malo. Se levantó a toda prisa y me preguntó:

—Elías, ¿qué pasa?

Tanto la paleta que había usado como las semillas de su mano cayeron al suelo.

—¿Qué ha pasado?

Se me acercó corriendo y yo le enseñé la carta de Estados Unidos.

Ella se limpió las manos en su mono de trabajo y dijo:

—Ya ves que no llevo gafas. ¿Para quién es, de quién es?

Los adultos que no aprendieron a leer ni a escribir cuando eran esclavos en Estados Unidos, tenían que ir a la escuela por la noche. Entre cocinar y limpiar y cuidar del huerto y coser y tejer y recoger la cosecha en los campos y ayudar a los grupos madereros y a los grupos de construcción y cuidar de sus ovejas y esquilarlas y preparar la lana y cardarla e hilarla, Ma tenía flojera y era vaga con sus lecciones, así que le había cundido más bien poco.

Le leí lo que ponía en el sobre y ella dijo:

—Ayyy, no. No, no, no. ¡Pero cuándo se acabará esto!

No perdió ni un segundo, dijo:

—Ponte la ropa de los domingos, Elías. Vamos a llevarle esta carta los dos juntos.

Supe que también tendría que leerle a la señora Holton: iba a las clases con Ma. No es por faltar al señor Travis, pero daba la impresión de que se le daba fatal meterles sus lecciones en la cabeza a los adultos.

Me cambié la ropa por la de la escuela dominical y volví a la salita. Ma también se había puesto su vestido de los domingos y sostenía la tarta de melocotón.

Dijo:

—Menos mal que había hecho esta tarta. No me gusta ir a algo así con las manos vacías.

Dejó la tarta y abrió los brazos.

Yo la abracé, y ella me besó en lo alto de la cabeza y aplastó allí su mejilla.

Su voz y el calor de su cara se extendieron por mi cabeza.

—Ya sabes, Elías, que es muy posible que le lleves malas noticias, por eso es preciso que seas fuerte. Es preciso que no empeores aún más las cosas para ella y para sus hijas con lloros y aspavientos, cariño. Y, sobre todo, es preciso que no te pongas a gritarle que son malas noticias en cuanto la veas. ¿Podrás hacerlo?

Ya sé que un hijo no debe sentirse así con la persona que le ha criado, pero Ma me decepcionó de mala manera. No se había dado ni cuenta de lo maduro que me había vuelto en las dos últimas semanas.

Hacía nada que, escuchando a escondidas, oí que Pa le decía que era un milagro que yo no hubiera nacido esclavo porque si no, con lo frá-gil que era, no hubiera aguantado ni un minuto. Quizá hasta entonces había sido un poquito frá-gil, pero hacía un siglo que no me asustaba por tonterías ni salía corriendo y gritando a la más mínima. Además, de todas formas, no está nada bien llamarle frá-gil a nadie.

—¿Puedo contar con que no te portes como un crío, Elías?

—Sí, madre.

Pero me iba a costar. Cuando más ganas te entran de llorar es cuando te dicen que no lo hagas. Ya empezaba a sentir que algo se me aflojaba y me resbalaba por nariz.

Ma me volvió a besar en lo alto de la cabeza y me soltó.

Después salimos y nos encaminamos hacia la casa de la señora Holton.

Las señoritas Duncan Primera y Duncan Segunda estaban cuidando de su jardín.

La señorita Duncan Primera nos vio, se levantó y gritó:

—¿Sarah? ¿Pasa algo? ¿Qué ha pasado?

La señorita Duncan Segunda también se levantó y dijo:

—¿Sarah?

Ma les respondió:

—Elías acaba de recoger una carta para la señora Holton, de allá de casa.

Las dos mujeres se limpiaron las manos en la falda y la señorita Duncan Segunda dijo:

—Espera, nosotras también vamos. ¡Ay, pobre, pobrecilla!

Para cuando llegamos a casa de la señora Holton, lo que había empezado con Ma y yo y la carta se había convertido en un verdadero desfile. Éramos doce: yo, tres bebés y ocho mujeres cargadas con cosas de comer. Había tartas, pan de maíz, higadillos de pollo, jamón, hojas de diente de león y sémola de maíz.

Por el camino apenas hablaron de lo que pasaba. Cuando llegamos Ma me empujó hacia delante para que llamara a la puerta. Solo estaba cerrada la mosquitera, por los tábanos. La principal estaba abierta y se podía ver el salón.

Al llamar, Penélope y Cicely, las hijas de la señora Holton, levantaron la vista del suelo, donde jugaban, y al ver que era yo, me sonrieron.

La señora Holton se levantó de la silla. Sostenía el mismo manual de lectura que yo había estudiado cinco años antes.

Me sonrió y dijo:

—Vaya, hola, Elías. El señor Leroy todavía no ha llegado. Dios mío, ¿cómo es que vienes con la ropa de...?

Abrió la puerta y se quedó sin habla un momento al ver el grupo de su porche. Luego exclamó:

—¡Ay! ¡Ay!

El manual se le escapó de las manos y cayó al suelo de madera. Yo se lo devolví.

Ella le sonrió a todo el mundo y dijo:

—Bienvenidos. Pasen, por favor.

Nos quitamos los zapatos y entramos.

Tenía el salón tan bien puesto como el nuestro. Había una mesa y una mecedora y un banco y una gran chimenea de ladrillo y suelos de entarimado de arce y alfombras.

Dijo:

—Siento que no haya sillas suficientes pero, por favor, acomódense donde gusten.

Y, dirigiéndose a una de sus hijas, añadió:

—Vete con tu hermana al jardín y recógele a mamá unas flores. No dejes de traer de esas lilas tan bonitas, ni de las blancas.

La chica mayor dijo:

—Pero, Ma, si dijiste que aún no se podían cortar.

La señora Holton le contestó:

—Ahora ya se puede, Penélope.

—Buenas tardes a todos —dijo Penélope, y le preguntó a su madre—: ¿Por qué viene a vernos tanta gente?

—No hay por qué preocuparse, cariño —respondió la señora Holton—. Haz lo que te he pedido. Quédate fuera hasta que te llame, y no salgas del jardín. Cuida de tu hermana.

Luego besó y abrazó a cada una de sus hijas.

Penélope tomó la mano de Cicely y se la llevó por la puerta principal.

—¿Desean tomar algo?

Ma dijo:

—Muchas gracias, hermana Holton, pero es que Elías ha recogido una carta para usted en Chatham. De allá de casa.

La señora Holton me dijo:

—Elías, ¿me la puedes leer? —y, agitando el manual que estudiaba, añadió—: No lo llevo muy adelantado.

La señorita Duncan Primera apoyó la mano en la mecedora y sugirió:

—¿Por qué no se sienta, hermana Holton?

—Estoy bien, señorita Duncan. De verdad, muy agradecida. ¿Elías?

Empecé a abrir la carta, pero antes de que pudiera meter el dedo en el sobre para romper el lacre, la señora Holton dijo:

—Si no te importa, Elías, quiero abrirla yo.

—No me importa nada, señora.

Despegó el lacre y se lo guardó en el bolsillo del delantal. Sacó la carta. La miró por encima y me la devolvió.

Yo dije:

—La escribieron como hace un año, señora Holton.

Eché un vistazo a la carta y supe que no iba a tener más remedio que pronunciar todas las palabras.

Mi queridísima Emeline:
Espero que al recibo de la presente usted y sus hijas se encuentren bien de salud. Hemos oído maravillas del asentamiento negro de allí y damos gracias a Dios de que, en su in-fi-ni-ta misericordia y sabiduría, se haya dignado a pro-por-cio-narles un refugio a usted y los suyos.

La señora Holton me detuvo. Tuve miedo de que le molestara cómo me atascaba en algunas palabras, pero no era nada de eso. Volvió a mirar el sobre y dijo:

—Creo que esta letra es de la señorita Poole. Le encanta adornar lo que dice. Vas a tener que explicarme algunas palabras, Elías. ¿Qué quiere decir "refugio"?

Yo lo sabía por la escuela dominical.

—Refugio es un lugar donde se está a salvo.

Ella asintió con la cabeza.

Yo seguí leyendo:

Sin embargo, siento que esta mi-siva no sea para hacerle llegar buenas nuevas. Siento tener que co-mu-ni-carle una trágica noticia.

Me paré para ver si la señora Holton quería alguna explicación más, pero no la necesitó. Me alegré porque, para empezar, no tenía ni la menor idea de lo que significaba "mi-siva".

Después de un duro y forzado viaje hasta Applewood, John fue devuelto a la ser-vi-dum-bre. Para horror nuestro, como escarmiento y en re-pre-salia por el oro que, según él, John había robado, el señor Tillman le aplicó un castigo tan severo que, debido a los rigores del viaje de vuelta a casa, su cuerpo no lo pudo soportar y nuestro Salvador se lo llevó a sus brazos amantes el séptimo día del quinto mes del año mil ochocientos cincuenta y nueve de nuestro Señor. Descansa en paz en el cementerio de esclavos. Nosotros mismos nos encargamos de darle cristiana sepultura y de pagar los quince dólares que cuesta la iden-ti-fi-ca-ción de la tumba. Siento mucho tener que apenarla con esta noticia. Usted y sus hijas están presentes en nuestras oraciones. Si desea re-em-bol-sar-me los gastos, por favor envíeme el dinero a Applewood.

Atentamente,
Sra. de Jacob Poole

La señora Holton se quedó allí de pie. Parecía que ninguna de las ocho mujeres presentes la miraran a la cara, pero yo sabía que estaban listas para acudir volando si ella se mareaba o se ponía frá-gil.

Pero la señora Holton aguantó sin chistar. Me dijo:

—Lee eso otra vez, por favor, Elías, la parte sobre el castigo de John.

Me aclaré la garganta y leí:

—"Le aplicó un castigo tan severo que, debido a los rigores del viaje de vuelta a casa, su cuerpo no lo pudo soportar".

Ella levantó la mano. Yo estaba a punto de decirle que aunque leer palabras no se me diera del todo mal, la mitad de las veces no entendía lo que significaban, pero ella movió la cabeza a izquierda y derecha y dijo:

—"Su cuerpo no lo pudo soportar". Es una forma muy suave de decir que un hombre ha matado a otro a latigazos.

La señora Holton sonrió a las mujeres y a continuación añadió:

—Gracias a todas de corazón, pero estoy bien. Lo sabía. Ya lo sabía. He estado en ascuas desde que llegamos pero ahora... Solo espero que sepa que lo hemos logrado. Diga lo que diga la señorita Poole, eso es lo único que le hará descansar en paz. Espero que sienta la alegría y el amor que todos ustedes nos han dado aquí durante este año.

Se sorbió un poco la nariz y supuse que iba a echarse a llorar, pero solo dijo:

—Espero que vea lo preciosas que están sus hijitas al ser libres.

La señora Holton se sentó en la mecedora y añadió:

—Él no hubiera querido que guardáramos luto y yo le amo lo suficiente como para respetar sus deseos, así que estoy bien.

Las mujeres empezaron a tocar a la señora Holton y a decirle un montón de veces "lo siento" y "estamos aquí para ayudar" y "avíseme si necesita cualquier cosa". Ella estrechó cada una de las manos que le tendían y dijo:

—Disculpen, han tenido la amabilidad de traer comida y yo me comporto como si no tuviera modales. Por favor, vamos a comer.

Se levantó y fue a la cocina. Llamó a sus hijas y todos juntos nos pusimos a comer.

Cuando llegó la hora de marcharse, Ma y yo esperamos a que se fuera todo el mundo. Una vez que empezaron a hablar, Ma y la señora Holton descubrieron que eran de la misma región de Estados Unidos y que las plantaciones en las que estaban atrapadas se encontraban a solo tres kilómetros. Tenían incluso algunos conocidos comunes entre los blancos, porque a los esclavos no los dejaban ir de un sitio para otro.

Después salimos al porche y yo me puse los zapatos. Ma y la señora Holton se abrazaron y Ma dijo:

Por favor, hermana Emeline, si necesitas algo ven a verme o dale el recado a Eli, o a Leroy.

La señora Holton dijo:

—Gracias, hermana Sarah. Qué pequeño es el mundo, ¿verdad? Es un consuelo pensar que somos del mismo sitio. Estoy bien. Prefiero saber lo que pasó. Hacerse ilusiones es mucho peor, prefiero no tenerlas. Lo único es que no puedo quitarme de la cabeza esas palabras de la señorita Poole. "Su cuerpo no lo pudo soportar". No están bien. No son las últimas palabras que deberían decirse sobre John Holton.

Ma dijo:

—Bueno, ningún cuerpo dura eternamente, ¿no? Pero espero que... quia, sé que dentro de todos nosotros hay algo tan fuerte que es imposible de parar. Volará siempre.

La señora Holton dijo:

—Hermana Sarah, no sabes cómo me consuelan tus palabras, y tú. Todas las otras hermanas de Buxton han sido de gran ayuda. Mil gracias. Y mil gracias a ti también, Elías, por leerme la carta. Seguro que tu Ma y yo haremos lo mismo dentro de nada.

Ma se rió y dijo:

—Tienes más fe que yo, Emeline. Lo de leer y escribir deben ser de esas cosas que cuesta mucho aprender de mayor. Pero, en fin, no hay otra que seguir luchando.

De camino a casa yo rabiaba por preguntarle a Ma qué tal lo había hecho. No puedes saberlo hasta que te lo dice un adulto, pero estaba casi seguro de que mi comportamiento era señal de que ¡mis días de fragil-idad habían acabado! Ni había llorado ni había dejado que me temblara la voz, ni siquiera me había sorbido la nariz mientras leía.

Se lo iba a decir a Ma, pero pensé que sería poco maduro por mi parte entrar en eso. Además, si no berreé fue quizá porque en cuanto Ma y las demás mujeres arroparon a la señora Holton con sus ojos y sus manos vigilantes, fue como si un montón de soldados cercaran la salita con las espadas en alto para que ni la pena más grande pudiera abrirse paso.

Cuando Ma y las demás mujeres se agruparon en la salita de la señora Holton, fue como si nos rodearan con la muralla de Jericó, y ni un centenar de Josués ni un millar de niños hubieran podido derribarla, por mucho que dieran trompetazos o se desgañitaran.

Cuando Ma y las demás mujeres se agruparon en la salita de la señora Holton, yo no hubiera podido llorar ni aunque hubiera sido tan frá-gil como Emma Collins.

Pero, aun así, esperaba que Ma lo achacara a lo maduro que me había vuelto.

Tardó, pero cuando estábamos a punto de llegar a casa me rodeó el cuello con el brazo y me atrajo hacia sí y me dijo:

—Elías Freeman, ¡estaba segura de que podías hacerlo, cielo! ¡Te has portado como un hombre hecho y derecho, hijo! ¡Ya verás cuando se lo cuente a papá!

Me puse tan orgulloso que me entró miedo de estallar, ¡pero lo único que pasó fue que lo de siempre, lo de la nariz, empezó a aflojárseme y a caer a chorro otra vez!

Y eso no tiene sentido. No tiene sentido en absoluto.

¡COMIDA EN EL LAGO ERIE!

Cuando da clase en la escuela dominical, el profesor Travis dice que el Señor descansó en domingo y que nosotros debemos imitarle. Pero, maldita sea, ni a él ni a los otros adultos les debe de entrar en la cabeza, porque en vez de descansar, nos pasamos la mitad del día en la iglesia. Y aunque Pa y Ma digan que eso no es trabajar, yo sé lo que prefiero: prefiero limpiar cinco caballerizas y cavar un kilómetro de zanja de drenaje y desbrozar hectárea y media de bosque antes que pasarme la mañana y la tarde sentado en la iglesia.

Había solo dos razones por las que ese domingo iba a ser medio pasable. No es por faltar, porque casi todos aquí en Buxton dicen que es el mejor o el segundo mejor hombre blanco que Dios ha creado, pero la primera razón era que el reverendo King seguía en Inglaterra y que el señor Travis iba a predicar en su lugar. No dudo que el reverendo King sea una bellísima persona, al fin y al cabo fue quien puso en marcha el Asentamiento, lo único que digo es que sus sermones son tan largos que hacia la mitad te entran ganas de rogar: "¡Llévame contigo, Jesús! ¡Pero ya!".

La segunda razón de que ese domingo fuera más soportable era que, después del servicio, Pa y Ma habían quedado en alquilar la calesa del señor Segee y un caballo de tiro para llevarnos a un grupo de chicos y a la señora Holton al lago Erie.

El señor Travis pronunció el "Amén" final, el único al que Cúter y yo respondíamos con cierto entusiasmo, y la gente salió y estrechó la mano del señor Travis en la puerta de entrada, donde se apostaba para que no se le escapara nadie.

Yo me quedé atrás para no tener que pasar por la puerta al mismo tiempo que Pa y Ma. Vernos juntos era una de las cosas que liaba al señor Travis hasta el punto de no saber si era nuestro profesor de la escuela dominical o de la normal y, antes de que te dieras cuenta, se olvidaba de que el domingo era para descansar y se ponía a contarles a Pa y Ma lo mal que ibas en latín.

Yo, Cúter, Emma Collins y Philip Wise fuimos los últimos en salir.

Cuando llegamos al lugar bloqueado por el señor Travis, Cúter y yo mentimos al mismo tiempo:

—Muy bueno su sermón, señor.

El señor Travis levantó una ceja y dijo:

—Señor Bixby, señor Freeman, *tui pueri in vestra Latinae opus magnus ponere*.

Uh, oh. Para empezar, no entendí ni pum. A no ser que nos hubiera dado las gracias por mentir sobre su sermón.

Le contesté:

—De nada, señor.

Cúter le contestó:

—De nada. Lo decimos de veras.

Como Emma Collins carraspeó, me di cuenta de que habíamos metido la pata.

Emma ni siquiera esperó a que bajáramos los escalones para reprocharnos:

—Ha dicho que a ver si te aplicas más en latín. No debías contestarle que "de nada".

No le dirigí la palabra, tan solo le lancé mi mejor mirada de lástima. Lo que había hecho no era más que otra muestra del pecado de la envidia que le corroía el corazón. Y lo triste era que esta vez lo cometía justo delante de la iglesia.

Pa tenía la calesa y a Shirl, el mayor caballo de tiro, esperándonos en el camino. Él, Ma y la señora Holton estaban sentados en el banco, y Penélope, Cicely y Sidney Prince iban en la plataforma. Cúter y yo los saludamos a todos y nos subimos.

En vez de balancear los pies por detrás o por un lado de la calesa, yo siempre me apoyo contra el banco. No solo porque se noten menos los baches, sino porque es un sitio estupendo para escuchar a escondidas. Los diez kilómetros de terreno que separan Buxton del lago Erie pertenecen al Asentamiento, así que el viaje duraba bastante. Ir en la parte de atrás de una calesa debe de tener algo que hace olvidar a los chicos que hay adultos delante, con lo cual acaban diciendo muchas cosas que no deberían. Pero lo curioso es que a los adultos les pasa igual. Empiezan a hablar de algo ¡y tú ni te lo crees! Al rato se te ocurre que han olvidado por completo que hay niños detrás y que por eso dicen cosas que tú no deberías oír. A veces toses o carraspeas para que se acuerden de que existes, pero otras te enteras de un montón de cosas que no te dirían por iniciativa propia.

Ese domingo no había conversaciones interesantes ni delante ni detrás. Los chicos decidimos que íbamos a jugar a abolicionistas y negreros cuando llegáramos y estábamos discutiendo quién sería de cada bando. Nadie quería ser negrero porque siempre nos los cargábamos. Es decir, que tuvimos que sacar pajitas para ver de qué nos tocaba. Yo acabé de abolicionista y Cúter de esclavo. La conversación de los mayores también era sosa. Parecía que no pensaban hablar más que de cosechas y de lluvia y de qué caballo había hecho daño a quién.

Después de un tiempo el golpeteo de los cascos de Shirl y el balanceo del carro y el sol de mediodía y el tarareo bajo de Pa hicieron que la cabeza me pesara y que me entrara modorra. Supe que me adormilaba y me espabilaba, porque la primera vez que abrí los ojos Emma y los otros jugaban a las muñecas; la segunda estaban cantando; la siguiente estaban ansiosos por llegar, porque se empezaba a sentir el olor del lago y eso significaba que quedaba poco más de un kilómetro.

Pa seguía tarareando, y Ma y la señora Holton empezaban a hablar de algo que preferían no comentar mucho delante de nosotros: de los tiempos en que eran esclavas.

Yo ya conocía la historia de Ma, así que no tenía que mirarla para saber lo que hacía mientras hablaba. Cerraba los ojos y su mano izquierda se ponía a moverse como si tuviera vida propia. Sus dedos se deslizaban arriba y abajo entre su oreja izquierda y su boca como si siguieran el rastro invisible del verdugón de un látigo. Era curioso, porque cuando te fijabas bien en la cara de Ma no veías cicatrices ni verdugones ni marcas de ningún tipo. No veías más que su piel suave y marrón oscura.

—Emeline —dijo—, ¡ya sé lo que dices! A veces se ponían de lo más raros.

Ma hablaba de sus padres, de los abuelos que no he conocido.

Dijo:

—Por entonces era yo algo mayor que Elías. La señora Wright nos sorprendió a todos al decirle un día a mamá que ella y el amo nos llevaban a la *señita* y a mí al norte durante el verano. No advirtió a mamá ni nada, solo le dijo de buenas a primeras que me llevaban. Quince minutos después la *señita* y yo subimos con ellos a la carreta y salimos para el norte.

La señora Holton dijo:

—No os avisó porque tenía miedo de que tu Ma huyera contigo.

Esa era una de las partes que no debías oír. Es duro imaginarte que entregaran a tu Ma a una niña blanca para que jugara con ella como con una mascota, pero así fue. Ma me había contado que, por entonces, cuando no trabajaba en los campos, cuidaba de esa niña llamada *Señita*.

Ma dijo:

—A mamá no le hizo ninguna gracia pero ¿qué podía hacer? Íbamos a estar fuera tres meses. Yo nunca me había separado de mamá, así que estaba muerta de miedo y no hacía más que pensar que no volvería a verla.

En esta parte, la mano de Ma dejaba de moverse.

—Me llevaron a una ciudad pequeña de Michigan llamada Flint. El amo tenía un hermano que era propietario de un aserradero de allá y pasamos un tiempo con él en Detroit. Recuerdo que la señora

Wright nos llevó al río y señaló a lo lejos y le dijo a la *señita*: "Aquello de allí es Canadá. Es otro país distinto lleno de extranjeros".

Ma le dijo a la señora Holton:

—No sabes el chasco que me llevé cuando miré a lo lejos y vi Canadá. No parecía distinto por ninguna parte. Mamá y los demás no hacían más que decir que era el paraíso terrenal, pero yo no le vi nada diferente, y eso que estaba a menos de un kilómetro.

La señora Holton exclamó:

—¡Ooh, chica, a nosotros nos decían lo mismo: el paraíso terrenal!

Ma continuó:

—En fin, que a mí me pareció que pasamos en Flint dos años enteros, pero a los tres meses volvimos para casa. ¡El viaje se me hizo eterno! Una hora o así después de salir, la *señita* empezó a preguntar si ya habíamos llegado ¡y se pasó días preguntándolo! Cuando aún estábamos en la carreta y faltaban unos tres kilómetros para llegar a la plantación, reconocí los alrededores y me puse tan nerviosa como la *señita*. La señora Wright me dijo: "Sarah, deja de hacer el tonto y estate quieta". Yo dije: "Perdone, señora, ¡es que tengo muchas ganas de ver a mi mamá!". La señora Wright dijo: "Bueno, será lo primero que hagas mañana. Aún hay mucha luz y puedes trabajar en el establo, y esta noche quiero que te quedes con la *señita*. Se ha puesto pachucha con tanto viaje". Sabía que era una insolencia, pero dije: "Por favor, señora, ¿puedo ir a ver a mi mamá solo un minuto?". Fue como si le pidiera la luna. Del bofetón casi me tira de la carreta. Dijo: "Si dices una sola palabra más te tengo saltando a la pata coja una semana". El amo le dijo: "Gwen, deja que la chica vaya al campo a ver a su Ma. Le doy quince minutos". La señora Wright replicó: "James, eres demasiado blando con tus negros. Si sigues así, algún día te va a costar la vida. Acuérdate de lo que te digo".

—Uh, uh, uh —dijo la señora Holton.

Ma exclamó:

—¡Me sentí tan feliz! Después de meter a la *señita* en la cama se lo dije a la señora Wright y ella miró el reloj y dijo: "Quince minutos. Si tardas un segundo más, te parto el alma a bastonazos". No había corrido más aprisa en toda mi vida, Emeline. Vi a mamá agachada en el campo a menos de un kilómetro y sentí que volaba hacia ella.

Aquí era donde Ma volvía a frotarse la mejilla izquierda.

La señora Holton tocó el hombro de Ma.

Ma se echó a reír y dijo:

—Señor, si hubiera sabido lo que iba a pasar, no hubiera tenido tantas ganas de verla. Mamá me oyó gritar, dejó caer su carga y corrió tanto como yo. Me pareció que nadaba, porque lo veía todo entre lágrimas. Ma se rodeó a sí misma con los brazos.

¡Ay, cómo me abrazó! Me dijo: "¡Niña, niña, niña! ¡Todas las noches he *rezao* para que volvieras y acá estás! ¡Mira lo que has crecido!". Me besaba tanto que yo ya no sabía si la humedad de mi cara era por las lágrimas o por los besos. Luego me preguntó cómo era el norte. Yo dije: "Igual que esto pero con más árboles, y sin tabaco". Entonces solté que había visto Canadá. Chica, en cuanto se lo dije se puso rígida y supe que había hecho algo mal. Primero pensé que la señora Wright me había seguido con disimulo y me había oído decir Canadá. Solo por decirlo nos pegaban. Pero no era eso. Después, solo sé que el brazo de mi mamá se desenroscó como una serpiente de cascabel y que me pegó. Fuerte. Hasta entonces solo me había tocado con amor, pero Dios sabe que no hubo amor en aquel golpe.

La señora Holton le frotó la espalda más fuerte.

Ma dijo:

—Me aparté de un salto, con demasiado miedo y demasiada sorpresa para llorar. No hacía más que decir: "Mamá... ¿por qué?". Ella me miraba con unos ojos que no le había visto jamás. Dijo: "¿Qué clase de chalada he *criao*? ¿Estabas tan cerca de Canadá como para verlo y ahora estás aquí?". Yo dije: "¡Pero, mamá, si me hubiera ido, no te habría vuelto a ver!". Ella me pegó otra vez y dijo: "¿Llegas a las puertas del Paraíso y te vuelves para atrás por verme a mí? ¿Por qué te has *pensao* que yo quiero verte sabiendo las...?".

Ma miró hacia la parte de atrás antes de seguir:
—"... sabiendo las malditas cosas que el amo tiene preparadas para ti? ¿No te hueles para qué está esperando a que seas mayor? ¿Eres tan sonsa que no entiendes que vale la pena no verme más para librarte de eso?" —Ma continuó—: Yo solo pude decir: "Pero, mamá, no pensé en eso. Yo solo quería volver a...". Mamá me agarró por el cuello del vestido y se me acercó tanto que vi las chispas que echaba por los ojos y olí lo que había desayunado por la mañana y sentí las salpicaduras de su boca. Dijo: "Chica. Si esos te vuelven a llevar cuando sea... cuando sea al norte y tú no intentas escaparte a Canadá, te juro por lo que más quiero que te retuerzo el pescuezo yo misma y no lo siento más que si fueras una de sus gallinas. Porque si te vuelven a llevar a Detroit y no te vas a Canadá, no tienes más derecho a vivir que una de ellas. No tienes más seso que uno de esos pajarracos que se contentan con dar vueltas por ahí hasta que los sacrifican. Si tienes otra *oportunidá* y no la aprovechas... o no te mueres en el intento... te juro, chica, que te mato yo misma en cuanto vuelvas".

Ma dejó de mover la mano a lo largo de su mejilla y levantó tres dedos.

—Ahí fue cuando me dio el tercer bofetón —Ma sonrió—: Después de eso tuve el buen juicio de quedarme callada. Vino gente para separarla de mí. Recuerdo que ella gritaba y lloraba y me echaba maldiciones mientras la arrastraban de vuelta al trabajo. Supe que no mentía. Dos años después me volvieron a llevar a Detroit, y cuando besé a mamá supe que no la vería más.

La señora Holton siguió frotando la espalda de Ma y dijo:

—Sarah, voy a decirte unas palabras que le oí a una mujer sabia: "En nuestro interior hay algo tan fuerte que te hace volar".

Ma abrazó a la señora Holton y exclamó:

—¡Bieeen! ¡Espero que aprecies a esa mujer, porque desde luego parece sabia!

Las dos se rieron y la señora Holton dijo:

—Chica, claro que la aprecio. No sabes cuánto. La quiero como a una hermana.

Se quedaron abrazadas hasta que Pa detuvo la calesa.

Estar todo el día sentados en la iglesia nos había abierto el apetito, así que comimos antes de jugar a abolicionistas y negreros. La gente seguía dándole comida a la señora Holton para consolarla, por lo que llevó montones de platos. Ma había preparado pollo frito y un par de tartas.

Extendimos las mantas y nos sentamos a comer.

Estar cerca del lago y oír el sonido del agua al chocar contra la arena era lo más pacífico que pueda imaginarse. Si no hubiera sacado una pajita larga y no hubiera tenido que ser abolicionista, habría comido y me habría echado la siesta allí mismo, pero no podía perder la ocasión de cargarme a unos cuantos negreros, aunque solo fueran Penélope y Sidney fingiéndose blancos.

Ma y la señora Holton nos dieron grandes raciones de cosas estupendas y Ma troceó su tarta de melocotón y la repartió entre todos.

Hacia media comida vi que Pa apilaba un montoncito de arena cerca de un hoyo que excavaba sin moverse del sitio. No pensé nada especial hasta cinco minutos después, cuando señaló unos álamos gigantes y preguntó:

—¿Será eso de ahí un águila calva?

Esas águilas no suelen volar tierra adentro tanto como para llegar a Buxton, así que todos miramos hacia los álamos.

Nadie vio nada, y Pa dijo:

—Con tanto alboroto, se habrá asustado.

Miré a Pa y vi que el hoyo que había excavado ya no estaba. Lo había cubierto de nuevo con arena. Fue entonces cuando noté que su trozo de tarta había desaparecido.

Pa se dio cuenta de que yo sumaba dos y dos y suponía dónde había ido a parar la tarta. Se inclinó hacia mí y susurró:

—Antes de irnos vuelves aquí, la sacas y la entierras en un sitio más hondo. No está bien dejarla medio enterrada para que cualquier pobre animal muerto de hambre la desentierre y se muera del todo de una forma lenta y terrible.

Me reí sin querer, pero entonces los chicos corrieron tras un risco y Cúter gritó:

—¡Socorro! ¿Está por ahí mi abolicionista? ¡Los negreros estos me van a arrastrar de nuevo a la *esclavitú*! ¡Socorro!

Pedí que me disculparan para ir corriendo en ayuda de Cúter ¡y cargarme de paso a unos cuantos negreros!

Mantener vivo al señor John Holton

Días más tarde, después de la cena, uno de los gemelos de la señora Mae llamó a la puerta. Yo abrí.

—Buenas tardes, Eli.

—Buenas, Eb.

—El señor Leroy dice que te diga que no vayas
hoy donde la señora Holton.

Eso era raro. Se suponía que iba a seguir ayu-
dándole.

—¿Te ha dicho por qué?

Eb dijo:

—Qué va, ya le conoces, habla poco. Solo dice
que te pases antes por la serrería.

—Gracias, Eb. Da recuerdos a tu Pa y a tu Ma de mi parte.

Cuando llegué a la serrería me encontré al señor Leroy y al señor Polite sentados junto a un trozo de madera recién cortado de más o menos un metro de largo por treinta centímetros de ancho. El señor Polite dijo:

—Aquí está. Buenas tardes, Eli.

—Buenas tardes, señor Polite. Buenas tardes, señor Leroy.

El señor Leroy dijo:

—Buenas, Elías. Quiero que mires lo que dice aquí antes de grabar nada. La señora Holton quiere ponerlo en su puerta, y yo no le grabo nada a nadie hasta que alguien que sepa leer me diga si está bien. La gente te pide que les grabes algo y, cuando lo acabas y alguien se lo lee y ven que es un galimatías, dicen que nanay de pagar, y el que ha perdido el tiempo he sido yo. Así que mira si está bien lo que pone.

Estaba claro que aquello le sacaba de sus casillas, porque había hablado lo que no hablaba en un mes. Me dio un papel con escritura desigual y llena de tachones, y yo leí:

—*"Estas palabras son para que nadie se olvide nunca a mi amado esposo John Holton que lo azotaron hasta morir y que lo mataron el siete de mayo de 1859 solo porque quiere ver cómo son su familia al lograr ser libres. Descansa tranquilo al sabiendo que su familia lo logran ser. El cuerpo no dura para siempre pero en el interior de todos nosotros hay algo tan fuerte que volará siempre".*

Le dije al señor Leroy:

—Señor, es necesario cambiar algunas cosas. ¿Cuánto puedo reflexionar antes de dárselo?

El señor Polite dijo:

—¿Reflexionar? ¡No sé yo qué hay que reflexionar si te defiendes con lo de leer y escribir! Si lo que ha puesto no suena bien, porque no suena bien, pues se cambia y ya está.

Y, dirigiéndose al señor Leroy, añadió:

—Mira que te lo he dicho, ¿eh?, te he dicho que era mejor llamar a la chiquita de Collins. Esa sí que es lista, esa. Este no llega ni a medio tonto.

El señor Leroy dijo:

—Espera, Henry, el chico dice que necesita tiempo y yo se lo voy a dar. La señora Holton ya ha sufrido bastante. No necesita sufrir más por tener un galimatías *colgao* de la puerta.

Les enseñé a Pa y Ma el papel de la señora Holton y ellos me dijeron que era un gran honor que me hubieran encargado escribirlo y que lo hiciera lo mejor posible.

Pa dijo:

—Vas a tener que ayudarla a resumir un poco, Elías. Su dolor es demasiado reciente y no la deja expresarse bien.

Ma añadió:

—El pobre señor Leroy va a tener que pasarse años grabando para escribir todo eso. ¡Pero cuidado, niño, que algunas de sus palabras son mías!

Pensé en ello durante el resto de la semana. Llené páginas y más páginas de mi cuaderno tratando de encontrar las palabras adecuadas para la señora Holton. Pensaba en ello cuando se suponía que debía estar estudiando o haciendo mis tareas. Me venía a la cabeza hasta cuando pescaba a pedradas, haciendo que la pesca fuera tan molesta para mí como para los peces. Sólo acerté cuatro de veinte. Lo que es peor, mandé a dos bamboleándose al fondo con los sesos como huevos revueltos.

Más o menos a la semana el señor Leroy perdió la paciencia y me dijo:

—Empiezo a estar de acuerdo con Henry Polite. No creo que cueste tanto cambiar unas palabras. La señora Holton no hace más que preguntarme por su placa. Después de cenar vas al campo y me llevas lo que sea, para empezar de una vez. Y escribe claro.

Se me quitó el apetito, pero al fin conseguí escribir algo después de la cena. Antes de dárselo al señor Leroy fui corriendo a casa del señor Travis para preguntarle si había alguna falta gorda. Él cambió dos palabras, tachó tres, mejoró la puntuación y dijo:

—Excelente trabajo, señor Freeman, excelente trabajo.

Pa y Ma me dijeron que les gustaba. El señor Leroy se limitó a soltar un gruñido, pero en él era mucho decir.

Le llevó bastante tiempo grabar todas las letras en la madera, y el día en que lo dio por terminado me lo enseñó. ¡Había quedado precioso! Dijo:

—Le gusta mucho tener cosas bien hechas, no quiere nada insulso, por eso lo he *decorao* un poco.

En las tres primeras esquinas había puesto un árbol, un pájaro y unas olas; en la cuarta, el sol y la luna. Había incluso una cinta por alrededor, tan bien hecha que parecía de verdad. El señor Leroy me dejó llevar la placa donde la señora Holton, y empezó a clavarla en la puerta.

En cuanto clavó el primer clavo, la señora Holton salió para ver a qué venía tanto alboroto.

—Buenas tardes, Leroy. Buenas tardes, Elías.

El señor Leroy y yo respondimos:

—Buenas tardes, señora.

El señor Leroy dijo:

—Perdone, hermana Emeline, pero le he pedido al chico que cambiara algunas palabras. Es que era muy largo.

Ella salió fuera, miró la placa y preguntó:

—¿Ah, sí? ¿Y ahora qué pone?

Cuando se lo leí, sonrió y dijo:

—Es justo lo que quería decir, Elías. Gracias de todo corazón. Y gracias de corazón a usted también, señor Leroy, por hacer un trabajo tan fino. Me encantan las cosas que le ha puesto en las esquinas, ¡le da importancia! Disculpen un momento.

La señora Holton volvió a entrar en casa. Supuse que iba a buscar dinero para pagarle al señor Leroy, pero cuando volvió llevaba en las manos una caja de madera tallada, muy lujosa.

Rebuscó en el bolsillo de su delantal ¡y me entregó nada menos que una moneda de cinco centavos! ¡Me pagaba por dar con unas palabras y escribirlas en un papel!

Yo apreté la moneda con mucha fuerza y dije:

—¡Gracias, señora!

Pero antes de guardármela en el bolsillo escuché lo que me iban a decir Pa y Ma.

Abrí la mano y la extendí en dirección a la señora Holton.

—No puedo aceptar dinero de nadie, señora.

Ella me envolvió los dedos con su mano para encerrar otra vez la moneda en mi puño.

—Insisto, Elías. Si no la quieres, la tiro al jardín. Ya le diré a tu Ma que te he obligado yo.

¡Con eso me bastaba y me sobraba! Pa y Ma pensarían que tirar el dinero era peor que aceptarlo por haber hecho un favor. ¡No tenía por qué preocuparme!

Entonces la señora Holton miró al señor Leroy y dijo:

—Señor, esto es para usted.

Le tendió la caja de madera.

Él arrugó un poco la frente.

—Hermana Emeline, le agradezco que quiera darme esta caja. Está muy bien hecha. Y para aliviar su pérdida, me gustaría poder decirle que estamos en paz, pero por ahora no puedo aceptar más que dinero. Le ruego que me perdone si le parezco un descarado, señora, no es mi intención, pero *usté* y yo sabemos lo que es tener un pariente esclavizado allá en casa, ya me entiende.

La señora Holton dijo:

—Claro que le entiendo. Tenga. Ábrala.

El señor Leroy tomó la caja y abrió la tapa; tanto él como yo tragamos tanto aire como si nos hubieran metido de golpe en un barril de agua helada.

A él le empezaron a temblar las manos, rompió a sudar y puso cara de que le dolían las tripas una barbaridad. Se agarró el brazo izquierdo y susurró:

—¡Señora Holton! ¿Qué es esto?

Ella contestó:

—Son dos mil doscientos dólares en oro, señor Leroy. Es con lo que iba a comprar a John Holton. Ahora usted lo necesita más que yo.

El señor Leroy se quedó sin habla. Las piernas le flaquearon y acabó arrodillándose en el porche. Dijo:

—Señora Holton, esto de aquí son mi mujer y mis dos hijos. No... no... no podré devolvérselo...

—Ni pretendo que lo haga.

232

La señora Holton se le acercó y él se abrazó a sus piernas como un náufrago a una tabla de salvación.

Seguía farfullando:

—No podré devolvérselo, no podré devolvérselo...

Era terrible de ver. Toda la madurez de la que tan orgulloso me sentía se me escabulló como un conejo y volví a ser frá-gil de nuevo. Ver llorar a alguien tan fuerte y tan duro como el señor Leroy me volvió el mundo del revés.

Solo sé que acabamos berreando los tres en el porche de la señora Holton, que ella me atrajo hacia sí y que debíamos de hacer un maldito cuadro.

El señor Leroy dijo:

—Hermana Emeline, ya tenía ahorrado mil ciento noventa y dos dólares con ochenta y cinco centavos. No creo que necesite todo esto, pero le juro que se lo devolveré, se lo juro. Y no tendrá que preocuparse durante el resto de su vida por los trabajos que deba hacer en su finca.

El señor Leroy ni siquiera se enjugó las lágrimas. Siguió llorando, pero empezó a sonreír.

—¡Ya verá cuando conozca a mi chico mayor, Ezequiel! Ya era fuerte cuando lo vi por última vez hace cuatro años, ¡ahora que tiene quince, estará hecho un toro! Nos tendrá siempre a su entera disposición, señora, ¡se lo juro! ¡Le devolveremos hasta el último centavo! Gracias, gracias...

La señora Holton dijo:

—Señor Leroy, sé que me lo devolverá, pero con oír esa Campana de la Libertad cuando su mujer y sus hijos lleguen a Buxton me consideraré pagada.

Se sonó la nariz con el pañuelo que sostenía y añadió:

—Elías, léeme otra vez lo que pone.

Me había costado tanto escribirlo que no tuve ni que mirar la placa de la puerta de la señora Holton. Me sorbí un poco la nariz y recité:

A mi amado esposo John Holton,
que falleció el 7 de mayo de 1859
pero sigue vivo.

El cuerpo no perdura,
mas su infinita fortaleza interior
volará siempre.

Ella dijo:

—Eso era, Elías. Hijo, no dices más que la verdad.

Creo que los tres pensamos que los otros dos iban a seguir berreando a menos que nos separásemos. La señora Holton fue la primera en desenredarse del grupo de llorones cuando sus dos hijas nos vieron y empezaron a berrear también. Besó mi cabeza y la del señor Leroy y cerró su puerta con suavidad.

Tenía que marcharme. Se estaba haciendo tarde y no quería líos con Ma, así que dejé al señor Leroy sentado en los escalones con la cara apretada contra la caja.

¡Volví a casa corriendo para contarles a Pa y Ma la buena noticia!

EL PREDICADOR SE SALE CON LA SUYA

Al día siguiente llamaron a la puerta muy temprano. Oí que Pa invitaba a pasar al señor Leroy y fui a saludarle.

—Buenos días, Pa. Buenos días, señor Leroy.

Los dos me contestaron:

—Buenos días, Elías.

El señor Leroy aferraba el sombrero con las manos, y parecía que había estado arrastrándose por el barro. Le dijo a Pa:

—Necesito hablar contigo, Spencer.

Pa dijo:

—Elías, discúlpate.

El señor Leroy dijo:

—No, Spencer, Elías y yo somos compañeros de trabajo. El chico ha demostrado que es muy maduro, y prefiero que se quede, si no te importa. Ni aunque viva cincuenta años me olvidaré de aquello. ¡Era la primera vez que me llamaban maduro! ¡No me lo esperaba hasta dentro de seis o siete meses por lo menos!

Pa dijo:

—Ponte cómodo, Leroy —él se sentó en la mecedora y señaló la silla blanda para mí.

El señor Leroy dijo:

—¿Te ha *contao* Elías lo de anoche?

Pa no le dijo ni que sí ni que no. Se meció suavemente y preguntó:

—¿Qué pasó, Leroy?

¡Qué orgulloso me sentí de Pa! Hasta que el señor Leroy no le hizo esa pregunta no se me ocurrió que quizá no se lo debería haber contado a Pa y Ma. Quizá el señor Leroy se avergonzara si yo le contaba a la gente que había aceptado el oro de la señora Holton. Pero Pa no le dijo que me había ido de la lengua.

—No me importa que te lo haya dicho, Spencer —dijo el señor Leroy—. Está muy bien educado y sé que al chico le gusta hablar, pero no es ningún correveidile. Además, sé que hay cosas que los hijos deben contar a sus padres.

Eso de ser maduro era mucho más difícil de lo que me creía. ¿Cómo había sabido Pa que no debía decirle nada? ¿Cómo sabía el señor Leroy que haberlo contado era precisamente lo que me preocupaba?

El señor Leroy dijo:

—La señora Holton me ha dado dinero suficiente para comprar a mi mujer y a mis hijos, Spencer.

Pa dijo:

—Es una noticia magnífica, Leroy.

Entonces el señor Leroy fue y me arruinó toda la madurez de la charla:

—Sí, Spencer, no sé cómo se lo voy a... cómo se lo voy a... —y empezó a berrear de nuevo. Se cubrió la cara con el sombrero y sollozó. Y, maldita sea, seguro que me lo pegaba.

Pa me miró y ladeó la cabeza en dirección a mi cuarto. Salí de la salita y me quité de la vista, pero me quedé lo bastante cerca como para oír. Al fin y al cabo, el señor Leroy había dicho que era maduro, y yo sé que a los maduros les encanta escuchar a escondidas de vez en cuando.

Pa no dijo ni pío. Los chirridos de su mecedora contra el suelo conservaron el mismo ritmo a pesar de que el señor Leroy seguía llorando. Pa se limitaba a esperar a que el hombre volviera a estar en sus cabales.

Después de un rato, el señor Leroy dijo:

—Te pido disculpas, Spencer. Esta noche no he podido pegar ojo, y es como si la cabeza se me fuera para cinco sitios distintos a la vez. Ahora que sé que va a venir mi familia, no hago más que angustiarme pensando en todas las cosas malas que pueden pasar.

Pa dijo:

—No tienes por qué disculparte, Leroy. Esto es muy duro para ti.

Al señor Leroy le temblaba la voz, como si fuera en un carromato por un mal camino. Dijo:

—He *trabajao* día y noche durante cuatro años. Cuatro años. No esperaba ahorrar lo necesario hasta dentro de dos años más, Spencer. Iba a comprar primero a Ezequiel, y entonces él y yo hubiéramos *trabajao* juntos para comprar a mi esposa y a mi hija, pero el dinero de la señora Holton lo cambia todo. No estoy *preparao*. No sé a quién acudir para que traiga a mi familia. ¿Te tratas aún con alguien del Ferrocarril Clandestino?

Pa dijo:

—Lo conseguiremos, Leroy. Hablaré con unas personas de Chatham para ver qué podemos hacer. No te preocupes, lo conseguiremos.

En ese momento oí que el Predicador decía a través de la puerta mosquitera:

—¿Spencer? He visto que tienes abierto. ¿Estás levantado ya?

Pa se puso en pie como un rayo y se acercó a la puerta. Dijo:

—Buenos días, Zeph.

Luego salió al porche y cerró la puerta tras de sí. No se oía nada de lo que se decían.

Al rato, el señor Leroy gritó:

—¡Spencer, ¿puedes decirle que entre, si no te importa?!

Pa y el Predicador entraron en la salita.

—Vaya, buenos días, Leroy. He echado de menos tu hacha esta mañana, supongo que te has tomado un día de descanso.

El señor Leroy dijo:

—No, Zephariah, hoy es un día maravilloso. He conseguido el dinero para comprar a mi familia.

El Predicador exclamó:

—¡Alabado sea Dios! ¡Sí que es un día maravilloso! Ya entiendo por qué tienes tan mala cara.

El señor Leroy dijo:

—Hablábamos de cuál sería el mejor modo de traer a mi familia.

El Predicador preguntó:

—¿Y cuál es la conclusión?

Pa dijo:

—Yo conozco unos tipos en Chatham que pueden ayudarnos.

El Predicador preguntó:

—¿No serán los hermanos Abram?

Pa respondió:

—Vaya, pues sí, esos mismos.

—No lo debes de saber, hermano Spencer, pero su padre enfermó cuando estaba en Nueva York y ellos se fueron para allá hace unos seis meses.

El Predicador soltó un largo suspiro y añadió:

—Supongo que lo mejor será esperar a que llegue gente por medio del Ferrocarril. Tardaremos más, pero no creo que sea mucho. Tres o cuatro meses a lo sumo.

El señor Leroy debía de pensar lo mismo que yo, ¡tres o cuatro meses podían resultar tan largos como tres o cuatro años! Oí el chirrido de su silla contra el suelo cuando se levantó de un salto. Dijo:

—¡No puedo esperar tanto! ¡Tiene que haber algo más rápido!

Pa contestó:

—No sé, Leroy, llevas mucho tiempo esperando. Es preferible que esperemos un poco más y lo hagamos bien.

—¿Pero tres o cuatro meses? ¡Uh, uh! ¡No! ¡Es demasiado! No le he *contao* esto a nadie y me gustaría que no saliera de aquí, pero desde hace un año no me encuentro bien. Me da la impresión de que estoy enfermo, y no se me quita. Ni siquiera sé si podré aguantar tres o cuatro meses más, Spencer.

El Predicador se rió y dijo:

—Hermano Leroy, lo único que te pasa es que trabajas demasiado. ¡Si estás hecho un roble! Ningún enfermo podría mover un hacha como lo haces tú.

El señor Leroy dijo:

—Zephariah, no puedo esperar. Quizá si tú me acompañas, podría ir a Estados Unidos, a Detroit, y hablar con unas personas de allá. Sé que conocen a gente blanca que se encarga de estas cosas.

Pa dijo:

—Leroy, no creo que...

El Predicador dijo:

—Vaya, ahora que mencionas Michigan, he recordado que hay una aldea maderera a menos de una hora de Detroit donde vive un blanco que ayudó a la señora Lewis a comprar a su marido en Carolina del Sur. Lo conozco personalmente. John Jarvey, una bellísima persona.

El señor Leroy dijo:

—¡Ya me acuerdo! ¡Fue hace cuatro años! ¿Y aún vive allá?

—Leroy, hace dos meses que fui a verlo y que cené en su casa. Porque me has pillado por sorpresa, que si no me hubiera acordado antes. Y aún sigue haciendo arreglos para comprar gente. Se encarga él mismo. Finge que compra esclavos para su plantación y después los lleva a Michigan ¡y los hace desaparecer por arte de birlibirloque!

El señor Leroy dijo:

—Esa es una de las cosas que más miedo me da. Cómo el amo Dillon descubra que el que quiere comprar a mi familia soy yo, doblará el precio o no los querrá vender. Zephariah, ¡llegas como caído del cielo!

El Predicador dijo:

—Quita, Leroy, estaba escrito que así debía ser. Es el Señor quien maneja los hilos. Te está recompensando por tus buenas obras; solo te da lo que te mereces.

Pa no dijo nada. Pero en cuanto oí la palabra "mereces" supe que se iba a oponer. Según él, "mereces" es una de esas palabras de serpiente de cascabel que anuncian un mordisco traicionero.

El señor Leroy dijo:

—Zephariah, ¿crees que puedes hablar con ese hombre y hacer los arreglos necesarios?

El Predicador contestó:

—Leroy, no me ofendas. No necesitas ni preguntarlo. ¿Crees que no estoy pensando ya en cómo posponer ciertos negocios que tengo entre manos para irme de inmediato?

El señor Leroy dijo:

—No quería ofenderte, Zeph. Es que no he dormido nada y estoy con el alma en un hilo.

El Predicador dijo:

—Lo entiendo. Ya sabes que esto le va a generar unos gastos al señor Jarvey, ¿verdad?

—¿Cuánto querrá ese hombre, Zeph? ¿Cuánto necesitarás tú?

—Yo no quiero nada. Mi recompensa será ver a tu familia en el Asentamiento mientras repica la Campana de la Libertad. Y el señor Jarvey es un hombre blanco muy honrado, sólo cobra lo que se gasta. De todas formas, me convendría llevar unos cien dólares para sus gastos, además de lo que haga falta para comprar tu familia.

Supe lo que estaba haciendo el Predicador cuando de repente chilló:

—¡Alabado sea Dios, "comprar tu familia", llevo años sin oír palabras tan bellas, hermano Leroy!

Supe que había levantado los brazos por encima de la cabeza y que los agitaba locamente en dirección al techo.

Pa seguía callado, pero cuanto más se alargaba la conversación, más me parecía verle arrugar el ceño.

El señor Leroy preguntó:

—¿Cuándo empezaremos?

El Predicador contestó:

—Me voy ahora mismo a dejar en suspenso un asunto que tengo en Chatham. Si lo preparas todo, puedo irme al mediodía, a primera hora de la tarde como mucho.

El señor Leroy dijo:

—Y prepararé también un extra para ti, Zeph. No te pido que hagas esto por nada.

El Predicador ya había salido, pero abrió de nuevo la puerta mosquitera y dijo:

—Leroy, no soy capaz de aprovecharme de la desgracia de nadie, y menos tratándose de alguien tan respetable como tú. Voy a ver si el señor Segee me puede dejar un caballo. ¡Cuanto antes acabemos, antes repicará la Campana de la Libertad!

Cuando se fue, volví a entrar en la salita y Pa no me obligó a marcharme: estaba pendiente del señor Leroy.

—¡Te estás precipitando, Leroy! Debes tener cuidado. Has dicho que comprar tu familia cuesta mucho dinero, y el dinero vuelve loca a la gente.

El señor Leroy contestó:

—¿Que me estoy precipitando? Spencer, llevo cuatro años esperando, ¡cuatro años! Nada de esto es precipitado. Zeph lleva razón, las cosas no encajan así sin motivo. Detrás de esto hay algo, algo que trata de enderezarlo todo.

Pa dijo:

—Solo te aconsejo que seas precavido, Leroy. No quiero hablar mal de nadie pero ¿qué sabemos en realidad de Zephariah? Él es el único que se llama a sí mismo predicador, y yo no he visto nada de santo en ese hombre. Estás a punto de entregarle el dinero de cinco o seis años de trabajo. Es una tentación para cualquiera.

El señor Leroy dijo:

—A veces hay que tener fe, Spencer. A veces hay que creer.

Pa dijo:

—Yo hablo de lo que vemos, de lo que sabemos, no de nuestras creencias. Sabemos que Zeph no vive en el Asentamiento, sabemos que no tiene un trabajo fijo, sabemos que ha desaparecido muchas veces. Presume de esa pistola de cien dólares que sabe Dios de dónde ha salido, sabemos que es más listo que el hambre, y sabemos que es muy joven, tremendamente joven. Deberíamos enterarnos de mucho más antes de darle ese dinero y cargarle con esa responsabilidad.

El señor Leroy dijo:

—Ya ves que te he escuchado, Spencer, pero como te he dicho, a veces hay que creer.

Pa dijo:

—Esto no es cuestión de creer o no creer, Leroy. Es cuestión de que añoras tanto a tu familia que eres incapaz de pensar con claridad. No me gusta suplicar, pero te suplico que reflexiones y que no te precipites. Zeph tiene demasiada prisa.

El señor Leroy contestó:

—Te lo he dicho y te lo repito, Spencer, no me queda tiempo.

Me miró a mí y dijo:

—Elías, tú le conoces. ¿Se puede confiar en él?

Pa no me dejó ni contestar:

—Leroy, un muchacho no puede juzgar algo así. No tiene más que once años. No es capaz de ver el corazón de las personas.

El señor Leroy se levantó y afirmó:

—Spencer, estoy decidido. Sé que tú haces lo que crees que está bien y agradezco tu interés, pero no tengo elección.

Pa se levantó también, para impedirle el paso al señor Leroy.

Se miraron fijamente. Yo aguanté por un momento la respiración.

Por fin, Pa dijo:

—Está bien. Pero déjame pedirte una cosa, algo que al menos a mí me tranquilizará un poco.

El señor Leroy contestó:

—Por escuchar no se pierde nada.

Pa dijo:

—Lo único que te pido es que Zephariah no vaya solo. Deja que le acompañe alguien, alguien en quien confiemos todos.

Después de pensarlo un momento, el señor Leroy respondió:

—No me parece mal. ¿Quién?

—Sabes que yo no puedo. No tenemos papeles, y Michigan está plagado de cazadores de esclavos. Pero Theodore Highgate tiene los documentos en regla y, como aún no se le ha curado del todo la mano, no perderá días de trabajo. Voy a decírselo.

—Has elegido bien.

Pa abrió la puerta mosquitera y salió para ponerse los zapatos. Dijo:

—Espera aquí, Leroy. Volveré enseguida. Prométeme que no harás nada hasta que vuelva.

—Date prisa, Spencer. Esperaré.

Pa fue corriendo a casa de los Highgate.

El señor Leroy volvió a sentarse y me dijo:

—Elías, quizá tu Pa tenga razón, quizá no debería confiar tanto en Zeph.

Me agarró por los brazos, me miró con atención y añadió:

—Tú pasas más tiempo con él que cualquier otro de por aquí. ¿Crees que sería capaz de robarme el dinero?

Tenía que reflexionar. Al hacerme aquella pregunta de adultos, el señor Leroy me demostraba mucho respeto y me cargaba con una gran responsabilidad. No quería darle una respuesta precipitada. No quería equivocarme, así que lo pensé bien.

Recordé todo lo que no me gustaba del Predicador. Recordé lo marrullero que había sido con mis peces, recordé los cuentos chinos que les contaba a los nuevos, recordé que pensaba hacerme viajar con aquel mago, sir Charles. Todo lo malo me vino a la cabeza, pero también recordé todo lo bueno. Que había liberado al MaWi real, que había buscado por los bosques cuando vinieron los cazadores de esclavos y que le había contado a todo Buxton los dones que me había concedido el Señor. Por todo eso deduje que debía de tener buen corazón.

¿Podía haber algo peor que robar el dinero para liberar de la esclavitud a los parientes de alguien? Desde luego que había visto al Predicador hacer cosas feas, pero no creía que nadie fuera capaz de hacer algo tan ruin y tan rastrero.

No podía tener tan mal corazón; nadie que supiera lo mucho que había trabajado el señor Leroy sería capaz de hacerle algo así. Solo un demonio podría ser tan maligno, y aunque el Predicador arrastraba todo un cargamento de cosas que te hacían dudar, nadie ponía en duda que era un hombre.

El señor Leroy me dio un meneo y me preguntó:

—¿Hijo? ¿Crees que ese hombre me va a robar?

Yo le contesté:

—No, señor. Creo que el Predicador no haría nunca una cosa así. Nunca.

El señor Leroy no dijo nada más. Me soltó y se puso a mirar por la ventana.

Poco después Pa entró en tromba en la salita y dijo:

—Theodore dice que se sentirá muy honrado de llevar tu dinero a Michigan.

El señor Leroy y Pa se dieron la mano.

Oí el galope de un caballo y salí corriendo al porche.

El Predicador, montado en Champion, se detuvo delante de casa. Me preguntó:

—¿Sigue aquí el hermano Leroy, Elías?

—Sí, señor.

Pa y el señor Leroy salieron al porche.

El Predicador dijo.

—Hermano Leroy, reúne el dinero, yo volveré tan pronto como pueda. Con este caballo tardaré menos.

Pa dijo:

—Espera un momento, Zeph. Theodore Highgate va ir contigo a Michigan.

Vi un destello en los ojos del Predicador, pero lo que dijo fue:

—Vaya, pues muy bien. Va a retrasar un poco las cosas, pero de acuerdo.

El señor Leroy dijo:

—He pensado en ello, Zeph, y creo que es mejor que sean dos personas las que vigilen el dinero; así uno hará de guardaespaldas del otro.

El Predicador desmontó de un salto y dijo:

—¿Solo se trata de eso, Leroy? Porque si lo que te preocupa es que me lleve el dinero yo solo, no me opongo a que me acompañe todo Buxton. En fin, lo que quiero es que no te preocupes por nada. Quiero que descanses y que sepas que puedes confiar en mí.

Se desabrochó la lujosa pistolera con la misteriosa pistola y se la tendió al señor Leroy.

—Toma. Ya sé que no cuesta ni por asomo lo que vas a pagar por tu familia, y que ni de lejos es tan valiosa, pero sabes lo que siento por esta pistola. Tú serás el primero en tocarla desde que la encontré. Sabes que no la abandonaría aquí.

El señor Leroy contestó:

—No hace falta que me la dejes, Zeph, confío en ti.

El Predicador empujó la pistolera contra el pecho del señor Leroy.

—Yo también confío en ti. Confío en que me la guardes hasta que vuelva para decirte que todo va bien —sonrió—. Y también confío en que no la dejes caer al agua.

El señor Leroy contestó:

—Zeph, no es que no te lo agradezca, pero me sentiré mejor si vas armado.

El Predicador se abrió el chaleco, le enseñó la vieja pistola que me había dejado disparar una vez y dijo:

—Bueno, no te preocupes por eso, hermano Leroy. No voy a meterme en ese nido de víboras con las manos vacías.

El señor Leroy contestó:

—En ese caso, Zeph, date prisa. Te aseguro que no acercaré jamás tu pistola al agua.

El Predicador le dijo a Pa:

—Dile al hermano Theodore que volveré a eso del mediodía. Y dile que le pida un caballo fuerte al señor Segee. Es un viaje largo.

El Predicador volvió a montar en Champion y salió para Chatham como una exhalación.

Pa se quedó mirándolo y dijo:

—Ojalá no fuese así, pero esto me da mala espina.

Malas noticias de una aldea de Estados Unidos

Cuando más despacio transcurre el tiempo es cuando esperas que alguien te traiga noticias. Se corrió la voz de que el señor Leroy podía comprar a su familia y, mientras aclarábamos el campo de la señora Holton, venía a vernos todo tipo de gente para saludarle y desearle lo mejor.

Él no trabajaba ni más deprisa ni más despacio. Seguía dándole a los árboles como siempre, tocando la misma música, parándose cuando venía alguien, pero solo lo imprescindible para ver si había alguna novedad. En cuanto comprobaba que no era así, se mostraba respetuoso pero volvía a balancear el hacha de inmediato.

Después de cuatro días interminables se habló de mandar a alguien a esa aldea de Michigan para ver si había problemas. Aunque nadie lo reconocía, todo el mundo estaba preocupado.

Al quinto día de la partida del Predicador y del señor Highgate, Old Flapjack y yo fuimos a pescar a nuestro lago secreto. Yo acababa de apedrear una perca de buen tamaño y la estaba sacando del agua cuando Old Flap soltó uno de sus resoplidos de advertencia.

Dejé de concentrarme en la perca y levanté la cabeza. Oí que Cúter me llamaba desde lejos y grité:

—¡Cúter! ¡Estoy aquí!

Él se acercó corriendo, esperó un segundo para recuperar el aliento y dijo:

—¡Traen... al señor Highgate en... de Windsor... en una carreta!

—¿Que lo traen?

—Ajá. Un tipo que... no conocemos... de Windsor, lo trae en una carreta.

—¿Por qué no viene en Jingle Boy?

—No sé, Eli. Dicen que hay un caballo *atao* a la carreta.

—¿Dónde están?

—Dicen que a una media hora de Buxton, pero eso era cuando me vine a buscarte.

—¿Han dicho algo de la familia del señor Leroy?

—Nada. Sólo ha venido un jinete para decir que el señor Highgate está malherido.

—¿Y de...?

Cúter me leyó el pensamiento:

—Dicen que el Predicador no está con él.

¡Se me cayó el alma a los pies! ¡Eso significaba que les habían robado y habían matado al Predicador o lo habían apresado para convertirlo en esclavo! Debía decírselo al señor Leroy, pero, en realidad, ¿qué le iba a contar? Ma repite a menudo: "De lo que veas, créete la mitad; de lo que oigas, ni eso". No podía llevarle malas noticias de las que ni siquiera estaba seguro.

Le dije a Cúter:

—¡Venga!, si vamos corriendo por el camino quizá los alcancemos antes de que lleguen a Buxton.

Cúter dijo:

—Ve tú delante, Eli. He *estao* corriendo por *to'l* bosque para buscarte. No puedo más.

—Vale. Tú devuelve a Old Flap, que yo intentaré alcanzar ese carro. Recoge mis cosas y quédate con dos róbalos. Dale los otros a mi Ma.

En cuanto salí del bosque a toda prisa vi rodadas recientes en el camino. Debían de haber pasado hacía poco. Volví a meterme entre los árboles para atajar y tratar de alcanzarlos. Justo después de doblar el primer recodo oí que se acercaba un carro, así que seguí corriendo por el bosque en dirección al lugar por donde tenían que pasar.

No había transcurrido ni un minuto cuando vi dos caballos que tiraban de una gran carreta a cuya caja iba atado Jingle Boy.

Les hice señas.

El conductor tiró de las riendas y dijo:

—¿Vas a Buxton, hijo?

—Sí, señor, pero es que estoy buscando a...

Una mano se agarró a las tablas de la caja de la carreta. Una cabeza se asomó por encima de las tablas.

—¿Elías? ¿Eres tú?

Yo sabía que tenía que ser el señor Highgate, pero al principio no lo reconocí.

Él dijo:

—Soy yo, chico.

Me dio un vuelco el corazón. Era el señor Highgate, pero su aspecto no se parecía en nada al que tenía al salir de Buxton.

Sentí que las rodillas me flaqueaban y me temblequeaban, y estuve a punto de caerme redondo junto a la carreta.

Pero el conductor se inclinó y me subió al pescante.

Miré hacia atrás, al señor Highgate.

Su ojo izquierdo estaba abierto; el derecho, cerrado e hinchado. Su frente estaba cruzada por una línea tan recta que daba la impresión de que se la habían trazado a regla con un cuchillo. El corte se había infectado y, aunque estaba vendado, rezumaba por los laterales.

El señor Highgate dijo con voz ahogada:

—Me disparó. Me disparó.

No lo decía con rabia ni con preocupación ni con miedo ni con rencor, ni con nada que te pudieras esperar de alguien a quien habían disparado. Lo decía como si rezara, sorprendido, una plegaria. Como si pensara que al repetirlo una y otra vez, acabaría entendiendo lo que había pasado.

—Elías, me disparó. Intentó volarme la cabeza.

El conductor dijo:

—A veces no está en sus cabales. No para de farfullar cosas sobre un tal Zephariah.

Me pasé a la caja de la carreta y puse la cabeza del señor Highgate en mi regazo.

Estaríamos a menos de dos kilómetros de Buxton cuando un grupo de adultos se acercó corriendo. Pa iba delante.

—¡Pa!

Pa subió de un salto a la carreta, miró al señor Highgate y gritó al señor Segee:

—¡Clarence, vete a caballo a Chatham y trae al médico! ¡Le han disparado!

El señor Segee volvió corriendo a Buxton.

Pa dijo:

—Theodore, ¿qué ha pasado?

El señor Highgate contestó:

—Spencer, no dejé tirado a Leroy. No pude detenerlo, lo intenté. Te juro que lo intenté, ¡pero me disparó!

Pa dijo:

—Habla despacio, Theo. Cuéntame lo que pasó.

El señor Highgate dijo:

—Todo salió mal. Se torció en cuanto salimos de Canadá. Nada más subir al ferry de Michigan, Zephariah empezó a comportarse de forma rara. Primero intentó darme esa pistola vieja que os enseñó. Ya sabes que las pistolas no me gustan, Spencer, así que le dije: "No, gracias, prefiero mi escopeta. Me basta y me sobra". Él dijo: "Como quieras", ¡y que me condene si no es verdad que lanzó esa pistola al río Detroit! Al preguntarle por qué lo había hecho, dijo que tenía otra mejor. Entonces fue a sus alforjas y sacó la misma pistola que le había dejado en prenda a Leroy, ¡la misma! En ese momento creí lo que se comentaba de él, ¡mató a los gemelos blancos!

Por la cara que puso Pa, parecía que le hubieran comunicado que iban a pegarle un tiro al amanecer. Solo dijo:

—¡Ayyy!

El señor Highgate continuó:

—Después, cuando sacamos los caballos del ferry, empezó a hacer como que no me conocía. No me hablaba. No contestaba a mis preguntas. Nos limitábamos a cabalgar lentamente hacia esa aldea maderera. Como tiene fama de raro, no presentí el peligro. Pensaba que no quería distracciones y que solo le interesaba hablar con ese hombre blanco. Me empeñaba en creer que todo iba bien.

Hizo una pausa.

—Cuando llegamos a la aldea dijo que era muy tarde para ir a casa del hombre blanco, que ya iríamos al día siguiente. Yo seguía sin sospechar nada. Nos quedamos en una calleja, y extendí la manta para descansar un poco. No podía dormir, pero me tumbé y cerré los ojos. Un par de horas más tarde vi que Zeph se alejaba sin hacer ruido llevándose la bolsa con el dinero y el oro de Leroy. Le llamé y él me dijo que sabía de un sitio donde se jugaba, y que si con aquel dinero podíamos comprar tres esclavos, con el doble podríamos comprar seis. Por cómo le miré entendió que no estaba dispuesto a dejarle hacer semejante tontería, y me preguntó si liberar a seis no era mejor que liberar a tres.

El señor Highgate se estremeció.

—¡Spencer, sentí un escalofrío por la espalda! Le dije: "De eso nada, Zeph, nadie se va a jugar ese dinero". Él se rió y dijo: "Yo no juego por jugar". Yo le advertí: "Mientras yo esté aquí no vas a jugar por ningún motivo", y agarré la escopeta y le apunté a las piernas. Me miró con más frialdad que una víbora, como pensando que no iba en serio. Le dije: "O sueltas ese dinero ahora mismo o no salimos los dos de esta calleja igual que entramos". Él se rió y me contestó: "Tú no sabes lo difícil que es matar a un hombre. No tienes valor para disparar", y luego desenfundó la pistola y la sostuvo junto a su costado, apuntando al suelo.

El señor Highgate guardó silencio un segundo.
—¿Qué podía hacer yo? —preguntó—. Le apunté directamente a una rodilla para que viera que no bromeaba. Lo único que hizo fue mirarme a los ojos y levantar la pistola. Yo no dejaba de pensar en todos los años que había trabajado Leroy y en que si Zeph se llevaba el dinero no volveríamos a verle.

Pa dijo:
—Dios...

El señor Highgate dijo:
—Llevaba razón. No había apuntado a un hombre en mi vida, Spencer.

Pa dijo:
—Nadie te va a reprochar que no le dispararas, Theo.

El señor Highgate exclamó:
—¡Pero si no fue eso, si yo lo intenté! Sujeté bien la escopeta, apreté el gatillo y...

Pa y yo contuvimos la respiración.
—... y no pasó nada, solo se oyó un clic. Fue el ruido más espantoso que oído en mi vida. Yo sabía que había cargado esa escopeta, y entonces supe que él se las había apañado para descargarla. Debí de quedarme dormido sin darme cuenta. Él sonrió como si fuera la muerte en persona, levantó la pistola y me apuntó entre los ojos. Recuerdo que pensé que no podía dejar tirado a Leroy. Recuerdo —siguió— que pensé que no podía quedar nada

bueno en el mundo si pasaba algo así, si ese canalla se salía con la suya. Recuerdo que pensé en mi esposa, y después que me levantaron del suelo, y ya no sé lo que pasó hasta dos días más tarde. Cuando desperté, me estaban atendiendo. Un matrimonio de nuevos libres, muy buena gente. Cuidaron de mí y no quisieron nada a cambio.

El señor Highgate rebuscó en el bolsillo superior de su chaqueta, sacó un papel y dijo:

—Les pedí que me escribieran su dirección para mandarles un poco de mi sirope en agradecimiento. Hasta alquilaron una carreta para llevarme a Detroit, y allí hablaron con el hombre ese de ahí para que me trajera a Buxton.

Me dio el papel. En letra grande y sencilla, ponía: *Benjamin Alston. Wilbur Place, 509*.

Parecía que la razón le abandonaba de nuevo, porque cuando intenté devolverle el papel me apartó la mano y dijo:

—Me disparó. Me disparó de *verdá*.

Pa me dijo:

—Guárdalo tú, Elías.

Doblé el papel y me lo metí en el bolsillo.

Pa dijo:

—Theodore, intenta recordar. ¿Oíste algo de Zephariah?

—El señor Alston dijo que lo habían visto bebiendo y jugando. Dijo que desplumó a unos cuantos y que ganó bastante. Pero yo no estaba en condiciones de ir a buscarlo, Spencer. Pensé que era mejor volver y contarlo todo.

El señor Highgate empezó a hablar de nuevo con vocecita de asombro:

—Intentó volarme la cabeza, Spencer. ¡Quería matarme para robar el dinero de Leroy!

Yo sabía que no. Sabía que si el Predicador hubiera querido volarle la cabeza, lo habría hecho. Sabía que el Predicador no había querido matarle.

Pa dijo:

—¿Es que este dolor no se va a acabar nunca? ¿Cuánto más tendremos que soportar? ¿Cuánto?

El señor Highgate dijo:

—Dile a Leroy que venga, yo le contaré todo.

Pa contestó:

—De eso nada, Theo, tú ya has hecho bastante. Se lo diré yo.

Después me miró y añadió:

—Vamos, hijo, tenemos que ir donde la señora Holton y contarle a Leroy esta calamidad.

Pa y yo bajamos de la carreta y nos encaminamos a las tierras de la señora Holton. Nunca había visto a Pa tan cabizbajo. Tuve el buen juicio de no decir nada.

Entonces, de golpe y porrazo, me di cuenta. ¡Todo aquel desastre era culpa mía y de nadie más! ¡Si no le hubiera dicho al señor Leroy que el Predicador era incapaz de robarle el dinero, aquello no habría ocurrido! ¡Si hubiera escuchado a Pa y no hubiera metido las narices en los asuntos de los mayores, no habría pasado nada!

Pensarás que di la cara y se lo dije a Pa. Pues no pude. Por su aspecto supe que, si se enteraba de que el culpable de todo era un bocazas de su propia sangre, se moriría.

Los dos seguimos caminando con la cabeza a la altura de la tripa de una serpiente gorda y no hablamos de nada.

Vimos al señor Leroy más o menos desde un kilómetro de distancia. En realidad, no había mucho que ver, sólo el sol que se reflejaba en su hacha cuando la balanceaba. Al acercarnos lo suficiente para ver su sudor y oír su música, Pa le llamó:

—¡Leroy!

Él dio un balanceo más y dejó el hacha clavada al tronco.

Nos miró y no hizo falta decirle nada.

Cerró los ojos con fuerza un instante, soltó un largo suspiro, se sentó y preguntó:

—¿Qué? ¿Qué pasa ahora?

Pa se acercó y le dijo:

—Zeph ha huido con el dinero, Leroy. Disparó contra Theodore y lo dejó por muerto.

El señor Leroy preguntó:

—¿Theodore ha muerto?

Pa contestó:

—No, recibió un tiro, pero no parece grave. Lo malo es el dinero, Leroy. Zeph se lo jugó allá, en Michigan.

El señor Leroy guardó silencio.

Entonces ocurrió lo más terrorífico de todo. El señor Leroy enseñó los dientes como un loco, arrancó el hacha del árbol y la alzó por encima de su cabeza. ¡Pensé que entendía quién era el culpable de todo y se preparaba para partirme limpiamente en dos!

Esta vez las piernas no se me aflojaron ni me temblequearon, se mantuvieron firmes. Antes de que pudiera bajar el hacha, tanto él como yo soltamos un grito y yo salí zumbando en dirección al bosque. Cuando miré hacia atrás, el señor Leroy lanzaba el hacha contra uno de los robles de la señora Holton. El hacha se clavó a unos diez metros de altura y allí se quedó. Después el señor Leroy se dirigió también al bosque, pero en otra dirección.

Supuse que iba a dar un rodeo para echárseme encima, así que seguí adentrándome en el bosque lo más rápido que pude.

Corría tanto que me daba la impresión de que los árboles se hacían a un lado, como si supieran que si chocaba contra ellos, los derribaría. Corría como una flecha. No sentía ni oía nada más que mi corazón, que me había trepado desde el pecho para ponérseme entre las orejas.

Como tropezaba con las ramas de los árboles, suponía que estaba recibiendo buenos zurriagazos, pero no sentía nada. Sólo quería poner tierra de por medio para que el señor Leroy no me derribara con su hacha. Sólo pensaba en correr como nunca nadie había corrido. Debí de pasarme así una hora.

Y corrí deprisa, sí, pero no lo suficiente.

De pronto una mano me rodeó el cuello, perdí pie y me caí.

Me pegué tal batacazo que se me abrió la boca, y me supo a tierra y a hojas muertas.

Esperé que el señor Leroy no se entretuviera al cortarme en dos. Esperé que no me diera oportunidad de suplicar ni de lloriquear.

Me tapé los ojos con las manos y esperé la muerte.

¡ME SECUESTRAN!

No sé cuánto tiempo estuve acurrucado en el suelo antes de escuchar al señor Leroy. Él jadeaba con fuerza para recobrar el aliento y poder trocearme como Dios manda. Pensé en ponerme de pie y echar a correr de nuevo, pero tenía las piernas tan cansadas y tan temblorosas que solo fueron capaces de quedarse allí confiando en no recibir el primer hachazo.

El señor Leroy recuperó el resuello y dijo:

—Chico... ¿has... perdido... la cabeza?

Lo curioso era que, aunque le costaba mucho hablar, su voz no sonaba ni por asomo como la suya. Se parecía un montón a la de Pa.

En vez de hacerme leña, dijo:

—¡Levántate ahora mismo!

¡Era Pa!

Pa siguió esforzándose por respirar con normalidad y exclamó:

—¡Lo que me faltaba! ¡Se te ocurre perder el juicio precisamente ahora! ¿Cuándo piensas dejar de correr a lo loco y enfrentarte a lo que pasa?

Yo dije:

—¡Pero, Pa, me iba a matar!

Él dijo:

—¿Cómo? ¿Por qué diablos iba a querer matarte a ti Leroy?

—Sabe que tengo la culpa de lo que ha pasado. ¡Todo es culpa mía! Le dije que el Predicador no era un ladrón.

Pa exclamó:

—¡No digas tonterías! Tú no tienes la culpa de nada, no la tiene nadie. Leroy añoraba tanto a su familia que no pensaba con claridad. Tú no hubieras podido hacerle cambiar de opinión ni en un sentido ni en otro. A ver si esto te sirve de lección. Lo que tú desees no puede impedirte ver la realidad. Tienes que ver las cosas como son, no como te gustaría que fueran.

Sabía lo que estaba haciendo Pa. Como Ma y él seguían pensado que era malditamente frá-gil, siempre salían en mi defensa, siempre me echaban un capote para que no me sintiera tan mal por las

266

completas estupideces que cometía. Pero llega un momento en que tienes edad suficiente como para apechugar con lo que has hecho, esté bien o esté mal, y nadie me iba a convencer de que toda aquella *horroridad* no la había provocado yo.

Pa dijo:

—Venga, tenemos que volver al Asentamiento. Voy a convocar una reunión. A ver qué se nos ocurre para echarle el guante a ese condenado gallina de ladrón.

Ahí supe que mejor me callaba. Pa insulta poco pero, cuando lo hace, es señal de no quiere oír ni una palabra más.

Dijo:

—Casi consigues que se me salga el corazón del pecho con tantas carreras. Tú te has arrancado en una dirección y Leroy en otra, y yo soy demasiado viejo para salir en persecución de la gente como un perro de caza. Voy a sentarme un momento para recuperar el resuello.

Una vez que lo recuperó, volvimos. Yo me llevé un chasco muy grande conmigo mismo. No por salir corriendo, eso sólo lo hice por sentido común. No es de frá-giles salir corriendo cuando crees que alguien tan fuerte como el señor Leroy te va a cortar en pedacitos. No, ¡lo que me daba vergüenza era lo poco que había corrido!

Creí que me había hecho tres o cuatro kiló-metros pero, en cuanto nos dirigimos al camino, me di cuenta de que no había avanzado ¡ni cien metros! Era desconcertante; la única explicación que se me ocurrió fue que había estado corriendo en círculos. Quizá por eso Pa me pilló con tanta facilidad.

Pa y los demás mayores convocaron una reunión en la iglesia para esa noche. Yo y Emma Collins y Sidney y Johnny tuvimos que corretear por todo el Asentamiento para decírselo a la gente. Casi todos sabían lo que había pasado y dijeron que acudirían.

Después de acabar mi cena, cuando faltaba como una hora para que empezara la reunión, salí al porche y oí que Ma le decía a Pa:

—Entonces, ¿qué hacemos con Elías?

Yo dije:

—Perdona que te interrumpa, Ma, pero ¿qué quieres decir con eso de "qué hacemos conmigo"?

Ma dijo:

—No quiero que vayas a la reunión, Elías. Se va a hablar de cosas muy malas, y un chico tan joven como tú no tiene por qué oírlas. Sobre todo siendo tan...

Sé que no hice bien, pero la corté antes de que la tomara con mi fragil-idad. Dije:

—¡Pero, Ma-a-a! ¡No me lo puedo perder! Puede que necesiten mi ayuda para algo.

Pa y Ma se miraron y Pa dijo:

—Tú tranquilo, que si te necesitan, ya te lo comunicaremos.

Ma me preguntó:

—¿Va a ir la señora Bixby?

Ma sabía que la Ma de Cúter salía muy poco de casa. La abuela de Cúter tenía casi cincuenta años y estaba delicada y achacosa, y a la señora Bixby le daba miedo dejarla sola.

Yo contesté:

—No, madre, la señora Bixby ha dicho que su Ma no se encontraba bien y que no podía ir.

Ma dijo:

—Muy bien, pues ve corriendo a su casa y pregúntale si te puedes quedar con ella mientras vamos a la reunión.

—¡Pero Ma-a-a-a...!

Ma levantó la mano para indicar que no había más que hablar.

Después dijo:

—Y pregúntale también si no le importa que te quedes a dormir, así Cúter y tú podréis ir juntos a la escuela mañana. No sabemos cuándo acabará la reunión y ya sabes lo mal que te sienta no dormir bien.

¡Lo dijo como si yo fuera un crío! Dije:

—¡Pero Ma-a-a-a...!

Pa intervino:

—No le repliques a tu madre, Elías. Recoge tu ropa para que vayas mañana a la escuela con Cúter.

—Sí, padre.

Los adultos no respetan a la gente con el respeto que exigen para ellos mismos. Yo allí volviéndome loco para no ser frá-gil, y Pa y Ma ni se enteraban.

Metí la ropa para el día siguiente en un zurrón, junto a mis zapatos de la escuela y mis libros de la escuela.

Lo justo es justo, y no era ni pizca de justo que no me dejaran participar en las decisiones que iban a tomarse para resolver el lío que yo había montado.

Mientras llevaba mi ropa y demás donde Cúter, me puse a pensar en lo que ocurriría en la reunión de esa noche. Quizá enviaran una partida de búsqueda o incluso un grupo numeroso de gente al mando de un sheriff hasta Estados Unidos para atrapar al Predicador. Hicieran lo que hicieran, no era justo que yo no me enterara de nada hasta el día siguiente cuando acabara mis tareas en la caballeriza. Tendría que esperar hasta las ocho de la tarde y, además, no estaba bien que el culpable de todo tuviera que dejar que otros le sacaran las castañas del fuego.

Pero cerca de la casa de Cúter se me ocurrió una idea estupenda.

Y al llamar a la puerta de Cúter ya sabía cómo ponerla en práctica.

Me abrió la señora Bixby.

Dijo:

—Buenas tardes, Elías. ¿Qué tal estás?

—Buenas tardes, señora Bixby. Estoy bien, señora. ¿Cómo está usted?

—Todo lo bien que se puede —señaló mi zurrón y añadió—: ¿Te has escapado de casa, Elías?

—No, señora, señora Bixby. Pa y Ma dicen que le pregunte si me puedo quedar esta noche en su casa por si la reunión dura hasta mañana.

La señora Bixby dijo:

—Elías, dile a tu Ma que si necesita que cuide de su crío no tiene más que pedírmelo.

¡Maldita sea!, ¡¿quién había dicho nada de crío?! Creo yo que a los de más de cinco años no hace ninguna falta que nos llamen crío. Creo yo que ni al niño más frá-gil del mundo le gustaría que le llamaran crío cuando está a punto de cumplir ¡doce añazos! Por un pelo no le contesté de malos modos. Dije:

—Gracias, señora.

Entonces probé si colaba la mentira que había preparado:

—Ma quiere que vaya a la iglesia como una hora para ayudarles a resolver lo que ha pasado. ¿Puede acompañarme Cúter?

Yo pretendía que Cúter y yo escucháramos a escondidas la reunión de los adultos.

—Eso está muy bien, Elías, pero no cuentes con Cúter. El profesor Travis acaba de venir y ha dicho que el chico ha vuelto a hacer el burro en la escuela.

Cuando abrió la puerta mosquitera, vi que Cúter estaba en un rincón, con la nariz pegada a la pared.

La señora Bixby dijo:

—Ha pasado tanto tiempo ahí este año que ha desgastado las tablas del suelo.

Yo dije:

—Pues ya ve, señora, y el señor Travis se marcha y ni se molesta en arreglarlas.

La señora Bixby levantó una ceja para comunicarme que sospechaba que me había pasado de listo. Dije a todo correr:

—No quería ser irrespetuoso, señora.

—No te preocupes. Toma, bébete esto. Tu amigo no va a comer ni a beber hasta que aprenda a portarse bien en la escuela, y detesto tirar la leche.

Después del vaso de Cúter, la señora Bixby me hizo beber dos más para no tirar ni gota.

Luego dijo:

—Lleva tu bolsa a la habitación de Cúter, Elías. Y no trates de hablar con este borrico. No pienso dejarle abrir la boca hasta que cumpla los treinta; ni para comer ni para beber ni para hablar.

—Sí, señora.

Llevé mi bolsa al cuarto de Cúter y después le dije a la señora Bixby:

—Voy a volver a casa para decirle a Ma que usted ha dicho que puedo quedarme a pasar la noche, y luego asistiré un rato a la reunión.

Ella dijo:

—Ten cuidado y date prisa. He oído que Leroy ha perdido el juicio y anda dando vueltas por ahí. He oído que lanzó el hacha a un árbol y la clavó a treinta metros y que la siguiente subió tan alto que le dio al duendecillo de la luna en un ojo.

—Sí, señora. No tardaré mucho.

No pensaba perder el tiempo en pensar si el señor Leroy quería o no quería herir a alguien. Yo le conocía bien. La gente no hacía más que chismorrear y *emperejilar* como de costumbre.

Supuse que disponía de una hora o así para escuchar a escondidas la reunión antes de volver a casa de Cúter. Me dirigí hacia la fachada posterior de la iglesia y me quedé en el lindero del bosque para que no me vieran espiar. Era extraño encontrarse el edificio iluminado con velas un jueves por la noche. No solía estar así a menos que fuese domingo por la tarde o a menos que hubiera un funeral porque alguien fuera y se muriera.

También era raro no oír ninguno de los sonidos habituales. No había pataleos ni aplausos ni sacudidas de pandereta para alegrar a la gente. Ni había ningún cántico de coro de esos con los que te sientes tan a gusto y tan cómodo que, antes de que te des cuenta, provocan que algún adulto te dé un codazo en las costillas para despertarte. Pero era normal que la iglesia estuviera tan distinta esta noche, y tampoco tenía nada que ver con la luna llena.

Esta noche lo único que la gente quería era arreglar lo que yo había estropeado. Dentro de la iglesia debía de haber poca gente aún, y hablaban bajo. Solo de vez en cuando me llegaba algún grito del tipo:

—¡Sí, señor!

O

—¡Dios Todopoderoso!

Era interesante, pero más lo sería enterarse de por qué lo gritaban.

Si quería escuchar a escondidas como Dios manda iba a tener que arrastrarme por debajo de las tablas del suelo. Pa decía que los que habían sido esclavos no perdían jamás una ocasión de llegar tarde, así que debería esperar donde estaba a que se llenara la iglesia y a que entraran los rezagados.

Cuando estaba a punto de salir del bosque oí que una ramita se quebraba a mi espalda. Hice lo que cualquier cervato al ser pillado por sorpresa: quedarme petrificado.

Pero ya era tarde, antes de que pudiera dar media vuelta para ver qué se acercaba a mí sigilosamente, ¡me taparon la boca con una mano áspera, me estrujaron por la cintura y me arrastraron al bosque!

Yo había visto que cuando un gato cazaba a un ratón, el ratón no se resistía ni se revolvía ni hacía nada para escapar. Lo había visto y no lograba entenderlo. Pensaba que si a mí me atraparan de esa manera, lucharía y patearía y haría que el gato se ganara su comida. Solía decir que no bajaría por su garganta sin plantar cara, sin darle al menos unos buenos mordiscos en la lengua mientras él intentaba tragarme. Pero entonces vi lo equivocado que estaba, porque una vez que ese espíritu maligno o ese asesino o ese secuestrador o ese negrero o ese demonio me alzó por los aires como a una pluma y me arrastró a lo profundo del bosque, me di cuenta de que ni luchar ni ninguna cosa serviría de nada. Pensé lo mismo que debió de pensar aquel ratón: si peleaba, solo conseguiría alargar las cosas. Tan solo deseé que lo de ser asesinado durara poco.

A MARCHAS FORZADAS

Fuera lo que fuese lo que me había atrapado, empezaba a cansarse. Me apretujaba tanto contra su cuerpo que yo sentía que el corazón le daba coletazos en el pecho como pez fuera del agua. Se puso a respirar con fuerza y acabó por dejarme caer al suelo.

En cuanto me soltó olvidé todas esas tonterías de ratones y gatos, y traté de escabullirme entre los árboles. No llegué muy lejos, porque una raíz se me puso en medio y me arrojó al suelo de nuevo.

Pensarás que con la cantidad de veces que me había tropezado o me habían tirado, habría aprendido a cerrar la boca antes del topetazo, pero esa debía de ser otra de las lecciones que no te entran en la cabeza porque, en cuanto me la pegué, se me llenó la boca de ramitas y de tierra y de hojas secas.

Toqué por allí para ver si encontraba una piedra para defenderme, pero mis dedos solo palparon más raíces y ramitas. Me di la vuelta para ver lo que me había atrapado ¡y casi me muero del susto!

¡Era el señor Leroy!

¡Y tenía todo el aspecto de alguien que se había muerto y no lo sabía!

Se sujetaba el brazo izquierdo y respiraba con dificultad.

Dijo:

—Elías, te necesito.

Después de escupir la tierra y las hojas, le dije:

—¡Lo siento mucho, señor Leroy, yo no sabía que iba a robarle su dinero, le juro que no lo sabía, señor!

Él levanto la mano para que le diera un respiro y luego dijo:

—Chico, ya sé que no sabías nada... la culpa es solo mía y de ese ladrón de idiotas. Pero tengo la esperanza... de que quieras ayudarme. Elías, no sé qué hacer, no sé a quién acudir.

El señor Leroy se apoyó en un árbol y siguió tratando de recuperar el aliento. Yo me levanté, me acerqué a él y le dije:

—Señor Leroy, no me importa lo que diga Pa ni lo que diga usted, sé que yo tengo la culpa de todo y haré lo que sea para ayudarle, señor, lo que sea. Basta con que me diga qué debo hacer.

Y lo que dijo me heló la sangre en las venas y me dejó las piernas temblando. Dijo:

—Tengo que ir a esa aldea de Michigan y ver si aún queda algo de mi dinero. Y si no puedo recuperar nada, buscaré a Zephariah y le pegaré un tiro por robarme el sueño de liberar a mi familia, y le miraré a los ojos para asegurarme de que le duela morir.

He oído que cuando miras a ciertas personas ves que la muerte camina a su lado; pues cuando miré al señor Leroy y oí la dureza y la frialdad de sus palabras, entendí a qué se referían. Esa frase podía deberse en parte a la manía de adornar las cosas, ¡pero en parte era real! Era fácil ver que la muerte rodeaba con su abrazo al señor Leroy, sosteniéndolo, tomándose su tiempo, esperando a entrar con él en Michigan para llevarse al Predicador.

Cuando el señor Leroy se apoyó una mano en el costado, me di cuenta de que llevaba la lujosa pistolera con la misteriosa pistola. De pronto ya no me sentí tan valiente.

—Pero, señor, yo no puedo ayudarle en eso. No sé dónde está el Predicador.

El señor Leroy contestó:

—Necesito que me acompañes porque yo no sé leer, Elías. Además, no me siento cómodo al tratar con blancos, y tú sí. No pienso dejar que ningún hombre, aunque sea blanco, me impida hacer lo que voy a hacer, y necesito tu ayuda.

—Pero, señor Leroy, en Michigan hay cazadores de esclavos. ¿Cómo nos las apañaremos si alguien intenta secuestrarnos?

—Chico, con tu forma de hablar nadie pensará que has sido esclavo. Y en cuanto te miren sabrán que has nacido libre. Y si tenemos que usar esta pistola, pues la usamos.

—¿Quiere eso decir que va a obligarme a ir con usted, señor?

—Lo siento en el alma, Elías, pero va todo a marchas forzadas, no puedo perder ni un segundo. Vamos a ir los dos a Michigan.

—¿Entonces no tengo elección, señor?

—Me temo que no, hijo.

Le dije:

—¡Genial! Solo quería estar seguro, señor Leroy. Si Pa y Ma se enteran de que me he ido a Michigan por mi cuenta, ¡me despellejan vivo en cuanto vuelva! Pero así podré decirles, sin mentir, que me han secuestrado ¡y me meteré en muchos menos líos! Gracias, señor.

El señor Leroy contestó:

—También espero en el alma que no se te ocurra soltar una sarta de tonterías por el camino. No lo podría soportar, Elías, en serio. Creo que es mejor que no hablemos de nada.

—¡Sí, señor!

El señor Leroy dijo:

—He *tomao* prestado un caballo de la cuadra. Llegaremos pronto.

Seguimos adentrándonos en el bosque hasta que vimos a Jingle Boy atado a un árbol. El señor Leroy se montó a lomos del caballo y se inclinó para subirme.

Empecé a darme cuenta de que él no había planeado nada. Como dijo Pa, no veía las cosas tal como eran, seguía viéndolas tal como quería que fueran.

Le dije:

—Señor Leroy, no podemos irnos a Michigan así, señor. La Ma de Cúter espera que vaya esta noche a su casa.

Él se volvió para mirarme y dijo:

—¿Y? Si todo va bien podrás volver mañana, pasado como mucho.

—Pero, señor, si esta noche no vuelvo, van a pensar que me ha pasado algo, y no es por faltarle al respeto, señor, pero la gente anda diciendo que ha perdido usted la cabeza y que ronda por los bosques lanzándole hachazos a la luna. Si suman dos y dos, se van a figurar que usted me lleva a Michigan a la fuerza. Y usted le gusta un montón a mi Pa, señor, pero si piensa que me ha secuestrado, va a salir de estampida detrás de nosotros. Eso nos daría problemas muy gordos y no podríamos atrapar al Predicador.

El señor Leroy tiró de las riendas de Jingle Boy y dijo:

—Eso tiene sentido. ¿Qué hacemos, pues?

—Deje que vuelva a casa de Cúter para decirle a la señora Bixby que Pa y Ma han cambiado de opinión y que no voy a pasar allí la noche. Así Pa y Ma creerán que estoy durmiendo donde Cúter y la Ma de Cúter creerá que estoy durmiendo en casa. Que no vaya a clase mañana no importa mucho. Pa y Ma pensarán que sí he ido, y como mañana es viernes, después de la escuela voy directo a la cuadra y luego a pescar, así que lo menos hasta las ocho de mañana por la tarde nadie pensará que me han secuestrado. Para entonces ya habremos vuelto, ¿no? Más tarde del sábado no podemos volver, señor, porque el lunes tengo un examen muy importante de verbos latinos y me queda mucho por estudiar.

El señor Leroy contestó:

—Sabía que hacía bien al llevarte conmigo. Eres muy despierto, Elías. Creo que puedes resolverlo casi todo. Aunque siento mucho meterte en esto, hijo. Recuerda siempre que me estás salvando la vida. Pero, por favor, haz un esfuerzo y procura hablar un poco menos.

Le enseñé el camino más directo para llegar a casa de Cúter sin salir del bosque.

Antes de desmontar, el señor Leroy se volvió para mirarme con fijeza.

—Si piensas largarte, no podré impedirlo. Dímelo ahora, Elías, dímelo y así no perderé el tiempo. ¿Vas a volver? ¿Te espero o es mejor que me vaya solo?

Levanté la mano derecha y dije:

—Señor Leroy, señor, le juro sobre la cabeza de mi mamá que vuelvo ahora mismo.

Me deslicé por Jingle Boy y corrí por el bosque para salir al camino y dirigirme a casa de Cúter. La puerta mosquitera estaba cerrada, pero la principal no. Llamé.

La señora Bixby sostuvo la puerta y dijo:

—Pues no te has quedado mucho.

Yo intenté poner cara de pena y contesté:

—No, señora, la gente tiene pocas ganas de hablar.

Ella preguntó:

—¿Entonces qué van a hacer? ¿Van a ir tras ese ladrón?

—¡No lo sé! —respondí—. Me han echado antes de que consiguiera enterarme.

Ella se rió

—Eso está bien. A mí me extrañaba hasta que te dejaran asistir —dijo. Después miró al rincón en el que Cúter seguía aplastando la nariz y nos dijo a los dos—: Pero tú, Elías, eres mucho más maduro que otros chicos de tu edad.

Yo dije:

—Pa y Ma han cambiado de opinión, señora, no voy a quedarme a dormir, tengo que volver a casa, ir a la escuela mañana, hacer mis tareas de después de clase y pescar. Lo más probable es que nadie vuelva a verme hasta las ocho de mañana por la tarde, quizá algo más si la pesca no se me da bien, y a juzgar por cómo se me dio el otro día, acabaré más tarde aún, así que espero que no piensen que me han secuestrado ni se les ocurra ir a buscarme porque termine bastante más tarde que otras veces.

Intenté poner cara de más pena.

Ella dijo:

—Muy bien, Elías, ya te quedarás cualquier otra noche. Tu bolsa está donde la dejaste.

Fui al cuarto de Cúter a buscar mi zurrón pero, además, rebusqué en su interior y saqué papel y lápiz para escribirle una nota. Me acerqué a la ventana para aprovechar la luz de la luna llena y escribí:

Querido Cúter:

¿Cómo estás? Espero que bien. Yo estoy bien teniendo en cuenta que el señor Leroy va y me secuestra y me lleva a la fuerza a Michigan. Vamos a buscar al Predicador y el dinero del señor Leroy. No está loco ni trata de darle al duendecillo de la luna, sólo quiere a su familia. Le supliqué que no me llevara pero dice que no tengo más remedio que ir. Volveremos mañana hacia la hora de cenar. Diles a mi Pa y mi Ma que no es necesario que manden dinero y que no se preocupen, porque el señor Leroy ha jurado que me va a cuidar muy bien.

La Ma de Cúter me llamó desde la salita:

—¿Elías? ¿Qué haces? No creo que cueste tanto recoger una bolsa.

Yo dije a voces:

—Perdone, señora Bixby. Le estaba escribiendo una nota a Cúter para decirle que, como no se me permite hablar con él, nos veremos mañana.

Ella le dijo a Cúter:

—¿Ves? Ya podías tomar ejemplo de este chico.

Tuve que acabar a todo correr:

Hatentamente, tu amigo,
Elías Freeman

Leí lo que había escrito y pensé que mejor añadía algo más:

P.D. No le des esto a mi Pa ni a mi Ma hasta el sábado por la mañana, porque si no el señor Leroy me rebanará el pescuezo y me desangrará como a un cerdo.

Tuve que poner lo del pescuezo porque de vez en cuando tengo mala suerte, y aunque puedo contar con Cúter para hacer lo que está mal, si en este caso le entraba miedo, podía darle por hacer lo que estaba bien. Pero si pensaba que me iban a desangrar como a un cerdo, haría lo que estaba mal y no le contaría a nadie lo que sabía.

Volví a entrar en la salita y dije:

—Señora Bixby, ¿puedo darle esta nota a Cúter?

Ella contestó:

—Adelante, Elías, y después te vas corriendo a casa. Y dale recuerdos a tu Ma.

—Sí, señora.

Me acerqué a Cúter todo lo que pude y le dije:

—Cúter, esto es para ti.

Le puse la nota en la mano.

Mientras su Ma está presente, Cúter hace a la perfección todo lo que le manda, por lo que no estaba dispuesto a desempotrar la nariz del rincón. Me miró por el rabillo del ojo y yo parpadeé dos veces y el parpadeó otras dos. Me sentí mejor porque eso significaba que se había enterado de que la nota era muy importante y de que debía leerla con atención.

Dije:

—Muchas gracias, señora Bixby, y buenas noches.

—Buenas noches, Elías —contestó ella, y después le dijo a Cúter—: ¿Qué modales son esos? Da las buenas noches a Elías.

Cúter no desempotró la nariz, pero dijo:

—Buenas noches, Eli.

—Buenas noches, Cúter.

Me marché de casa de los Bixby y eché a andar por el camino en dirección a casa. En cuanto me alejé lo suficiente para que la señora Bixby no me viera, atajé por el bosque y me dirigí hacia donde estaba el señor Leroy.

Cuando llegué ni me sonrió ni nada, pero noté que le quitaba un peso de encima. Dijo:

—Sabía que eras un buen chico, Elías.

Se inclinó y me montó en Jingle Boy. Yo me agarré a su cintura y dije:

—Ahora tengo que volver a casa para recoger unas cosas que voy a necesitar, señor Leroy. Pa y Ma estarán ya en la reunión, así que no me verán.

Jingle Boy se abrió camino entre los árboles en dirección a casa y yo pregunté al señor Leroy:

—¿A cuánto estamos de esa aldea de Michigan, señor?

—No estamos lejos, Eli. Con este caballo, a menos de una hora de Detroit.

—¿Y cómo sabremos dónde buscar al Predicador?

—Si está allí, no nos costará encontrarlo.

Eso no tenía sentido, no tenía sentido en absoluto. Si de verdad había robado el dinero, me parecía a mí que haría todo lo posible para que costara un montón encontrarlo.

Dije:

—Pero, señor Leroy, ¿y si se ha ido? Le disparó al señor Highgate hace cinco días. No creo que se haya quedado por allí esperando a que vayamos a buscarlo.

El señor Leroy tiró de las riendas y detuvo a Jingle Boy. Giró en redondo, me miró a la cara y dijo:

—Elías, ¿qué quieres que te diga? No tengo otra que ir allí y tratar de encontrarlo. No tengo otra para traer a mi familia. Habla todo lo que te dé la gana, vamos a ir igual.

En ese mismo instante supe lo inteligente que era mi Pa. Llevaba toda la razón al decir que el señor Leroy veía las cosas como quería que fueran, no como realmente eran. Pero también sabía que si yo no estaba a su lado para pensarle las cosas, jamás encontraría al Predicador. Sabía que su corazón estaba tan roto que iba a tener que encargarme de pensar por los dos.

Bajé de Jingle Boy en el bosque y fui a pie hasta casa. Cuando tiré de la puerta para entrar se me paró el corazón, porque Pa y Ma la empujaban para salir. Al verme se sorprendieron tanto como yo.

—¡Elías! ¿Qué haces aquí? ¿No puede cuidar de ti la señora Bixby?

—Sí, Ma, dice que puede cuidarme siempre que tú quieras. Aunque está un poco confundida y lo llama "cuidar de tu crío".

Ma sonrió y dijo:

—Bueno, es que ella no sabe que eres demasiado mayor para que te llamen crío, ¿verdad? Pero no le vamos a decir nada, porque no lo hace con mala intención.

—Sí, madre.

Pa dijo:

—Contéstale a tu madre, Elías. ¿Qué haces aquí?

Mentí:

—Me he dejado el libro de geometría y he tenido que volver.

—Bueno, pues ve corriendo a por él, hijo. Nosotros nos vamos ya.

—Sí, padre.

¡Maldita sea! Con Pa y Ma esperándome nos íbamos a quedar sin comida ni provisiones para el viaje. Fui a mi habitación y metí el libro en otro zurrón. Iba a salir, pero me detuve porque debía pensar en una cosa. Ya que el señor Leroy y yo íbamos a emprender un peligroso viaje y él llevaba la lujosa pistola por si acaso, pensé que yo también debería llevarme algo.

Metí unas veinte de mis mejores piedras de apedrear en el zurrón y después levanté la esquina del colchón y saqué el cuchillo manchado del señor Taylor. Lo miré y dejé que la luz de la luna se reflejara en la hoja. Practiqué un poco lo de acuchillar a un cazador de esclavos y lo guardé en la bolsa.

Luego rebusqué en mi cajón hasta encontrar el papel del señor Highgate. Después de releer el nombre del que le había ayudado, me lo metí en el bolsillo.

Eché un último vistazo a la habitación por si había algo más que pudiera servirnos. No sabía por qué, pero empezaba a sentirme un poco frá-gil. Quizá porque no volvería a ver mi habitación o, porque sabía que si regresaba, Pa y Ma se iban a subir por las paredes. Me sorbí lo que se me aflojaba por la nariz y salí al porche.

Ma dijo:

—¿Va todo bien, Elías?

¡Maldita sea, Ma oyendo otra vez lo que no se decía!

—Sí, madre.

Pa dijo:

—No te preocupes, hijo. A veces las cosas se arreglan solas.

—Sí, padre.

Abracé a mi Pa y a mi Ma quizá por última vez. Ellos me dijeron que fuera bueno y todos nos marchamos. Ellos por la izquierda y yo por la derecha. El señor Leroy seguía en el bosque, donde lo había dejado. Me montó de nuevo en Jingle Boy. Yo me saqué el papel del bolsillo y dije:

—¿Señor? A este es a quien debemos buscar primero cuando lleguemos a esa aldea de Michigan. El señor Highgate dijo que era una bellísima persona.

Por primera vez desde que lo conocía, ¡el señor Leroy sonrió! Y no sabría decir qué era más antinatural, si verle a él intentando sonreír o ver a Old Flapjack intentando correr.

Dijo:

—Eli, con eso todo irá bien. Me lo dice el corazón...

Yo, el señor Leroy y Jingle Boy nos dirigimos hacia el suroeste para atrapar al ladrón de sueños.

LA MUERTE DEL SEÑOR LEROY

Lo he dicho ya, y sé que hay mucha gente que no está de acuerdo conmigo, pero ir a caballo es infinitamente peor que ir en mulo. Sobre todo cuando galopas a lo loco por un mal camino en dirección a Windsor. Sobre todo cuando sabes que el hombre que va delante de ti no piensa detenerse hasta llegar al ferry que cruza el río Detroit. Sobre todo cuando parece que han ido y han estirado el camino entre Buxton y Windsor trescientos kilómetros más.

¡Caray, con lo que botaba sobre Jingle Boy, los vasos de leche que me había hecho beber la Ma de Cúter habían ido y se habían batido ellos solos hasta llenarme las tripas con un gran pedazo de mantequilla! Y aunque la mantequilla me encanta, cuando te llega a la tripa en forma de leche no sienta ni la mitad de bien.

Lo único que podía hacer era cerrar con mucha fuerza los ojos, aplastar la cara contra la espalda del señor Leroy, agarrarme bien y esperar que ese pedazo de mantequilla no se empeñara en desandar el camino a través de mi garganta. Con lo duro y lo gordo que era, no lograría volver al exterior sin provocar de paso un buen atragantamiento.

Quería gritarle al señor Leroy que quizá estaba apretando demasiado al caballo, pero como él había dicho, iba todo a marchas forzadas y no podíamos perder tiempo.

Después de una eternidad olí el agua y él refrenó un poco a Jingle Boy. Al abrir los ojos vi que estábamos en Windsor, ¡al final de un camino que acababa en un gran ferry situado sobre el río!

Ambos desmontamos, y, una vez que las cosas de mi interior dejaron de agitarse, le di palmaditas a Jingle Boy en el pecho. El pobre sudaba de mala manera y respiraba con mucha fuerza, como si estuviéramos en un día de invierno muy, muy frío. Me miraba como preguntándome por qué había dejado que el señor Leroy le machacara de aquel modo. Sus ojos estaban tan trastornados como los de un ciervo herido.

Dije:

—¡Señor Leroy, señor, hemos hecho galopar demasiado rápido a Jingle Boy! ¡Se va a morir, señor! Debería llevármelo al río para darle agua y refrescarlo.

El señor Leroy contestó:

—Depende de cuando salga el ferry. Vete a preguntar a esos blancos. Al caballo no le pasará nada. Lo mimas demasiado.

Yo dije:

—Sí, señor. Pero quizá debería llevarlo usted al río, señor Leroy, y quizá usted también debería meterse, ¡suda tanto como él!

Esto no se lo dije, pero sus ojos estaban igual de enloquecidos.

Los hombres blancos dijeron que el ferry tardaría cuarenta y cinco minutos en salir. Se lo dije al señor Leroy y me llevé a Jingle Boy derechito al río. Él bajó la cabeza y bebió durante largo rato, haciendo pompas por todo alrededor de la boca. Encontré un cubo que goteaba y lo usé para echarle agua por los flancos, que se estremecieron y se agitaron, pero yo sabía que a él le gustaba.

Después de un rato dejó de beber y empezó a respirar con normalidad.

Entonces el señor Leroy me llamó:

—¡Elías, sube ya ese caballo! ¡Si entramos los primeros, saldremos los primeros!

Llevé a Jingle Boy al embarcadero y le dije al señor Leroy:

—Señor, no sirve de nada hacerle galopar así. Si se muere o se queda cojo, nos va a llevar el doble de tiempo llegar a esa aldea y el triple de tiempo volver a Buxton. Conozco a este caballo, señor, y no aguantará si sigue corriendo de esta manera.

El señor Leroy miró más allá del río, hacia Detroit, y dijo:

—Supongo que llevas razón. De ahora en adelante no le apretaremos tanto.

¡Me dejó sin habla! ¡Tenía en cuenta lo que le decía! ¡Yo, allí, que no era más que un chico, y él reconocía que llevaba razón y estaba de acuerdo conmigo! Supongo que es por lo que había dicho la Ma de Cúter, porque soy mucho más maduro y más inteligente que los de mi edad.

Una vez que salimos del ferry en Detroit, me volví para mirar hacia Canadá.

No discuto que sea mucho más inteligente que otros chicos de casi doce años pero, aun así, no conseguía entender por qué un simple río lo hacía todo tan distinto. ¿Cómo podía ser que a uno de sus lados fueras libre y al otro esclavo?

Los árboles de Canadá y los de Estados Unidos parecían iguales, podrían haber salido de la misma semilla. Lo mismo pasaba con las rocas y con las casas y con los caballos y también con todo lo demás que pude comparar, sin embargo los adultos veían grandes diferencias que a mí se me escapaban.

El señor Leroy cumplió su palabra, y aunque el meneo siguió siendo peor que en Old Flapjack, fue más soportable que en la galopada hasta Windsor. La aldea maderera solo abultaba como cinco o seis veces la plaza de Buxton.

El señor Leroy me dijo que sacara el papel con la dirección del hombre que había cuidado del señor Highgate y, cuando nos cruzamos con la primera persona que no era blanca, me hizo preguntar:

—Disculpe, señor, estamos buscando al señor Benjamin Alston. Vive en Wilbur Place cinco-cero-nueve.

El hombre contestó:

—Ese debe ser el bueno de Benji. Su casa está en esta calle, un poco más abajo, pero no le van a encontrar. A estas horas de la noche lo más seguro es que ande por el patio de la taberna.

—¿Dónde está la taberna, señor?

El hombre señaló calle arriba y dijo:

—Ahí mismo —y dirigiéndose al señor Leroy, añadió—: Bonito caballo el suyo, oiga.

Como él no contestaba, dije:

—Muchas gracias, señor.

El señor Leroy no dejaba de mirar en dirección a la taberna. Preguntó:

—¿Y qué se hace en el patio de la taberna?

—Jugar. Las apuestas no son altas, pero es la única diversión de por aquí.

—¿Sabe *usté* si un hombre de Canadá que se llama a sí mismo Predicador ha *jugao* con alguien de aquí?

El hombre soltó una carcajada y dijo:

—¿Un predicador que reconoce que peca, eh? No he oído nada de ese sujeto por estos lares. Quia, me acordaría.

El señor Leroy se abrió la chaqueta para enseñarle la pistola del Predicador y dijo:

—Lleva una pistola como esta, y la pistolera también es igual.

El hombre sonrió y dijo:

—¡Ah, ese! Sí, señor, estuvo jugando por aquí hace poco. Desplumó a unos cuantos idiotas y luego se marchó en busca de peces gordos. He oído que va a jugar con unos blancos. No sé dónde será la partida, pero puede que los que juegan ahí detrás de la taberna lo sepan.

¡Era una gran noticia! ¡A lo mejor era verdad que quería ganar lo suficiente para comprar a seis esclavos! ¡A lo mejor no había motivos para lanzarnos tras él de aquella manera!

El señor Leroy contestó:

—Muchas gracias —y se inclinó de nuevo para montarme en Jingle Boy.

Era verdad que la taberna estaba cerca. Cuando llegamos, el señor Leroy ató a Jingle Boy delante del edificio y me dijo:

—Si hay algún problema, desapareces, montas en este caballo y te vas a casa. Sólo tienes que seguir hacia el sur por este camino.

Yo contesté:

—Sí, señor.

Él sacó la pistola de la pistolera, se la guardó en el bolsillo del chaleco y no retiró la mano del bolsillo.

Detrás de la taberna dimos con un grupo de hombres agachados que vociferaban. Al acercarnos vi que el Predicador no estaba entre ellos.

Los hombres tiraban contra una pared dos minúsculas cajitas blancas con lunares por todas partes. Había mucho juramento y muchas monedas que pasaban de mano en mano, y billetes de dólar apretujados en los puños y agitados a diestro y siniestro.

El señor Leroy dijo:

—Disculpen. ¿Conoce alguien de ustedes a un hombre que se llama...? —me dio un empujoncito.

Yo me saqué el papel del bolsillo y leí:

—Señor Benjamin Alston.

Uno de ellos dijo:

—¿Quién lo pregunta?

El señor Leroy contestó:

—Ese hombre ayudó a un amigo mío; necesito hablar con él.

El hombre preguntó:

—¿A qué amigo?

El señor Leroy respondió:

—A un hombre llamado Highgate que vino de Buxton. De Canadá.

El que había formulado todas las preguntas se levantó y dijo:

—Yo soy Benji Alston. ¿Qué puedo hacer por *usté*?

El señor Leroy dijo:

—Le agradezco mucho que ayudara a Theodore, señor.

—No tiene importancia. Alguien le tendió una emboscada. Yo me limité a ofrecerle un sitio para descansar y a llamar al médico. Un hombre de suerte, su amigo; el médico dijo que si le llegan a disparar desde un centímetro más cerca, lo matan. ¿Cómo está?

El señor Leroy dijo:

—He oído que *usté* quizá sepa dónde está el hombre que lleva una pistola igual que esta.

El señor Leroy sacó la mano del bolsillo. Sostenía la pistola apuntándose a sí mismo para que nadie pensara mal.

En cuanto vieron el arma los hombres refunfuñaron y fruncieron el ceño.

El señor Alston les dijo:

—Silencio, nadie puede asegurar que hiciera trampas. Quizá solo estaba de buena racha.

Alguien exclamó:

—¡Buena racha, y un cuerno!

Otro dijo:

—Cuando nos desplumó a todos dijo que iba a apostar de *verdá*, dijo que iba a jugar con unos blancos, en Culpepper, pero eso fue a principios de semana. ¡Canastos!, supongo que si fue lo bastante listo como para engañarnos a todos, debería de serlo también para no jugar con blancos.

El señor Alston dijo:

—Lo último que he oído es que ayer andaba por la caballeriza de East Lee. Pero me extraña, porque allí es donde se alojan los negreros.

¿Negreros? ¡Se me heló la sangre en las venas!

El señor Alston añadió:

—Ya pueden ir con cuidado. Esos no se andan con chiquitas. Nunca he visto por el norte un perro cazador de osos más grande y más torcido que el que llevan.

Nos indicó dónde estaba la caballeriza y yo le di las gracias.

No sé si sería por los negreros o por el perro cazador de osos pero, en cuanto nos acercamos a Jingle Boy, el señor Leroy empezó a parecerme preocupadísimo y muerto de miedo. Se me partió el corazón. Le pregunté:

—¿Qué le pasa, señor Leroy? ¿Quiere que busquemos ayuda en alguna parte?

El señor Leroy se agarró el brazo izquierdo y se puso a respirar como si hubiera acabado de talarse unos cuantos robles. Dijo:

—Elías, nadie... va a... querer ayudarme. Solo tú.

No hay nada en el mundo que te ponga más frá-gil que ver aterrado a un adulto más duro que una piedra.

—Pero, señor Leroy, ¿qué le pasa? ¿Por qué está así?

Él dijo:

—Vamos a la caballeriza, chico, tenemos que apresurarnos.

Montó en Jingle Boy despacio y por etapas en lugar de montar de golpe como hacía siempre.

Y no se inclinó para recogerme.

Dijo:

—Guía tú el caballo, Elías. Al norte.

Yo tomé las riendas de Jingle Boy y lo conduje hacia el norte.

A eso de un kilómetro dije:

—Señor, a lo mejor debería descansar un poco antes de ir a esa caballeriza, a lo mejor debería...

Miré hacia atrás justo en el momento en que el señor Leroy empezaba a caerse del caballo. Se movía tan despacio que parecía que iba a llegar al suelo con la suavidad y la ligereza de una pluma pero, cuando cayó boca abajo, se oyó un golpetazo espantoso y todo recuperó su velocidad normal.

—¡Señor Leroy!

Corrí a arrodillarme a su lado.

Sus ojos seguían abiertos, pero parpadeaba más de lo habitual.

Dije:

—¡Por favor, señor Leroy, por favor levántese!

Le zarandeé y él dijo:

—No. Tienes que ir tú, hijo, tienes que ir a por el dinero. ¡Ha *robao* el dinero de tu madre y tu hermana, Ezequiel!

¡Había perdido la cabeza!

Dije:

—¡Por favor, señor, yo no soy Ezequiel, soy Elías, Elías Freeman!

Él me agarró del brazo y dijo:

—¿Lo harás? ¿Conseguirás el dinero, chico?

Empecé a ponerme todo frá-gil. Sentí que algo me resbalaba por la nariz.

Él dijo:

—¡Promételo... prométemelo!

¿Qué podía hacer? Murmuré:

—No soy Ezequiel, soy Elías.

Él dijo:

—¡Prométemelo! ¡Prométeme que conseguirás ese dinero, y si lo ha perdido, prométeme que lo matarás!

—¡Por favor, señor Leroy, por favor levántese! ¡Por favor, no me deje solo!

Él dijo:

—Hijo, ¿no ves que me muero? Por favor dímelo, dime que conseguirás ese dinero para tu Ma y tu hermana. No es mucho pedir. Ezequiel, ¿por qué no me lo dices?

Su voz era más baja, cada vez más baja, y eso era mucho peor que si hubiera gritado.

Al final dije:

—Se lo prometo, señor, le prometo que lo haré.

Él sonrió y musitó:

—Llévate la pistola, hijo.

Yo saqué la misteriosa pistola de la lujosa pistolera y la metí en mi zurrón.

Él tosió dos veces y empezó a echar algo oscuro y espeso por la nariz y la boca.

Lo último que dijo fue:

—Te quiero, hijo. Dile a tu Ma...

Aunque tenía los ojos abiertos, me di cuenta de que ya no veía.

Le zarandeé de nuevo.

—¿Señor Leroy? ¡Ay, por favor, señor Leroy!

Volví corriendo donde el señor Alston para buscar ayuda.

Me metí como un rayo entre los hombres y grité:

—¡Disculpe, señor, el señor Leroy se ha caído del caballo y no se mueve!

El señor Alston dijo:

—¿Qué dices, chico? Cálmate y habla más despacio.

Recobré el aliento y repetí:

—¡El señor Leroy se ha caído del caballo y no respira!

Volvimos corriendo y rodeamos al señor Leroy.

El señor Alston lo miró y le puso las manos sobre los ojos para cerrárselos. Dijo:

—Ha muerto, hijo. ¿Era pariente tuyo?

—No, señor.

—¿Vivíais los dos en Buxton?

—Sí, señor.

—¿Conoces alguien de por aquí que pueda cuidarte?

Iba a decir que no, pero si lo hacía y era verdad que el señor Leroy estaba muerto, no me dejarían cumplir mi promesa, no me dejarían dar caza al Predicador ni recuperar el dinero.

Contesté:

—Sí, señor, mi tía vive allí cerca —señalé hacia el sur.

El señor Alston dijo:

—Nosotros vamos a por el sheriff, chico. Dile a tu tía que venga a reclamar los restos si no quiere que acaben en la fosa común.

Dije:

—Se lo diré a mi Pa en Buxton. Ellos vendrán a recogerlo.

Luego agarré las riendas de Jingle Boy y no volví a mirar atrás.

Una promesa es una promesa, y no pensaba dejar tirado al señor Leroy. Iba a encontrar al Predicador aunque me costara diez años. Y empezaría a buscarlo en la caballeriza de East Lee.

Pero antes cabalgué rápidamente hacia el sur, hacia Buxton, para que el señor Alston y los demás no sospecharan.

¡ATERRORIZADO EN ESTADOS UNIDOS!

En cuanto pude, di media vuelta y me dirigí al norte. Vi la caballeriza desde dos casas antes. Allí mismo había una barra para atar los caballos, así que dejé a Jingle Boy y recorrí a pie el resto del camino. Saqué cinco de mis piedras del zurrón y me puse tres en la mano izquierda y dos en la derecha. Para empezar no tenía ni idea de cómo era un perro cazador de osos, pero esperaba que las cinco piedras bastaran si se producía un encontronazo.

Al llegar a la caballeriza todo pasó en un abrir y cerrar de ojos. Primero recordé a Pa diciéndome que no me preocupara por los perros que ladraban, que esos solo ladraban porque estaban tan asustados como yo. Decía que debía temer a los callados, porque esos no querían asustar, esos querían arrancarte algo grande y jugoso.

Después, antes de ver nada, oí el traqueteo de una cadena seguido por un jadeo, como de algo pesado que cambiara de posición. Aparte de esos ruidos apagados, el perro cazador de osos estuvo tan silencioso como un búho que se lanza en picado sobre un ratón.

Un gran borrón negro se me echó encima y, al tiempo que trataba de apartarme, lancé izquierda-derecha-izquierda lo más fuerte que pude.

Oí el chirrido del estirón de la cadena, y las patas del perro cazador de osos me golpearon en un costado con tanta fuerza que las dos últimas piedras de apedrear se me escaparon de las manos. ¡Era hombre muerto!

Sentí salpicaduras de baba en la cara y me di tal batacazo contra el suelo que se me cortó la respiración. El perro seguía sin ladrar, pero sus patas delanteras me apretaban las costillas como puños. Lo único que podía hacer era preguntarme si me haría pedazos o me sacaría todo el aire de dentro quedándose sobre mi pecho.

Cerré los ojos y esperé a ver si me asfixiaba o me arrancaba un miembro tras otro.

Pero no pasó nada. Al abrir los ojos vi que el perro estaba fuera de combate, con la cabeza colgando junto a mi costado. Era una cabeza enorme, del tamaño de la un becerro de cinco meses, y cubierta de cicatrices. El animal respiraba muy deprisa, como si acabara de cazar un conejo, y a cada respiración levantaba del suelo nubecitas de polvo. Sacudía las patas traseras, como hacen todos los perros cuando tienen un mal sueño.

Entonces me noté las costillas. Las sentía igual que si me las hubieran rajado con un cuchillo. Miré hacia abajo. Las uñas de una de las patas delanteras del perro cazador de osos habían desaparecido en mi camisa, que empezaba a mancharse de sangre. Salí rodando de entre las patas del perro y rodé dos veces más por si acaso, pero me quedé tumbado para recuperar el aliento.

Después de cinco o seis respiraciones hondas me subí la camisa para ver si se me asomaba algún hueso. Sólo vi tres agujeros diminutos, donde me había clavado las garras, y solo uno de ellos sangraba. No me podía creer que estuviera de una pieza. Lo único que me había hecho el perro cazador de osos, aparte de los tres agujeros, era dejarme sin aire.

Me levanté, agarré otras dos piedras de apedrear y me acerqué a él. Le había atizado justo entre los ojos; con la segunda piedra de la mano izquierda, seguro. Ya le estaba saliendo un gran chichón. La lengua le colgaba entre unos dientes marrones y amarillos del tamaño de zarpas de oso. Sobre el suelo, donde apoyaba la lengua, había un charquito de barro. Supuse que el animal se recuperaría, pero no pensaba quedarme a comprobarlo.

Me apoyé contra la puerta de la caballeriza y empujé.

Cuando entras por primera vez en la habitación de una casa o en el claro de un bosque o en una cuadra como esta, el lugar te comunica que sabe que has llegado. No es que haga aspavientos, pero el aire de su interior cambia como si dijera:

—Te miro.

En algunos de esos lugares parece sonreír, y dice:

—Miro por ti, te cuidaré. Entra.

Pero en otros se limita a observarte ceñudo, y gruñe:

—Te miro de cerca; ándate con mucho ojo.

Sin embargo, como en esta caballeriza entré deslizándome con tanto sigilo, nada supo que había abierto la puerta, contenido el aliento y dado un paso en su interior.

Cerré la puerta con cuidado, me quedé quieto y esperé a que se me acostumbraran los ojos a la oscuridad.

Todo era negrura pero, por lo que oía, supuse que debía de haber cinco o seis caballos. Estaba el *suish-suish-suish* de las colas espantando moscones, el *bum-bum-bum* de los cascos cuando se movían para acomodarse, y la respiración pesada, tranquila y profunda de los animales que intentan dormir después de un largo día de trabajo. Estaba también el grave *uu-uu-uu* de un búho escondido a la espera de un ratón despistado. Por los sonidos, no había nada de qué preocuparse... de momento. Eché el aire muy despacio y aspiré por la nariz. De buenas a primeras supe que allí había algo terriblemente malo.

No eran los caballos, que olían igual que los de Buxton. Ni era el olor de la paja del suelo, aunque, quien se encargara de la limpieza, no la cambiaba con la regularidad necesaria.

Ni era el olor de una cabra o dos que debían de andar por allí. Todos esos olores eran normales y fáciles de reconocer. Pero había algo más mezclado con ellos, algo extraño y fuera de lugar.

No era el olor de una rata que, acurrucada en un rincón, se hubiera muerto y empezara a hincharse y a pudrirse, pero no se diferenciaba mucho; ni el de un mulo con las tripas descompuestas por comer algo en mal estado, pero tenía cierto parecido.

Tampoco era uno de esos olores de habitación de enfermo, de esas en las que te obligan a entrar para despedirte de alguien que parece que debería haberse muerto un año antes, ni era como el reverso de esa clase de peste.

No pude seguir pensando en aquel extraño olor, porque los ojos se me acostumbraban a la oscuridad y empezaba a distinguir las cosas, y si debes elegir entre prestar atención a tu nariz, a tus oídos o a tus ojos, es mejor que escuches a tu vista.

¡Entonces dejó de latirme el corazón, se me heló la sangre en las venas y el tiempo se detuvo! ¡Al fondo de la cuadra había algo!

Me convertí de nuevo en un cervato. Dejé de respirar y los músculos se me petrificaron. Así, a lo mejor, eso no me veía.

Al distinguir todo cada vez mejor, maldita sea, advertí que eso era una persona conocida. ¡Al fondo de la caballeriza estaba nada menos que el Virtuoso Reverendo Diácono Zephariah Connerly Tercero, ladrón de sueños!

Pero, al igual que ocurría con el olor, había algo en él que estaba mal.

Hubiera jurado que era el Predicador pero, cuando su figura se fue aclarando y perdió el tono gris y sombrío, empecé a dudar de mi primera impresión.

Estaba demasiado quieto.

En el Predicador siempre se movía algo, o las manos o las piernas o, más que nada, la boca. Era muy raro verle allí con los brazos en alto y la cabeza gacha como si examinara el suelo. O quizá no fuera eso. Quizá estaba haciendo lo mismo que yo: petrificar todos y cada uno de los músculos para no ser visto.

Los dos permanecimos inmóviles, de piedra para los restos, esperando a ver quién daba el primer paso. Pero al rato las piernas me empezaron a temblar y tuve la sensación de que me iban a arder de un momento a otro. Lo de estarse quieto se le daba mucho mejor al Predicador: no movía ni un pelo. Mantenía los brazos en alto con la paciencia de una roca, con la quietud de un espantapájaros.

Pero había algo raro.

Muy despacio, paso a paso, empecé a acercarme.

Entonces oí una especie de tarareo tan cerca de mi costado izquierdo que mis condenadas piernas y mi condenada respiración se me petrificaron de nuevo. Quienquiera que hiciese aquel ruido estaba tan cerca que hasta los ojos se me atascaron: seguí mirando fijamente al espantapájaros que parecía el Predicador. Después, tan despacio como la savia de un arce en un día helado, logré deslizarlos hacia la izquierda, en dirección al tarareo.

Sólo distinguí unos fardos o unos sacos oscuros apoyados contra la pared izquierda de la cuadra. Había cinco, a igual distancia unos de otros.

El ruido empezó de nuevo. Parecía alguien intentando decidir qué canción iba a ponerse a tararear.

Supe que mejor dejaba de contener la respiración porque si no, al volver a tomar aire, iba a hacer un ruido de mil demonios. Aspiré como si abriera un fuelle muy despacio y con mucha suavidad.

Moví los ojos medio milímetro más y vi de dónde salía el tarareo.

¡De uno de los fardos!

Nunca sabré si fue por lo despacio que me entraba el aire o porque mis ojos vieron por fin lo que miraban, pero la cabeza se me aligeró y, antes de que pudiera hacer nada por evitarlo, mis sesos emprendieron el vuelo graznando y aleteando como una bandada de faisanes.

A continuación el suelo de la cuadra empezó a subir y a bajar como cuando sacuden una sábana una y otra vez antes de doblarla.

Con lo que bailoteaba todo y con mi sesera volando por ahí, no tenía objeto quedarme de pie. Si no me agarraba a algún sitio hasta que el suelo se estuviera quieto, me la iba a pegar.

Pero ya era tarde. Al mirar de nuevo el fardo que tarareaba, ¡vi brazos!

¡Cuatro brazos de persona!

¡Dos de ellos eran diminutos y estaban casi inmóviles, los otros eran grandes y se movían!

¡No me lo podía creer! ¡Había tenido que venir a los Estados Unidos de América para ver mi primer fantasma!

No tuve ocasión de agarrarme a nada, mis piernas se rindieron y me precipité al suelo. Iba y me ponía a ser frá-gil de nuevo en el momento más inoportuno.

Cuando el sentido te abandona de repente y empiezas a caer, no tienes tiempo ni ganas de extender las manos para no darte en la cabeza. Todo se queda blando y se desploma como puré de quingombó. Y como la cabeza es tu parte más gorda y la que te suele llevar hacia abajo, es la primera en estamparse contra el suelo. Al menos esta vez me acordé de no abrir la boca.

Parte del suelo debía de ser de tablones porque, cuando mi cabeza lo golpeó, hizo el mismo ruido que un hacha al cortar un roble. El golpe, aparte de hacerme ver las estrellas, debió de ser atronador, porque todos y cada uno de los fardos cobraron vida y se estiraron con un sonido espantoso. ¡El escándalo que armaban era como para despertar a los muertos! No por lo ruidoso, sino por lo *horrorífico*. No se parecía en nada a ningún sonido humano, pero tenía algo que te recordaba a la gente. Había gruñidos y respiraciones agitadas entremezclados con el ruido de la cadena del perro cazador de osos, por lo que creí que los hermanos y las hermanas del apedreado se disponían a hacerme trizas.

La única diferencia era que el sonido de la cadena estaba multiplicado por cinco y sumado a un coro de quejidos y resuellos.

Lo que yo veía no eran en absoluto cinco sacos, ni cinco perros deseosos de ajustarme las cuentas por apedrear a su hermano, ni cinco espíritus malignos que hubieran cobrado vida. No era nada de eso. Lo que yo veía era muchísimo peor que todo eso junto.

¡Lo que había en la pared de la caballeriza solo podían ser cinco demonios acuclillados que alguien había cazado y encadenado para devolvérselos a Satanás y no dejarles robar más almas!

Eché un vistazo al Predicador para ver si pensaba hacer algo por ayudarme, pero los demonios encadenados atrajeron enseguida mi atención. ¡El de los cuatro brazos que tarareaba chistó a los demás y habló! ¡En mi idioma, encima!

Susurró en mi dirección:

—¡Eh, eh! ¿Eres real o eres un fantasma?

Yo levanté la cabeza del suelo y, sin pensar en lo que decía, solté:

—¿Disculpe, señora?

Era la única del grupo que tenía aspecto de mujer, y aunque no sabía si llamar "señora" a un fantasma era lo propio, me salió igual.

Cuanto más claramente la veía, más dudaba de que fuera un espíritu. Cada vez se parecía más a una mujer normal, pero a una mujer normal con miedo y con cuatro brazos.

Por su modo de clavarme los ojos me di cuenta de que era una mujer normal y corriente. También noté que no llevaba más ropa que un trapo colgado de un hombro y cruzado sobre el pecho.

Me llevé tal impresión al ver desnuda a una persona adulta que bajé la cabeza y miré al suelo, delante de sus pies. Sus tobillos estaban rodeados por gruesos aros de hierro sujetos con candados y cadenas. Me sentí tan violento al ver esas cadenas como al ver que no llevaba ropa. Miré a los demás para no avergonzarla.

Los otros eran hombres y no llevaban nada en absoluto, ni un harapo. Sus tobillos estaban rodeados por el mismo tipo de grilletes de la mujer. No me quitaban ojo, y estaban igual de aterrados, confusos y sorprendidos de verme a mí que yo de verlos a ellos.

La mujer de los cuatro brazos siseó de nuevo:

—¿Eres un chico real?

No sabía qué contestarle. Si ella era un fantasma y creía que yo también lo era, a lo mejor no me hacía nada. Además, ¿quién que no fuera un fantasma podría tener cuatro brazos? Pero si ella no era un fantasma y yo le decía que yo sí, lo mismo me echaba un conjuro mata-fantasmas y me mataba de todas formas.

En vez de mirarla, dirigí la vista a las vigas del techo, lo que me resultó fácil porque, mientras intentaba dar con la respuesta, seguía despatarrado en el suelo dedicándome a ser frá-gil. El búho escondido me miró con atención desde lo alto.

Supuse que era mejor decirle la verdad. Dije:

—Sí, señora, soy un chico real.

Ella susurró:

—Si eres un fantasma, vete de aquí. Si eres real, ¡déjate ya de pamplinas y levántate!

Yo intenté ponerme de pie. Me levanté, pero mantuve la cabeza gacha. La mujer hizo de pronto un sonido de tos atragantada y tuve que mirar. El sonido era demasiado débil para una mujer adulta. Vi salir una cabecita negra y dos bracitos marrones del harapo cruzado sobre su pecho. Me quité un verdadero peso de encima cuando me di cuenta, hasta con aquella oscuridad, ¡de que la mujer no tenía en absoluto cuatro brazos! ¡Era una mujer con un bebé! ¡Entonces lo entendí! ¡Aquellos no eran demonios encadenados! ¡Eran cinco esclavos fugitivos y un bebé, apresados! Aunque cuando lo supe la cabeza me siguió dando vueltas igual.

Ella dijo:

—¡Chico!

—¿Sí, señora?

—Si eres real, ve donde esos caballos que hay detrás de ti y trae el cubo de agua, ¡pero no hagas ruido! Uno de los negreros está ahí durmiendo la mona.

Miré al sitio que señalaba y vi otro bulto en la pared derecha de la cuadra. De no ser por la escopeta que estaba a su lado, no se hubiera distinguido que era blanco.

Había un cubo colgado de un clavo y media calabaza seca que servía de vaso, así que se lo llevé todo a la mujer.

Ella se estiró y me tocó la mano para asegurarse de que no era un fantasma, después dijo:

—¡Gracias, chico!

Hundió la calabaza en el agua y alzó al bebé para que bebiera.

El crío no había dado más señales de vida que una o dos toses pero, en cuanto vio el agua, se enderezó, pateó, se aferró a la calabaza y lamió y sorbió y tragó el agua como si llevara siglos sin beber. Sus ruidos causaron gran revuelo entre los hombres. Dos de ellos extendieron las manos hacia mí y tiraron de sus cadenas para acercarse lo más posible al cubo.

La mujer se aplastó los labios con un dedo y dijo:

—¡*Cuidao* con las cadenas! Si no, ese se despertará y matará a este chaval. ¡Hay para todos, *tranquilidá*!

Cuando hablaba con los hombres movía mucho las manos, como para que la entendieran mejor.

Después le retiró un poco la calabaza al crío y le dijo:

—Así no, cariño. Más despacio. Te vas a poner enfermo.

Pero él no estaba para precauciones. Recuperó la calabaza, mordió el borde, respiró en el agua y chapoteó con la boquita como un gorrión en un charco.

Cuando empezó a toser de nuevo, la mujer le quitó la calabaza definitivamente. Después la sumergió en el agua y tomó ella misma un buen trago. Lo hizo dos veces más, dejando seca la calabaza y respirando tan hondo y con tanta fuerza que parecía que hubiera estado buceando en el lago y hubiera subido a la superficie justo a tiempo de impedir que le estallaran los pulmones.

Dijo:

—Gracias, mil gracias. Ahora dales a los hombres.

Me acerqué al más próximo y le dejé el cubo delante. Él miró el cubo y después me miró a mí. Levantó las manos y vi que también le habían encadenado los brazos con pesadas cadenas que colgaban de sus muñecas.

Yo no sabía qué hacer ni qué decir.

Pa y Ma y todos los adultos del Asentamiento nos han contado muchas historias sobre gente encadenada, incluso dos personas de Buxton conservan cicatrices anchas y brillantes en los tobillos y las muñecas, pero cuando te lo explicaban no podías imaginarte lo que era. Y lo que era no podía describirse con palabras.

Quizá los mayores no querían que nos asustáramos cuando nos contaban historias sobre gente encadenada, porque, a juzgar por esta, no nos contaban ni la mitad. Sentí que las piernas se me aflojaban y me temblaban de nuevo.

La mujer dijo:

—¡Chico! Yo tengo los brazos libres para atender a mi bebé, pero los hombres los tienen *encadenaos* y la boca no la pueden estirar. Tienes que ayudarles.

Metí la calabaza en el agua y la acerqué a los labios del hombre. Sus ojos estaban hinchados, enrojecidos y con costras, como si hubiera llorado largo y tendido. Pero había algo en su mirada que te decía a las claras que no era de esos hombres que lloran, pasara lo que pasara.

El chorreo de la nariz debía haberle blanqueado los pelos del bigote, porque de cerca se veía que era muy joven para tener canas. También era muy fuerte, de esos hombres con los músculos tan salidos que parece que, como no vayan con cuidado, se van a rasgar la piel.

Sus labios estaban llenos de llagas sangrantes que los partían a cada poco. En un lado de la cabeza tenía el pelo aplastado con barro o con sangre, como si le hubieran golpeado con una piedra y no hubiera podido lavarse.

Una de sus piernas estaba extendida y se veía un gran desgarrón en la rodilla. Se lo habían cosido, pero mal. Seguro que era un mordisco del perro cazador de osos.

Después de hacerme una inclinación de cabeza, el hombre bebió con tantas ganas como la mujer y el crío.

Ella dijo:

—Es el Pa del bebé. Él y los otros tres son africanos —y dirigiéndose al hombre añadió—: Habla poco inglés, ¿pero no habrá perdido los modales hasta el punto de no decir: "Mil gracias", *verdá*, Kamau?

El hombre inclinó de nuevo la cabeza.

Yo dije:

—De nada, señor.

En cuanto se llenó, seguí por la fila dándoles de beber.

El último no era un hombre en absoluto. Era un chico que parecía algo más joven que yo. También tenía los ojos enrojecidos, hinchados y pitarrosos, pero en su caso la causa era evidente. Era el llanto. Hasta en la oscuridad se veían los surcos grises de las lágrimas que le habían caído por la mejilla izquierda. Su nariz chorreaba aún más que la del hombre. Era terrible de ver.

Cuando me miró, sólo pude pensar en estirarme la manga de la camisa y ofrecerle el puño para que se limpiara la nariz. Me vio levantar la mano y se estremeció como si creyera que iba a golpearle, pero entendió lo que trataba de hacer y se inclinó hacia delante. En cuanto le limpié, le di de beber.

Cuando se llenó, se inclinó y tiró de mi brazo para acercar mi mano a sus labios. Apretó allí su boca. Eso me encogió las tripas de mala manera. Parecía que en vez de agua le hubiera dado una moneda de oro de veinte dólares. No me soltaba. Empezó a farfullar algo que debía ser africano y a llorar con sacudidas silenciosas que hacían que sus dientes me frotaran la piel y que las cadenas de sus brazos y sus piernas chirriaran.

Retiré mi mano y, de buenas a primeras, me di cuenta de la causa de aquel extraño olor de la caballeriza. Era el miedo. Aquel olor era el de cinco adultos y un bebé que tienen miedo de todo. Y el olor y la vista de esa gente encadenada y los ruidos que hacían al moverse empezaron a revolverme el estómago. Sé que no está bien, pero lo único que quería era alejarme de aquel chico, alejarme de todos ellos antes de vomitar. Dejé el cubo a los pies del muchacho y retrocedí tres pasos a trompicones.

La mujer susurró:

—No, niño, déjalo donde estaba. Ha de parecer que no ha venido nadie.

Cuando dejé todo en su sitio, la mujer dijo:

—Acércate y habla en voz baja. ¿Qué haces aquí? ¿Trabajas en la cuadra?

¡Había pasado tanto miedo que me había olvidado por completo del Predicador!

Recordé lo que le había prometido al señor Leroy y dije:

—No, señora, estoy buscando al hombre que robó el dinero de un amigo.

Miré al fondo de la caballeriza; el Predicador seguía allí fingiendo que no se enteraba de nada. Saqué del zurrón la pistola del señor Leroy para que viera que iba en serio y subí un poco la voz:

—Va a tener que devolverme el dinero del señor Leroy, porque si no le voy a disparar como a una condenada gallina ladrona.

Una pistola parece muy distinta cuando la empuñas con la intención de dispararle a alguien.

Cuando usé la vieja y oxidada pistola del Predicador para disparar contra tocones y rocas, no me pesaba ni de lejos lo que esta. La misteriosa pistola brincaba en mi mano como una veleta bajo una tormenta de enero. Los cuatro africanos retrocedieron no solo por la pistola, sino por los brincos que daba. Estaba claro que sabían lo que un arma así podía hacerle a una persona.

La mujer dijo:

—Vaya. Ya veo. ¡Un chico con un revólver de hombre piensa dispararle a otro! Pero si era ese, llegas tarde, niño. Mira ahí. Pasó a mejor vida al anochecer. No se callaba ni una, ese. Supe que no iban a llevarlo a ninguna parte. Lo supe cuando lo trajeron y le arrancaron los dientes a golpes y le partieron la lengua en dos. No tratan así a los que van a vender. Lo que hicieron con él fue solo por jugar, por divertirse.

Hizo una pausa.

—Pero dile a tu amigo que si ese hombre le robó, lo ha *pagao* con creces. Dile que aguantó mucho más de lo que hubiera *aguantao* cualquier otro, y que nunca suplicó, y que maldecía a los negreros cada vez que le pegaban, y que los maldijo hasta el final.

Así es que el Virtuoso Reverendo Diácono Zephariah Connerly Tercero había muerto. Me avergoncé porque, aunque estuviera mal, lo primero que sentí fue alivio. Si estaba muerto, no tendría que matarlo para cumplir mi palabra.

Entonces noté que los brazos del Predicador estaban extendidos porque los sostenían unas cuerdas. Se los habían atado a dos vigas. También le habían enrollado y vuelto a enrollar una cuerda alrededor del cuello hasta dejarla muy ceñida. Supe que nunca más sería capaz de mirar a Birdy, la muñeca de Emma, sin acordarme de él.

Al fijarme en otra cosa, se me cayó el alma a los pies. El Predicador no llevaba encima más ropa que un harapo sanguinolento alrededor de las rodillas. ¡El dinero del señor Leroy habría desaparecido!

La mujer dijo:

—¡Guárdate esa cosa antes de que hagas daño a alguien!

Metí la pistola en mi zurrón.

Ella dijo:

—¿De quién eres?

Como se daba cuenta de lo que me costaba despegar la vista del Predicador, me tiró de la manga. Cuando vio que ni por esas, me giró la cara para que la mirara.

—¿De quién eres?

Lo único que se me ocurrió contestarle fue:

—De nadie, señora. Soy hijo de mi Pa y de mi Ma.

Ella dijo:

—Desde luego que hablas raro. ¿Dónde has nacido? ¿Eres de este pueblo?

Yo dije:

—No, señora, nací libre en el Asentamiento de Buxton, en Canadá occidental.

—¡Canadá!

—Sí, señora.

Ella preguntó:

—¿A cuánto estamos de Canadá?

—Al señor Leroy y a mí nos ha costado cerca de una hora llegar a caballo, pero hemos venido de un tirón y hemos forzado mucho al animal.

Ella dijo:

—¿Una hora?

—Sí, señora.

—Quia, no puede ser *verdá*. ¡Di que mientes, chico!

—¡No, señora, es una verdad de jurar por Dios!

Por primera vez desde que la conocía, sonrió. Apartó un poco a su bebé y le dijo:

—Cielo, estábamos de malas. Después tanto correr, caemos a solo una hora. Una hora, cariño, solo eso nos faltaba. Pero al estar tan cerca lo mismo respiramos un poco de ese aire libre de Canadá.

Empecé a decirle que el viento sopla más bien en dirección contraria, de Estados Unidos a Canadá, pero me figuré que no se refería a eso.

Pregunté:

—¿Dónde los van a llevar, señora?

Ella contestó:

—Espero que a mí y a Kamau y al bebé nos devuelvan con nuestra ama de Kentucky. No sé dónde irán los otros tres. No saben inglés y Kamau dice que no habla el africano de ellos.

Recordé todas las historias que habíamos oído en clase sobre abolicionistas, y cómo arriesgaban la vida por gente como esta. Recordé que esas historias nos ponían tan nerviosos, tan furiosos y tan frenéticos que queríamos entrar a la carga en Estados Unidos y liberar a todos los esclavos. Recordé que te entraban ganas de llorar cuando los mayores te contaban cómo se habían sentido al llegar por fin a Buxton y poner la mano izquierda sobre la Campana de la Libertad, al saber por fin que no eran de nadie.

Pensé en todas las veces que yo, Cúter, Emma y nuestros amigos jugábamos a abolicionistas y negreros, en cómo sacábamos pajitas para ser del primer bando, porque nadie quería hacer de alguien tan malo como un propietario de esclavos. Recordé cómo fingíamos que entrábamos a hurtadillas en una plantación para matar a un montón de amos y cómo huíamos a Canadá con un montón de felices y sonrientes esclavos libres. Recordé lo fácil que era todo.

Pero entonces me di cuenta de lo poco que tenía que ver nuestro juego con la verdad. Me di cuenta de que era infinitamente más difícil cuando todo era real y tenías que preocuparte por las escopetas y las cadenas y los bebés que tosían y la gente desnuda y llorosa. Gente que era como Pa o Ma o yo aceptaban sin más que estaban medio muertos. Aceptaban que despedían un olor triste y extraño. Aceptaban que los habían encadenado como no se encadenaría al peor ni al más salvaje de los animales.

Entonces supe que si salía vivo de aquella caballeriza de Michigan, no volvería a hacer jamás de abolicionista. No solo porque ya no tendría ninguna gracia, sino porque mi valentía no me llegaba ni para fingir que lo era. Sería como fingir que eras un ángel. Era de esas cosas que harían avergonzarte la próxima vez que te toparas con un ángel de verdad o un abolicionista real. Era de esas cosas con las que no se podía jugar.

Miré a la mujer y me juré a mí mismo que, con escopetas o sin escopetas, con cadenas o sin ellas, encontraría la forma de sacarla de allí, ¡a ella y a todos los demás!

¡A POR LA LIBERTAD!

Pregunté a la mujer:

—¿Cuántos les han capturado, señora?

Ella contestó:

—Aquel de allá que está sin sentido y otro al que llaman Prayder y sus dos chicos. Y un perro con muy malas pulgas.

Hice cálculos a todo correr, tragué con fuerza para no echarme atrás y dije:

—Señora, puedo acercarme con cuidado a ese hombre que está dormido para intentar quitarle las llaves de los candados, y si se despierta y tengo que usar la pistola, pues la uso. Entonces los soltaré y tendremos además una escopeta y cuando los otros vengan podríamos...

Las ideas me asaltaban a todo correr y cuanto más rápido me asaltaban, más se tropezaban unas con otras y más inútiles y confusas parecían, hasta para mí.

Pero no podía dejar de hablar. Dejar de hablar era lo mismo que dejarlo todo, así que dije:

—Y cuando lleguemos a Buxton les darán la bienvenida y les ayudarán a poner una granja, les ayudará todo el mundo, hasta algunos blancos. Siempre cuidamos de la gente que llega para ser libre, y cuando ustedes lleguen, Cúter y yo tocaremos la Campana de la Libertad unas cien veces. Eso sale de tocar veinte veces por cada uno. Y allí no se atreve a entrar ningún cazador de esclavos porque les echan sapos y culebras por encima hasta que se van corriendo y desaparecen y nadie vuelve a saber de ellos. Y hasta los blancos que no nos quieren por allí se hacen muy mala sangre cuando los de Estados Unidos vienen a Canadá a intentar mangonearlos, y cuando lleguemos, Emma Collins no tendrá que sacarlos con trucos del bosque porque yo mismo los voy a acompañar hasta que lleguemos y yo...

Eché un vistazo a los otros cuatro. Habían vuelto a poner la cabeza entre las rodillas y a respirar de un modo que decía a las claras que no podrían huir a ninguna parte. Ya no parecía un grupo de gente cansada y abatida. Parecían de nuevo cinco fardos arrojados contra la pared de una cuadra.

Era demasiado. La muerte del señor Leroy, el asesinato del Predicador, los olores, el sonido de las cadenas, los hombres desnudos, aterrados, baqueteados, agotados; era demasiado. Las estúpidas y confusas ideas dejaron de asaltarme y dieron paso al picor de ojos, a la flojera de nariz y al nudo en la garganta.

Dieron paso a una inmensa fragil-idad, y a esa no había quien la parara. Iba a marchas forzadas. Así que lo único que pude hacer fue berrear. Igual que el chico encadenado más joven que yo, dejé de hablar, me tapé los ojos y lloré.

La mujer sujetó su bebé con la mano izquierda y me cubrió la boca con la derecha. Lo hizo con delicadeza, pero su piel era tan áspera como la madera vieja de la cuadra.

Dijo:

—Vamos, niño, tienes que calmarte. Si despiertas a ese blanco, ¿qué va a ser de ti? Y tú no vas a intentar nada ni vas a matar a nadie. Si disparas eso, *tos* los hombres y los chicos blancos del país se nos plantan aquí en un decir Jesús. Además, se ve que te han *criao* como Dios manda. No tienes por qué cargar con asesinatos sobre la conciencia.

Me sorbí un poco la flojera de nariz y dije:

—Pero, señora, entonces ¿cómo los saco de aquí? Sé que están cansados pero tengo un caballo ahí fuera que es el segundo más rápido de todo Canadá y no pasándonos podemos apretarle bastante y además podemos tomar prestados algunos de los caballos esos de ahí y así nadie tendría que andar y...

Ella se rió.

—¡Dios Santo! ¡Sí que eres un caballerito malo! Primero quieres pegarle un tiro a un blanco dormido, después quieres quitarles las cadenas a unos esclavos ¡y después quieres robar caballos! ¡Vaya, niño, con todas las diabluras que has *planeao*, los blancos van a tener que ahorcarte y desahorcarte y volverte a ahorcar dos o tres veces!

Me acarició el pelo con su áspera mano.

—Chico, no vamos a robar caballos ni vamos a huir más. ¿No ves que estamos *acabaos*? Además, ese borracho de ahí no tiene las llaves. Las tienen el amo Prayder y sus chicos, y por *separao*.

¡Pero yo tenía el cuchillo manchado del señor Taylor!

—¡Pero yo tengo esto! —le dije, y rebusqué en mi bolsa y lo saqué—. Si le corto la garganta con esto al borracho ese no haré ruido y entonces le quitaremos la escopeta y entonces podríamos...

Ella me dio un manotazo y dijo:

—¡Calla! Mírate, ¿cómo vas a cortar tú la garganta de nadie? ¡Con lo *delicao* que eres! ¿A que no has *cortao* ni la de un gorrino?

—No, señora, pero nunca me había sentido como ahora.

—Bueno, pues ahora no te vas a poner a cortar gargantas. ¿Cuántos años tienes?

—Cumpliré doce dentro de unos diez meses, señora.

—¡Y eres libre a los doce años! ¡Y mira qué buena ropa y qué zapatos! Y lo rebién que hablas. En ti suena raro, pero suenas igual de *edu-ca-do* que los hijos del ama en persona. Lo supe en cuanto te vi, no has sido nunca esclavo. Por eso y porque te apareciste de repente, no sabía si eras un fantasma o no.

—¡Pero yo quiero sacarlos de aquí!

—No puedes, niño.

—¡Pero tengo el cuchillo! A lo mejor puedo arrancar las cadenas de la madera donde están agarradas.

Miré la unión entre las cadenas y la pared. No salían de la madera, sino de la piedra.

Ella me dio otro manotazo y dijo:

—¡Para ya, chico! Los cazadores de esclavos no dejan nada al azar. No hacen esto por divertirse. Viven de esto. Otra cosa no sabrán, pero atrapar esclavos y amarrarlos bien *amarraos* sí que saben.

Yo dije:

—A lo mejor si tiro de las cadenas puedo... —tiré cerca de donde salían de la roca— puedo arrancarlas. A veces cuando deseas algo con mucha fuerza, se cumple, a veces cuando tienes mucho miedo, te entra una fuerza con la que puedes hacer casi cualquier cosa...

Tiré con más fuerza y dije:

—En Buxton todo el mundo conoce la historia de los señores Alexander. Estaban los dos sacando piedras de un campo y cargándolas en un carro y se tuvieron que meter debajo del carro por no sé qué y la rueda se rompió y le aplastó la pierna a él y no había nadie para ayudarlos, y la señora Alexander en vez tener un ataque sintió tanta rabia y tanto miedo ¡que se levantó toda la parte trasera del carro ella sola para que él pudiera salir! ¡La parte trasera de un carro lleno de piedras! ¡Y no es ni de lejos tan fuerte como yo!

Tiré otra vez, pero parecía que las cadenas se carcajearan de mí.

La mujer se inclinó y se agarró el tobillo. Dijo:

—Cielo, antes de romper esa roca, me vas a romper la pierna a mí. Si por tener miedo y desear algo, se hiciera *realidá*, ¿no crees que estas cadenas serían polvo hace ya mucho? ¿Crees que tú tienes más ganas de romperlas que yo y esos africanos? ¿Crees que tú tienes más fuerza y más ganas que nosotros?

—¡Pues igual!

—Niño, más vale que te calmes o acabarás también *encadenao*. Algunas cosas no se pueden cambiar.

Llevaba razón, y en cuanto me di cuenta, me dejaron de funcionar las piernas otra vez y me encontré acurrucado a sus pies. Ella me atrajo hacia sí y me acunó la cabeza en su brazo.

Luego me enjugó los ojos y dijo:

—¡Dios! ¡Eres la criaturita más debilucha que he visto!

Me sostuvo la barbilla con la mano.

—Escucha. No te apenes por nosotros. Deja de llorar, cielo, estás preocupando aún más al chiquito africano. Y tú no quieres ponerle las cosas aún peor, ¿a que no?

No había caído en eso. Era un egoísta.

Ella dijo:

—Tú no puedes saberlo, pero eres lo más rebonito que he visto en mucho, mucho, mucho tiempo. Verte a ti es lo mejor del mundo, después de ver Canadá. Al verte a ti sé que todo esto no era un sueño.

Su bebé tosió otra vez y ella le besó la frente, y después besó la mía.

Me apartó un poco para mirarme a los ojos y dijo:

—Bueno. Escucha bien lo que voy a decirte. Tienes que salir de aquí, pero antes de que te vayas dime una cosa, ¿esa pistola tuya es de *verdá*, no es un juguete?

—No, señora. Es una pistola de verdad y de cien dólares.

—¿Funciona?

—Sí, señora.

—¿Tiene balas?

—Sí, señora.

—¿Es difícil de disparar?

—No, señora, he visto cómo la disparaba el Predicador y da culatazos, pero si te preparas, se puede aguantar. Pero hay que ser fuerte.

—¿Tú no la habías *disparao* nunca?

—No, señora, pero he disparado la otra pistola del Predicador, y es casi igual.

Ella sonrió.

—Bueno, cielo, supongo que si un nacido libre un poco *aturullao* como tú puede disparar una pistola, la vieja Chloe también podrá.

Miré los brazos de la señora Chloe. Eran como cuerdas negras, finas y retorcidas.

Ella me volvió a agarrar la barbilla para que la mirara a los ojos y dijo:

—Déjamela.

Saqué la misteriosa pistola de mi zurrón y se la di.

Ella dijo:

—Pesa menos de lo que parece. Dime cómo funciona.

Le enseñé lo que me había enseñado a mí el Predicador.

Ella preguntó:

—¿Y ya está?

—Sí, señora.

—¿Cuánto tienes que esperar entre un disparo y otro?

—Es un revólver, señora, en cuanto aprietas el gatillo dispara de nuevo, pero hay que apuntar bien y hay que aguantar la respiración antes de disparar.

—¿Y un hombre se muere con que se le dispare una vez?

—Si se le da en la cabeza o en el pecho, sí, señora, se muere. Y si no se muere de repente, se muere enseguida. Y si no se muere enseguida, se pasa el resto de su vida deseando haberse muerto.

—¿Y cuántas veces se puede disparar?

—Seis veces, señora.

Ella dijo:

—Perfecto.

Mi cabeza sumó dos y dos. ¡Contando al bebé, ellos eran seis!

Antes de que pudiera preguntarle qué pensaba hacer, me agarró la barbilla de nuevo y dijo:

—Y ahora, niño, ¿crees que necesitarás dispararle a algo con esta pistola antes de volver a Canadá?

—No, señora, pero...

—Pero nada. Lo mejor será que la guarde yo.

No era una pregunta.

Miré con qué facilidad la sujetaba y supe que no podría quitársela aunque quisiera. Dije:

—Sí, señora, será lo mejor.

Deseé hacer algo más. ¿Cómo iban a salir de allí solo con una pistola si no podían quitarse las cadenas? Y ella llevaba razón, en cuanto empezara a disparar, vendría toda la gente de la aldea. Y si salían, ¿cuánto iban a poder andar sin ropa? ¿Y si no quería la pistola para dispararles a los negreros? ¿Y si la quería para...?

Ni siquiera me atreví a pensarlo.

Ella dejó la pistola a su lado, asintió en dirección al Predicador y dijo:

—Antes de irte, dime qué robó ese hombre de ahí y por qué era tan importante que dejaras Canadá y te metieras en esto.

Traté de mirar al Predicador, pero ella me sujetó la cara. Le conté todo lo que había pasado con el señor Leroy y el Predicador y el oro de la señora Holton.

Ella me escuchó con mucha atención y dijo:

—Y ahora que tu ladrón ha muerto, ¿vas a volver derechito a Canadá o tienes *necesidá* de rebanar más gargantas de blancos por ahí?

—No, señora, volveré derecho a Canadá. El lunes tengo un examen de latín, así que no puedo faltar a la escuela.

Me miró con mucha atención y dijo:

—¿A la escuela?

Y lo repitió:

—¿A la escuela?

—Sí, señora.

Hizo una pausa más grande que cualquier otra. Cerró los ojos y abrazó muy fuerte a su bebé.

Después sonrió y dijo:

—Ten. Sujeta a mi bebé mientras me miro este grillete. Creo que con tantos tirones se me ha *despegao* alguna costra.

Dije:

—Lo siento, señora, yo sólo trataba de...

—Calla, chico. ¡Dios Santo! ¿Te gusta el sonido de tu voz, eh? Calla y sujeta a mi bebé.

Yo tomé en brazos al bebé. Era una niñita. La señora Chloe dijo:

—Veo que sabes sostener a un bebé.

—Sí, señora, a veces cuido de los niños en la guardería.

Ella movió un poco el grillete con ambas manos y después me miró. Pareció sorprenderse y dijo:

—¡No puede ser! ¡No he visto cosa igual! ¡Mira cómo te deja que la sostengas! ¡Mira cómo se apoya en tu brazo! ¡Mira!

La niñita me miró. La mujer se comportaba como si estuviera viendo al mismísimo Moisés dividir el mar Rojo.

Dijo:

—¡Nunca he...! ¡Vaya, creo que esta niña te quiere, chico! Está muy mimada y, si la sostiene algún extraño, ¡berrea como una descosida! ¡Te juro que te quiere! Vaya, se debe de creer que eres su hermano. No he visto cosa igual. Se debe de pensar que eres un pariente porque solo deja que la tengamos yo y Kamau. *Na*, chico, ¡que te la has *conquistao*!

De los ojos de la mujer empezaron a caer lágrimas, pero no dejó de sonreír.

Yo miré a la nena. Era flaquita como un cordel.

No me pareció que me quisiera. Pensé que si no armaba una gorda era porque, aunque ella no había tenido que andar ni llevar cadenas, estaba tan molida y tan abatida y tan baqueteada como su Ma y su Pa y los otros tres africanos. No sabía por qué se empeñaba la mujer en decir que me quería. Dijo:

—¿Lo ves, *verdá*, chico? ¿Ves lo que te digo? ¡Entonces sí! ¡Entonces empecé a ver algo de lo que pasaba! ¡Era una de esas charlas de personas mayores en las que tienes que escuchar un montón de cosas que no se dicen en voz alta! ¡Esta mujer me trataba como a un adulto! ¡Actuaba como si yo pudiera entender lo que quería decirme entre sus palabras!

Me devané los sesos tratando de ver por qué fingía que la niñita y yo éramos parientes, pero no se me ocurría nada, ¡maldita sea! Era como uno de los exámenes sorpresa que nos ponía a traición el señor Travis. Daba igual lo que te supieras, en cuanto empezaba a formular toda clase de preguntas inesperadas, se te atascaba la sesera como un surtidor en pleno invierno. Aunque supiera a qué se refería la mujer, en ese momento no lo veía. No lo veía por culpa de la sorpresa.

Me sentí fatal, la mujer estaba perdiendo el tiempo. Yo aún no podía hablar ni entender el idioma ese de los adultos. Sólo podía pensar en la forma de sacarlos de allí, y tampoco se me ocurría nada.

Ella lo intentó de nuevo:

—¿Ves lo mucho que te quiere, chico?

Yo le dije:

—No, señora, no lo veo por ninguna parte. Intenté devolverle el bebé. Ella me miró fijamente. Cuando por fin tomó a la niña en brazos, le temblaban las manos.

Dejó la charla del querer y abrazó con fuerza a su hija.

Yo estaba hecho polvo. Lo único que pude hacer fue mirar al suelo y hundir las manos en los bolsillos.

Entonces, como si recogiera un mensaje, ¡mis dedos agarraron el trozo de papel!

Lo saqué y leí el nombre del que ayudó al señor Highgate y cuidaba de los restos del señor Leroy, ¡Benjamin Alston! El señor Highgate le dijo a Pa que era una bellísima persona. ¡Ya sabía qué hacer!

Susurré:

—Señora. ¡Ya sé! ¡Sé de alguien que nos puede ayudar! ¡No tardaré nada!

Ella dijo:

—Chico, si te vas, no se te ocurra volver. Tienes que llegar a Canadá cuanto antes.

—Pero, señora, si no vendré solo. ¡Conozco a unos hombres que nos ayudarán! Ellos también fueron esclavos. ¡En cuanto se lo cuente los sacarán de aquí!

—Escúchame, chico, no vuelvas. No nos va a ayudar nadie. Vas a arriesgar tu vida por nada. Vuelve a Canadá. Haz lo que te digo.

Yo agarré mi zurrón y fui a la puerta de la caballeriza. Di media vuelta para mirar a la mujer, levanté la mano derecha y dije:

—Señora, le juro sobre la cabeza de mi mamá que volveré con ayuda. No tenga miedo, ¡todos volveremos a Buxton antes de que salga el sol!

GALOPADA A BUXTON

Cuando abrí la puerta de la caballeriza, agarraba cuatro piedras de apedrear por si el perro cazador de osos se había despertado. Parecía sentirse un poco mejor. Había metido la lengua en la boca y gañía muy bajito, pero seguía tendido y con los ojos cerrados. Salté sobre él y corrí hacia Jingle Boy. Fuimos a la taberna tan rápido como pudimos. Yo esperaba que los hombres no se hubieran ido. Al acercarnos, me empecé a animar. ¡Se oían voces detrás de la taberna!

Cuando doblé la esquina a toda velocidad vi al señor Alston apoyado contra una carreta, mirando cómo tiraban los otros las cajitas blancas con lunares. No hay nada como un caballo al galope para llamar la atención. Todos saltaron como si les hubiera pillado haciendo algo malo.

Desmonté y dije a voz en grito:

—¡Señor Alston! ¡Señor Alston! ¡Tienen gente y los van a devolver a la esclavitud! ¡Se los llevan mañana! ¡Tienen a una mujer y a su bebé y a unos africanos y a un chico como yo! ¡Pero hay que darse prisa! ¡Y han matado al Predicador y lo tienen colgado en la cuadra!

El señor Alston se me acercó, me agarró por los hombros y dijo:

—¡Calma, chico! ¿Qué estás diciendo?

Esperé un minuto para recuperar el aliento y dije:

—¡Hay cuatro cazadores de esclavos que han secuestrado a seis personas y se los van a llevar al sur! ¡Tenemos que ayudarlos! ¡Sólo los vigila uno y está sin sentido de tanto beber! ¡Hay un bebé! ¡Tenemos que sacarlos de allí!

Él dijo:

—¿Que tenemos que qué?

Los demás hombres no nos quitaban ojo.

—Que sacarlos, señor. Están muy abatidos ¡pero en cuanto los llevemos a Buxton se animarán!

Uno de los jugadores se rió y le dijo a otro:

—Tú, pásame los dados. Este chico está volviéndose majara.

El señor Alston me soltó y dijo:

—Hijo, vuelve a Canadá y dile a tu gente lo de ese hombre que ha muerto. ¿Por qué no te has ido ya?

—Sí, señor, si lo iba a hacer, ¡pero es que se llevan a esos fugitivos mañana por la mañana! ¡Tenemos que liberarlos ahora! ¡Le he jurado a la señora Chloe que la íbamos a ayudar!

Entonces me acordé de lo asustados que estaban los hombres cuando nos advirtieron lo del perro cazador de osos. Dije:

—¡Ah, no tienen por qué preocuparse! Ya he dejado frito al perro. ¡Ya no puede hacernos nada!

El señor Alston dijo:

—Chico, estoy hablando en serio. Monta en tu caballo y ve a buscar a tu gente. Nadie va a liberar a nadie. Esto no es Canadá, son los Estados Unidos; no se parecen en nada. Lo siento mucho por esos pobres que han atrapado, pero aquí hay leyes. Si nos mezclamos en eso, nos venderán a nosotros río abajo. Por aquí no te va a ayudar nadie. Ha sido el propio sheriff quien ha permitido que los encierren en esa cuadra.

Uno de los hombres dijo:

—A mí no me ayudó nadie cuando estaba en Alabama. ¿Por qué voy a jugarme el pellejo por unos que no conozco y que son tan idiotas como *pa* dejarse atrapar?

Yo no sabía qué decir.

Me volví para mirar al hombre y dije:

—Pero todos somos...

El que tenía el dado me dio un capón.

—Ya le has oído, que te vayas. Nadie quiere saber nada de lo que dices. No estamos *pa* tonterías. Además, tengo una buena racha, ¡me estás fastidiando el juego!

Yo dije:

—Pero están medio muertos, apenas pueden...

El hombre me atizó un puñetazo en el pecho que me tiró al suelo y me dejó sin aire.

El señor Alston lo sujetó y dijo:

—¡No hay *necesidá* de eso!

El hombre me gritó:

—¡Chico! ¡O te vas o te mato! ¿Es que no lo has oído? ¡No se puede hacer nada! Vuelve a Canadá. ¡Solo nos faltaba que vinieran los idiotas libres estos de Buxton a meternos en líos! Yo no pienso ser esclavo otra vez.

Me levanté y fui corriendo hasta Jingle Boy.

Estaba tan asombrado que no podía ni llorar.

Jingle Boy me resopló. Trepé a su lomo y lo llevé hacia el camino y sentí que algo me rondaba por las tripas. A continuación me encontré doblado en dos y vomitando la cena de Ma y la leche de la Ma de Cúter. Vomité y vomité hasta que solo me salió agua amarga que no recordaba haber bebido. Después vomité aire hasta que mis tripas saltaron y se retorcieron.

Supe que aquello no tenía nada que ver con el golpe del perro cazador de osos ni con el puñetazo del hombre. Supe que era mi conciencia diciéndome que iba a tener que incumplir la promesa que le había hecho a la señora Chloe. No tenía sentido volver a la caballeriza para tratar de liberarlos. Lo mejor que podía hacer era regresar a Buxton lo antes posible y ver lo que decían Pa y Ma.

Pero mi conciencia supo que entre el viaje de ida y planear algo para ayudarlos y el viaje de vuelta, cuando llegáramos, los negreros se habrían llevado a la señora Chloe y no habría manera de saber a dónde.

Tenía que elegir entre volver a la cuadra y decirle que nadie podía ayudarnos o irme a Buxton tan rápido como fuera capaz porque quizá, quizá, aún se pudiera hacer algo. Pero la conciencia me remordía y me atoraba las tripas porque sabía que era una pérdida de tiempo. El jugador llevaba razón. Nada ni nadie podía ayudarlos.

Por fin llegaron las lágrimas. Estaba oyendo a la señora Chloe, me decía que no volviera. Clavé los talones en los flancos de Jingle Boy y lo dirigí al sur, hacia Buxton.

¡LA VENGANZA DEL SEÑOR FREDERICK DOUGLASS!

Estaba apretando a Jingle Boy más de lo debido, pero era por una buena causa. No solo porque quería que Pa y Ma me ayudaran, sino porque con Jingle Boy galopando a esa velocidad, esperaba preocuparme tan solo por agarrarme fuerte para no acabar por los suelos. Pero me servía de poco, ni todos los brincos y los meneos del mundo lograrían que dejara de pensar.

Pensé que mi conciencia y la serpiente del bote de galletas de Ma se parecían un montón. Por mucho que corriera no podía alejarme de ellas, seguía llevándolas encima sin darme cuenta. La única diferencia entre las dos era que deshacerse de una serpiente resultaba mucho más fácil que librarse de una conciencia.

No nos habríamos alejado ni dos kilómetros de la aldea cuando tiré de las riendas y detuve a Jingle Boy. No tenía nada en contra del caballo pero, ¡maldita sea!, hubiera preferido a Old Flapjack. Si el caballo hubiera sido Old Flap habríamos ido tan despacio que no habría tenido más remedio que pensar en lo que debía hacer. Los meneos de Jingle Boy al galopar no me dejaban pillar ni una idea y menos darle vueltas hasta sacar algo en limpio. Y aunque en aquello había algo que me consolaba un poco, supe que debía detener a Jingle Boy antes de elegir mal.

Lo que más lata me daba era la mirada de decepción que me había lanzado la señora Chloe después de toda aquella charla de adultos de la que no entendí nada.

Las personas mayores tienen un montón de formas de chafarte cuando eres joven. Y lo que a mí me afecta de verdad no es que me griten o me dejen de prestar atención o me persigan para echarme la bronca. Si lo que pretenden es dejarme hecho polvo, basta con que me digan que los he decepcionado.

Y aún es peor cuando no lo dicen y me miran y arrugan el ceño y se dan media vuelta sacudiendo un poquito la cabeza. Parece que se pongan malditamente tristes. Eso hace más daño que cualquier desaire o cualquier tortazo.

Si quería ponerme a pensar en serio, era preciso que dejara de apenarme por la decepción y me concentrara en lo que me había dicho la señora Chloe en el idioma ese de los adultos. Seguro que estaba relacionado con lo del cariño repentino que me había tomado su bebé, porque los dos sabíamos que no era cierto, pero no conseguía descifrar lo que significaba. ¿Cómo va a querer un bebé a alguien que no conoce? ¿Y por qué se pone a mentir así la mamá de ese bebé? Eso no tenía sentido, no tenía sentido en absoluto.

Pero ¿por qué quería hacerme creer que la niña y yo éramos una especie de parientes, que había algo muy fuerte entre ella y...?

Va a parecer que soy un fanfarrón y un presumido, pero lo que estoy a punto de decir no es más que la verdad, y si es la verdad, no es fanfarroneo:

¡Vaya, mi cerebro es tan increíblemente sorprendente que de vez en cuando va y me deja estupefacto!

Con todo lo que había pasado y con todos los motivos que había tenido para distraerse y no hacer caso de lo que estaba más claro que el agua, ¡me descubrió en un periquete lo que había querido decir la señora Chloe! ¡Hasta me aclaró el porqué!

Lo que constituye una prueba más de lo que llevo repitiendo todo el rato, ir en mulo es mucho mejor que ir a caballo. Si no llego a echar el freno a Jingle Boy, en ese momento estaría a medio camino de Buxton sin haber podido pensar como Dios manda, ¡y sería demasiado tarde!

Clavé los talones de nuevo en Jingle Boy y lo dirigí rápidamente hacia el norte, a la aldea maderera, a la caballeriza.

El perro cazador de osos se había levantado, pero tenía el rabo entre las patas y se tambaleaba y gañía y parecía medio cegato. Si yo hubiera sido tan frá-gil como Emma Collins, me habría dado pena, pero recordé el mordisco de la pierna del señor Kamau y los tres agujeros de mi costado y no sentí la menor compasión. Lancé con la izquierda lo más fuerte que pude y volví a atizarle en el mismo sitio. No hizo ningún ruido, tan solo se desplomó como un saco de piedras. Le pasé por encima y abrí la puerta de la caballeriza. Esta vez, cuando entré, chirrió un gozne y la cuadra se enteró de que había llegado.

Al mirar los fardos de la pared izquierda, ¡dejó de latirme el corazón, se me heló la sangre en las venas y el tiempo se detuvo!

Aunque los ojos no se me habían acostumbrado todavía a la oscuridad, distinguí el agujero del cañón de la misteriosa pistola ¡que la señora Chloe apuntaba directamente entre mis ojos! Y mientras que en mi mano había brincado y se había sacudido, en la suya parecía más pesada que el hierro. Susurré:

—¡Señora Chloe, soy yo!

Ella dejó de apuntarme y exclamó:

—¡Te dije que no volvieras!

Miró a la puerta y, sin dejarme contestar, añadió:

—A ver, ¿dónde están los hombres esos que decías?

—No pueden ayudar. Tienen demasiado miedo.

La señora Chloe dejó la pistola detrás de ella y recogió a su bebé.

Seguía mirándome con expresión decepcionada. Hace mucho que lo he notado: cuando decepcionas a un adulto eres hombre muerto, porque no hay manera de hacerle cambiar de opinión.

Respiré hondo para no echarme atrás en lo de hablar como una persona mayor (lo que, bien mirado, se parece bastante a mentir) y dije:

—Señora Chloe, disculpe que hable mal, ¡pero es que es de lo más puñetero! Cuando iba con Jingle Boy hacia Buxton me sentía intranquilo y no sabía por qué, ¡hasta que, de buenas a primeras, lo supe! —chasqueé los dedos.

Ella se limitó a mirarme fijamente.

—Cuando vi a su hija por primera vez me quedé tan estupefacto y tan impresionado que la cabeza me jugó una mala pasada, ¡pero en cuanto me monté en el caballo supe lo que me estaba dando la lata, supe lo que estaba mal! ¡Me di cuenta de que esta niña es la viva imagen de mi hermanita, que murió de escarlatina hace dos años!

La señora Chloe no me quitaba ojo.

Repetí la trola:

—Pues sí, señora, mi hermanita, que murió hace dos años, era igualita que su hija.

Ella contestó:

—Siento mucho oír eso, niño. Tu Ma tendrá el corazón roto. Y tú también.

Yo dije:

—Gracias, señora. Lleva usted razón, a Ma se le rompió tanto que no quiere dejar el luto y ha tirado toda su ropa de colores y se viste solo de negro porque el médico le ha dicho que el Señor no la bendecirá con más hijos.

La señora Chloe guardó silencio. Me miró y movió la cabeza arriba y abajo una vez.

Dije:

—Y ahora no para de decir que daría cualquier cosa por ver una sola vez más a mi hermanita.

Ella dijo:

—Ay, pobrecilla tu Ma. Pobre, pobrecilla.

Eso me dio ánimos para mentir un poco más, para seguir hablando en aquel idioma secreto.

Dije:

—No hace más que limpiar por el bosque de noche, dando buenos sustos a la gente, y no para de decir que daría cualquier cosa por verla otra vez y que se fue demasiado pronto y que no pudo despedirse de ella como Dios manda.

La señora Chloe dijo:

—¡Qué tragedia! Por ti veo lo buena que es tu Ma. Ha sabido criar un chico bueno, muy, muy bueno. ¿En qué clase de mundo vivimos para que una buena mujer como tu Ma deba soportar una carga así y no pueda tener más hijos?

Una vez que empiezas a mentir, seguir adelante es fácil. Va a marchas forzadas. Pero sabía que aún me quedaba *emperejilar* la historia un poco más. Dije:

—Pues sí, señora, no hace más que hablar de lo feliz que se moriría si pudiera echarle un solo vistazo más a mi hermana. Después dice que si Dios es justo y amable de verdad, como ella sabe que es, quizá no solo pudiera echarle un vistazo, quizá también podría criarla.

Miré atentamente los ojos de la señora Chloe, igual que miro los del profesor Travis. Si a él le recitas algo y lo haces bien, se le nota en los ojos, sabes que puedes seguir. Los ojos de la señora Chloe eran muy parecidos.

Dije:

—Ma siempre está diciendo que le da igual que sea suya o no lo sea, todo lo que añora es otra niñita a la que cuidar y a la que criar. La verdad, señora, es que como no pare de repetirlo, Pa y yo nos vamos a volver locos.

La señora Chloe dijo:

—Espero que seas amable con ella, chico. No hay nada peor en el mundo que dar a luz a un hijo y perderlo. Nada. Yo misma he perdido tres, dos que vendieron y uno que se me murió mientras dormía. Esta nena es la última.

Estaba rendido. Me sentía tan avergonzado de mí mismo por mentir, que era incapaz de seguir hablando en el idioma ese de los mayores.

Estaba a punto de sufrir otro ataque de fragil-idad cuando la señora Chloe me estudió y me preguntó:

—Entonces, ¿qué crees que debemos hacer, hijo?

—¿Señora?

—¿Qué podemos hacer tú y yo para consolar un poco a tu pobre Ma?

Entendía lo que quería decirme, pero no sabía qué contestarle.

Solo se me ocurrió decir:

—Pues me preguntaba, señora, si me prestaría usted a su nena para llevármela a Buxton y que mi Ma vea lo que se parece a mi hermana.

Los ojos de la señora Chloe eran idénticos a los que pone el profesor Travis cuando conjugas tus verbos latinos sin cometer errores.

Dije:

—Con lo confundida que está Ma, seguro que se piensa que es mi verdadera hermana y tiene que mirarla dos veces.

La señora Chloe tomó aire con mucha fuerza. Otra vez pareció que había estado bajo el agua y había salido justo antes de que le estallaran los pulmones.

Levanté la mano derecha y dije:

—Le juro sobre la cabeza de mi mamá que la voy a cuidar estupendamente, señora. Ya ve lo bien que la sostengo. Le juro que estará a salvo, y cuando yo juro no me queda otra que cumplir mi palabra. Le juré que iba a volver, ¿no? Le juro que, si me la presta, estará a salvo.

Pensé que me había hecho un lío con el idioma ese de los adultos, pensé que había metido la pata porque la voz de la señora Chloe sonó como si le acabaran de dar un puñetazo en la barriga. Pero musitó:

—Niño, niño, niño. Eso es lo que hay que hacer... justo eso.

Besó los ojos de la nena y le dijo:

—¿Ves, cariño? Te lo prometí. Te prometí que no ibas a volver a Kentucky. Te prometí que no dejaría que volvieras, ¡solo que no pensé que iba a ser de este modo! Sabes que nunca te haría daño, salvo para evitarte una vida entera de dolor, ¿lo sabes, *verdá*? Nunca, cielo mío. Algo me decía que esperara, y no era el miedo ni la *debilidá*, era otra cosa. Y mira. Mira lo que ha traído mi espera. Mira a este chico. Ha vuelto. ¡Ha vuelto! Y nunca en la vida me había sentido tan orgullosa de un joven.

Levantó la vista para mirarme.

Dijo:

—Eres lo único que tengo.

No supe si se refería a mí o a su bebé.

Volvió a besar los ojos de su hijita y le dijo:

—En vez de ser esta tu última noche, va a ser la primera.

Y dirigiéndose a mí, añadió:

—No llores, hijo. No te atrevas. No he querido a nadie en toda mi vida como te quiero a ti en este momento. No tienes por qué llorar. Solo habría que llorar si llegara mañana y no hubieras sido más que un sueño, un engaño de mi mente para impedirme hacer lo que iba a hacer. Pero eres real, ¿verdá?

Yo quise contestar: "Sí, señora", pero sólo pude mover la cabeza arriba y abajo y seguir sorbiéndome la nariz.

Ella dijo:

—Ya lo sabía. Un fantasma o un sueño no podrían marearse ni llorar tanto. Además, he tenido muchos sueños, y nunca he *soñao* con algo tan precioso como tú. Nunca.

Dijo:

—Antes de que te vayas, llévasela a su Pa para que pueda abrazarla por última vez.

Me entregó a la nena. Otra vez le temblaban las manos.

Se la llevé al enorme africano y se la di. Él sólo podía levantar un poco las manos, pero le bastó para mecerla por el trasero y acercar su cara a la de él.

Ella le agarró del pelo y él aplastó sus labios cuarteados contra su mejilla. Dejó allí su cara, cerró los ojos y respiró hondo, como si quisiera guardar muy adentro el olor de la nena. Después la sostuvo lo más lejos que sus cadenas le permitían y le dijo algo en africano. Su voz era profunda como un trueno. Luego me la devolvió y dijo:

—Chico. ¡Ve! ¡Ve, ahora! *Aa-san-tei. Aa-san-tei senaa.* ¡Mil, mil gracias!

Me equivoqué cuando dije que aquel hombre no sería capaz de llorar por nada.

Cuando me dio a la niña volví junto a la mujer por si quería abrazarla. Ella se había apoyado de nuevo en la pared como un fardo y se tapaba los ojos con las manos, pero sonreía.

No había nada más que decir.

Me puse la nena en el brazo derecho y una piedra de apedrear en la mano izquierda. Al asomarme por la puerta de la caballeriza vi que el perro seguía tumbado al extremo de la cadena, con barro alrededor de la lengua y sin mover ni un pelo. Por lo visto ya no tenía pesadillas.

Antes de salir, oí que la señora Chloe decía:

—Chico, ¿cómo te llamas?

Yo contesté:

—Elías, señora.

Luego, por si conseguía escaparse y llegaba a Canadá, para que no cometiera el error de preguntar por el otro, el Elías blanco de Chatham, añadí:

—Soy Elías, Elías de Buxton, señora.

Ella dijo:

—Bueno, hijo, has *probao* lo que decías. Has *probao* que si deseas algo con mucha fuerza, a veces los sueños encuentran el modo de dar contigo. Tú le has *quitao* a mi corazón un peso mucho más grande que el de cualquier carro de piedras, Elías de Buxton. Gracias.

—De nada, señora.

Miré la caballeriza. Todo era oscuro y sombrío de nuevo.

Dije:

—¿Señora? ¿Cómo se llama su niña?

El hombre africano contestó:

—¡Tu-mai-nii!

La mujer dijo:

—Él la llama Tu-mai-nii, pero yo la llamo Esperanza. No te olvides de darle las gracias a tu Ma. No olvides decirle que la llame Esperanza cuando crezca...

La señora Chloe guardó silencio y se tapó la boca con la mano un instante. Luego se quitó la mano y dijo:

—Dile a tu Ma que le diga a Esperanza que su papá era un africano de *verdá*. Y que aseguraba que era un rey. Yo le creo.

—Sí, señora, lo haré. Y yo le diré que su Pa se llamaba Kamau y su Ma Chloe y que tiene dos nombres, Esperanza y Tu-mai...

El señor Kamau repitió:

—Tu-mai-nii, ella nuestra Tu-mai-nii.

Yo dije:

—Tu-mai-nii.

La señora Chloe me preguntó:

—¿Cómo vas a recordar sus nombres, Elías?

Le dije:

—Las matemáticas no se me dan muy bien, señora, pero el *recordamiento* de cosas se me da genial. Además tengo papel y lápiz en mi bolsa y los voy a escribir.

Ella dijo:

—¡Espera! ¿Que escribes? ¿Y lees?

—Sí, señora.

—Desde luego, eres un verdadero milagro. Pero estás abusando de tu suerte. Vete de una vez.

Cuando iba a salir, el señor Kamau dijo:

—Chloe, deja *mí* la pistola.

Ella contestó:

—Calla, hombre. ¿Dónde vas a esconderla si te la doy? Yo puedo taparla con este harapo hasta que Prayder y los inútiles de sus chicos vengan mañana con nuestra ropa. Tal como yo lo veo, el viejo Pedro Botero va a estar en deuda conmigo, porque mañana bien tempranito le voy a devolver cuatro de sus malditas almas y uno de sus condenados perros. Además, señor Kamau... —se rió muy bajito— si eres el bendito rey africano que dices ser y tanto quieres esta pistola, ¿por qué no vienes a quitármela?

Hubo una pausa y la cuadra se llenó de otra risa apagada, pero esta era profunda y retumbante. Él dijo:

—Te amo, Chloe.

Ella dijo:

—Ayy, calla, Kamau, yo también te amo.

Sus risas suaves, el llanto del chico y el repiqueteo y el chirrido de las cadenas son sonidos que oiré mientras viva. Aunque cumpla los cincuenta.

Me puse los brazos de la nena alrededor del cuello y corrí al lugar donde había atado a Jingle Boy. Saqué dos piedras de apedrear de mi zurrón y me las metí en el bolsillo. Tiré las otras y el cuchillo manchado del señor Taylor al suelo. Metí despacito a Esperanza Tu-mai-nii en el zurrón vacío y me la até a la espalda, como las mujeres en los campos. Y salimos para Buxton.

Entre que Jingle Boy había corrido demasiado y que yo debía llevar a Esperanza Tu-mai-nii con mucho cuidado, no llegamos al ferry de Detroit hasta cerca del amanecer. La nena se portaba muy bien y no lloraba. Más que nada se dedicaba a tirarme del pelo.

Mientras esperábamos el ferry que nos llevaría a Windsor, empecé a preguntarme qué sería de Esperanza cuando llegáramos a Buxton. Pero enseguida lo supe. Supe que era muy probable que la señora Brown se comprara ropa de colores en Confecciones MacMahon.

Cuando el sol empezó a asomarse entre los árboles de la isla de Belle decidí que debía darle la bienvenida a Esperanza como es debido, como hacen los mayores.

Señalé hacia Canadá y dije:

—¡Oye, mira! ¡Mira ese cielo! ¿No es el más espléndido que has visto en tu vida?

En lugar de mirar hacia donde yo señalaba, ella miraba la punta de mi dedo.

Me puse a Esperanza Tu-mai-nii sobre el hombro, señalé hacia Windsor y dije:

—¡Mira allí, mira esa tierra! ¡Mira esos árboles! ¿Has visto alguna vez algo más precioso? ¡Es la tierra de los libres!

Ella seguía mirándome el dedo.

—¡Ahora mírate a ti! ¿Has visto alguna vez chica más lindísima? ¡Hoy eres libre de verdad, y has elegido el más día más rebonito y más reperfecto para serlo!

La alcé sobre mi cabeza y dije:

—Lo que yo digo es que, ¿a qué esperas?

Ella me sonrió, extendió las manitas hacia mi cara y me vomitó toda el agua encima.

Aunque el que te vomiten encima no suele ser de esas cosas que te hacen gracia, yo me reí.

Luego me sequé la cara, tiré de las riendas de Jingle Boy y lo conduje a la rampa del ferry.

Me vino a la cabeza el señor Frederick Douglass y, aunque pueda parecer otra vez que fanfarroneo, seguro que al llevar a esa niñita sana y salva hasta Buxton, nadie recordaría nunca más lo que había pasado entre él y yo. ¡Era como si por fin hubiera conseguido vengarme y pudiera dejar de darme la lata!

Cuando entramos en Canadá metí de nuevo a Esperanza en el zurrón. No quería arriesgarme a cansar demasiado a Jingle Boy, así que le hice ir a velocidad de mulo. Tardamos bastante más, y no llegamos a Buxton hasta el mediodía.

Esperanza durmió durante todo el viaje.

Nota del autor

Si le preguntas a un escritor qué libro de los suyos prefiere, oirás algo del estilo de: "Oh, mis libros son como mis hijos, no hago favoritismos". Nunca he entendido la comparación entre libros e hijos, y yo, desde luego, no pienso igual. Mi favorito ha sido siempre *The Watsons Go to Birmingham - 1963*, por razones que al principio no resultan evidentes.

The Watsons es para mí una especie de Avemaría, unos de esos esfuerzos desesperados donde cierras los ojos y das todo lo que puedes dar en un intento a vida o muerte. Tenía cuarenta y dos años y seguía trabajando en algo que no me gustaba. (Eso es muy suave, mejor digamos en algo que detestaba.) Trabajaba de encargado de almacén en una compañía de verificación de cheques situada en Detroit; ocho horas y media diarias de descargar camiones de dieciséis metros, entregar suministros y recoger papel para reciclar. Me acababan de rechazar para un ascenso al centro de información al cliente porque, según dijeron: "No creemos que esté usted capacitado para hablar con el público". Uf.

Fue entonces cuando se publicó *The Watsons* y, de forma bastante milagrosa, ¡el Avemaría funcionó! En cuanto salió el libro empecé a dar conferencias (qué ironía, ¿no?) y pude dedicarme a escribir a tiempo completo. Si lo sumas todo, ves que gracias a *The Watsons Go to Birmingham - 1963* ¡ya no trabajo en un almacén! Por consiguiente, solo un libro especial, especialísmo podría quitarle el primer puesto en mi lista de favoritos.

Digamos que *Elías de Buxton*.

Siempre he querido escribir un libro sobre la esclavitud, pero el tema era demasiado sobrecogedor, en especial para una novela escrita en primera persona. No podía imaginarme a mí mismo en el lugar de alguien que, por una cuestión de supervivencia, debía reprimir los instintos y los sentimientos humanos más básicos. Y, lo que es peor, debía enseñar a sus hijos a hacer lo mismo. Esta es una de las razones por las que me gusta tanto *Beloved* de Toni Morrison; aborda por la periferia un tema casi imposible de abordar.

Lo que empecé a escribir se convirtió en el último capítulo de *Elías de Buxton*, y esa primera versión contuvo muchos de los elementos del último capítulo de este libro. Pero me estoy precipitando. Deja que dé marcha atrás un momento.

Poco después de que *Me llamo Bud, no Buddy* ganara la Medalla John Newbery en el 2000, me encontré con Jerry Spinelli. Le pregunté a Jerry, cuyo libro *Maniac Magee* había ganado también dicho premio y era uno de mis favoritos, si podía darme algún consejo. Él me dijo: "Dos cosas: que pagues tus impuestos y que trates tus historias como si fueran oro. Protégelas". Ambos me los tomé al pie de la letra, sobre todo lo de la protección. Lo que siento por *Elías de Buxton* es un buen ejemplo.

Después de escribir ese último capítulo sabía aún muy poco sobre Elías o el escenario de la historia, pero tenía una semilla, sabía que había *algo*. Algo que debía proteger.

Fue pura suerte que, al ir en coche desde mi casa de Windsor, Ontario, a Toronto, pasara por una señal que decía: "Buxton 5 kilómetros". No pude recordar lo que había oído sobre Buxton, pero en mi cabeza sonó una campanita. Al volver a casa empecé a hacer averiguaciones. Visité el Museo y el Asentamiento Histórico Nacional de Buxton varias veces para intentar familiarizarme con el ambiente de la zona. Hasta me compré un hacha y tuve al tío Bullethead y a mi hijo Steven dando hachazos a un tronco para escuchar el sonido de la tala desde varias distancias. Y conseguí, por fin, una impresión de la espaciosidad del Asentamiento. ¡Y quién lo iba a decir, mi historia consiguió un escenario! ¡Y vaya escenario!

El Asentamiento de Buxton fue fundado en 1849 por el reverendo William King, un ministro presbiteriano blanco que había heredado quince esclavos de un pariente de su esposa. El reverendo King, abolicionista incondicional, decidió que lo mejor, lo más decente que podía hacer por esos esclavos, era comprar una inmensa parcela de terreno en Canadá para ofrecerles un refugio tanto a ellos como a otras personas que lograran ser libres. Así nació Buxton.

En Canadá se habían creado antes otros asentamientos "negros" que, en mayor o menor grado, habían fracasado. El reverendo King aprendió de esos errores y estableció una serie de normas estrictas mediante las cuales esa gente que acababa de conseguir la libertad pudiera autogobernarse. Estas normas sumadas al deseo, la inteligencia, el empuje y el trabajo agotador de los antiguos esclavos hicieron que Buxton triunfara.

La población llegó a superar los 1000 habitantes en la década de 1850 sin que se produjera delito alguno. La economía del Asentamiento se sustentaba en su serrería, su almacén de venta de ladrillos, su fábrica de potasa, su oficina de correos y su hotel. Para el transporte de mercancías, disponían de una vía férrea de diez kilómetros que unía Buxton con el lago Erie, donde la madera se cargaba en barcos para su posterior venta. El sistema escolar era de tanta calidad y alcanzó tal renombre que muchos blancos y muchos nativos canadienses sacaron a sus hijos de las escuelas de su localidad y los enviaron a estudiar a Buxton.

El Asentamiento se hizo tan popular en Estados Unidos que fue incluso visitado por Frederick Douglass y John Brown, y los antiguos esclavos de Pittsburgh encargaron la fabricación de una campana que fue enviada a Canadá en señal de respeto y admiración. Esta Campana de la Libertad repicaba siempre que alguien decidía hacer de Buxton su nuevo hogar.

Era el lugar perfecto para *Elías*. En Buxton se sentía como en casa.

Una vez que tuve el escenario y el personaje, la historia se me ocurrió más deprisa que todas las demás que he escrito; en seis meses estaba prácticamente terminada. Y, para gran sorpresa mía, *Elías* le quitó el primer puesto a *The Watsons* en mi lista de favoritos.

Así que aquí está. Espero que disfrutes tanto como yo de conocer a Elías y a Cúter y al Predicador.

Christopher Paul Curtis
Windsor, Ontario
Marzo de 2007